1942

バタフライエフェクト

ありえたかもしれないもうひとつの第二次世界大戦

都雉 道司
ときじ　みちし

講談社エディトリアル

ブラジルで一匹の蝶が羽ばたくと、テキサスは竜巻になるのか？

エドワード・ノートン・ローレンツ

これは、あるパラレルワールドの物語である。

プロローグ　1943年2月20日

山口多聞は、テムズ川河口に停泊する世界最大の戦艦の甲板に立っていた。二月も下旬というのに気温は零度を下回り、霙交じりの風が頬を撃つ。氷雨に霞むロンドンは、冷気に閉ざされていた。

多くの若者に、過酷な任務を課し、死地に赴かせた。ミッドウェーでは、「赤城」、「加賀」、「蒼龍」が紅蓮の焰に包まれ、やがて「飛龍」の艦橋も焼け落ちた。そして山河すら破れた後に、鋼鉄の海城が残った。その城も今は兵船の務めを終え、和議のよすがとしてここにある。

「独立に致し候には、山丹、満州之辺、朝鮮国を併せ、且亜墨利加洲或は印度地内に領を不持しては迚も望之如ならず候」

幕末、越前福井藩、江戸屋敷侍読兼御内用掛の橋本左内が遺した言葉だ。

徳川幕府第十四代将軍の座を巡り、藩主松平春嶽の命を受け、薩摩藩の西郷隆盛らとともに一橋慶喜擁立工作に辣腕を振るったが、徳川慶福を推す大老井伊直弼との政争に敗れ、遠島の刑となるところ、大老の怨念凄まじく、死罪と変わり斬首に処された。世に言う「安政の大獄」だ。

　佐内の警句を今の言葉にすれば、

「日本が独立を維持しようとするならば、ロシアの沿海州、中国東北部の満州、朝鮮半島を併合し、かつ、アメリカ大陸、あるいはインド亜大陸に領地を持つくらいでなければ、とても望むようにはならないだろう」といったところか。

　佐内は八十年後の世界大戦を予見していたのか。それは避けがたい宿命だったのか。

　飛ぶ雲は黒橡（くろつるばみ）の衣を纏い、蠟色（ろいろ）の海の波頭は白く、檣籟（しょうらい）の音は弔鐘を奏でていた。

目　次

装幀／KEISHODO GRAPHICS
（竹内淳子）

第1章
ミッドウェー

1942年6月5日

空母「蒼龍」飛行隊長、江草隆繁少佐の妻の貴子は、鎌倉の自宅の寝室で子供たちと微睡の中にいた。ふと気がつくと、枕元に江草が立っている。海から上がってきたばかりのように、全身がずぶ濡れで、軍服からは海水が滴り落ちる。口は真一文字に閉じたまま、開く気配はない。目は何かを語りかけるように、こちらをじっと見つめている。貴子が声をかけようとすると、気配を残したまま消えた。

こんな事は初めてだ。ただ事ではあるまい。何かあったに違いない。

だが戦死したとは思いたくなかった。

「あの人は、必ず帰ってくる」

そう自分に言い聞かせた。

「敵らしきもの見ゆ」

ミッドウェー島空襲の戦果に沸く第一航空艦隊司令部に、偵察機から第一報が入った。第一航空艦隊は、南雲忠一中将を司令長官とし、第一航空戦隊の空母「赤城」、「加賀」、第二航空戦隊の空母「飛龍」、「蒼龍」を基幹とする機動部隊だ。連合艦隊司令部の指示に従い、敵空母の出現に備えて対艦装備の攻撃隊を用意していたが、報告の入るタイミングが悪かった。次々と来襲する米軍の爆撃機や雷撃機を、零式艦上戦闘機隊が総力を挙げて迎え撃ち、ことごとく撃墜、撃破したものの、そのために戦闘機を使い切っていたのだ。攻撃隊を出そうにも、直掩する戦闘機が足りない。

アメリカ軍の攻撃が、一発の爆弾も魚雷も命中させられずに終わったのは、爆撃機や雷撃機と、それを直掩する戦闘機の連携がとれておらず、バラバラに飛来して各個撃破されたからだ。戦闘機をつけずに攻撃隊を出撃させれば、彼らと同じ間違いを犯すことになる。

艦隊司令部は、まず戦闘機隊に燃料と銃弾を補給することにして、攻撃隊には、魚雷や爆弾を抱き、燃料を満載したまま、格納庫で待機するように命じた。しかし、その選択が裏目に出る。突如として雲間から現れた米軍の急降下爆撃機が、「赤城」、「加賀」、「蒼龍」を襲ったのだ。相次いで火災が発生し、燃料タンクから漏れ出たガソリンに火が移り、格納庫全体へ爆発的に燃え広がると、魚雷や爆弾が次々に誘爆して、三隻の空母は手の施しようのない猛火に包まれた。

第二航空戦隊司令官山口多聞少将は、ただ一隻無傷で残った「飛龍」艦橋で唇を噛んでいた。山口少将は、敵発見の報告を受けると、すぐに艦隊司令部へ意見を具申した。

「こちらの位置は、既に敵の知るところとなっている。万一、敵艦隊が空母を伴っているなら、事は一刻を争う。発進可能な部隊は直ちに離艦させるべきだ」

ミッドウェー島のアメリカ軍機は、日本軍の爆撃機の接近を察知すると全機が離陸し、空中待機することで損害を最小限に食い止めた。その例に倣い、こちらも攻撃隊を急ぎ発進させ空中待機させれば、少なくとも母艦もろとも海に沈むことは避けられる。だが、司令部から何の返答もないうちに、最悪の事態を招いてしまった。戦場においては、一瞬の逡巡が勝敗を分ける。これ以上、時間を空費してはならない。山口少将は意を決し、掌航海長の畑山兵曹長に電文の発信を命じた。

「第一航空艦隊全艦に告ぐ。
我、ただいまより航空戦の指揮を執る。
飛行中の全機は飛龍に着艦せよ。
残る全力をもって敵空母を撃滅せんとす」

「飛龍」艦長の加来止男大佐は、ちらりと山口司令官の顔を見た。山口少将のやろうとしていることが、独断専行の越権行為だからだ。艦隊司令長官の南雲中将は炎上する「赤城」から退艦中で、その間、指揮権を引き継いでいるのは、艦隊次席の第八戦隊司令官重野少将だ。しかし重野少将は、ウェーク島作戦で航空戦に不慣れなことを露呈していた。この危機的な状況を打開する策があるとは思えない。敵に一矢を報いんとすれば、まず味方の右顧左眄を封じるのが先決だった。

航空参謀の中田少佐が報告した。

「第一次攻撃隊、九九式艦上爆撃機十八、零式艦上戦闘機五、発進準備完了」

山口少将は、あらためて電文を発信させた。

「再び全艦に告ぐ。
第一次攻撃隊、これより発進す。

飛龍は、損害機を収容しつつ、敵に接近す」

加来艦長が命じた。

「風上に向かって最大戦速」


第一次攻撃隊を率い、空母「飛龍」を発進した知久大尉は、重巡洋艦「筑摩」の零式水上偵察機五号機が発信するビーコンを追って、断雲の下、高度八〇〇メートルを進んでいた。直掩の零戦隊は、途中で敵機を発見すると、その後を追いかけていってしまった。母艦の直衛を優先したわけだが、その結果、一機は被弾して不時着水、一機は弾を撃ち尽くして「飛龍」に戻り、残った三機も大きく後方に遅れて、追いつけなくなる。これでは直掩の用をなさない。知久大尉は憤った。

「俺たちが、どんな思いで戦闘機隊の準備が終わるのを待っていたか、わかっているのか。こんなことなら、もっと早く発進するんだった。やむを得ない。我々だけで突入する」

前方六〇キロに敵空母を確認した。

「高度四〇〇〇メートルまで上昇、攻撃態勢をとれ」

その時、偵察員が叫んだ。

「高度三〇〇〇メートルに敵機！」

十機を超えるＦ４Ｆワイルドキャットが目に入った。直掩の戦闘機がいない以上、もはや陣形を整えている余裕はない。

「各機各個に突撃せよ。各員の成功を祈る」

　Ｆ４Ｆが襲いかかってきた。僚機が次々と撃墜される。知久大尉が怒りに燃えて歯を食いしばっていると、追撃に夢中になり、勢い余ったＦ４Ｆが一機、目の前に滑ってきた。

「しめた。こちらにはまだ気がついていない。行きがけの駄賃だ。返り討ちにしてやる」

　すかさず後方に回り込み、九七式七・七ミリ固定機銃の銃弾を撃ち込む。振り向いた敵のパイロットは、背後に迫る知久大尉機の姿に驚き、慌てて逃げ出した。


　あらためて空母にコースを取り直し、降下を再開する。十八機いた艦爆は次々と撃墜され、急降下に入ったのはわずか八機、半数にも満たない。Ｆ４Ｆが見えなくなったかと思うと、今度は対空砲火が襲ってきた。輪形陣を組んで護衛する、重巡二隻、駆逐艦六隻の弾幕だ。至近距離で砲弾が炸裂し、さらに二機が失われた。残るは六機。曳光弾が飛び交う中を突き抜け、高度が三〇〇メートルを切るやいなや、知久大尉は叫んだ。

「てーっ」

　最初の爆弾は、空母「ヨークタウン」の艦橋後方二八ミリ四連装機関砲座を直撃、飛行甲板を貫いて格納庫甲板で爆発し、ＳＢＤドーントレス急降下爆撃機三機をなぎ倒した。しかし、燃料は抜かれ、爆弾も取り外されて弾薬庫に収納済みで、大事には至らない。二発目は、飛行甲板の中央左舷に命中、右舷方向へ斜めに飛行甲板、格納庫甲板、下甲板を貫通して、艦底のボイラー室の排気筒を打ち砕いた。六基のボイラーのうち、五基までが使用不能になる。ボイラー一基で出せる速度はわずか六ノット、機帆船並みの遅さだ。さらに三発目は、前部エレベーターに着弾し、弾薬庫とガソリン庫の間で炸裂した。日本の空母なら、弾薬庫かガソリン庫のいずれか、あるいは両方に引火して轟沈しただろう。だが、「ヨークタウン」のバイタルパートの装甲は強靭で、この痛撃にも持ちこたえた。

むしろ、日本側の損害の方が甚大だった。「飛龍」から十八機で出撃した艦爆のうち、帰還したのはたった五機、しかもその中に指揮官の知久大尉の姿はない。直掩の零戦隊にいたっては、一機も戻っては来なかった。

重巡「筑摩」の偵察機五号機が、「ヨークタウン」の東方で、新たな空母を二隻発見した。山口少将は第二次攻撃隊の出撃を命じる。編成は、九七式艦上攻撃機十機、零戦六機。攻撃隊には、「赤城」、「加賀」所属の攻撃機がそれぞれ一機ずつ、直掩の戦闘機隊にも、「加賀」所属の零戦二機が加わっている。第二次攻撃隊を指揮する「飛龍」飛行隊長友永丈市大尉は、すらりとした長身に甘いマスク、切れ長の目が印象的な、海軍航空隊屈指の美男子だ。

友永大尉の機体は、ミッドウェー島を爆撃した際、左翼の主燃料タンクに被弾し、親指ほどの大きさの穴が空いていた。しかし、敵艦隊との距離が接近しているので、残りの燃料タンクで往復可能と判断し、整備員には他の機体の修理を優先するように指示した。

実のところ、雷撃や水平爆撃を担う攻撃機は、急降下爆撃機に比べ、日米を問わず生還率が低い。急降下爆撃機は高速で、有利な条件なら戦闘機を相手に空中戦を挑めるほどの運動性能を持つが、今回は、その艦爆ですら、十八機中五機しか戻れなかった。攻撃機は低速で旋回性能も劣る。戦闘機に狙われたら、まず逃げられない。わずか十機の艦攻では、全滅しても不思議はない。それでなくとも、先頭の指揮官機には敵の攻撃が集中する。第一次攻撃隊指揮官の知久大尉も、次席の沢上大尉も帰らぬ人となった。友永大尉は、第二次攻撃隊の指揮官機が母艦に戻ってくる確率は、限りなくゼロに近いと考えていた。

山口少将が艦橋から飛行甲板に下りてきて、整列する攻撃隊の搭乗員の前に立ち、一人一人の手を握り、言葉をかけた。

「敵の空母は三隻だ。第一次攻撃隊が一隻を潰した。君たちがもう一隻を叩けば、残りは一隻。一対一に持ち込めれば、まだ逆転の可能性がある。頼んだぞ」

「飛龍」の整備兵たちが帽子を振る中を、第二次攻撃隊が次々と発進する。攻撃隊は二つの編隊に分かれて進んだ。第一中隊は友永大尉が率い、第二中隊は川端中尉が指揮をとる。距離が近いので、一時間も経たないうちに敵空母を発見した。友永大尉はそれを無傷の空母と判断したが、実際には、三発の直撃弾を受けながら、応急処置で発着艦を可能にした「ヨークタウン」だった。

「右八〇度六〇キロ、目標空母、突撃準備隊形作れ」

高度三〇〇〇メートルで「トツレ」を発信し、単縦陣で緩降下に入る。

他方、「ヨークタウン」を直衛していた十二機のＦ４Ｆのうち、前衛の三機は、友永隊を第一次攻撃隊と同じ急降下爆撃機と誤認し、高度四〇〇〇メートルへと上昇した。友永隊はその下をすり抜ける。中衛の二機のＦ４Ｆも、前衛につられて上昇しかけたが、途中で間違いに気がつき、あわてて急降下して三番機を襲った。三番機は撃墜されたものの、二機の零戦が駆けつけて、Ｆ４Ｆを返り討ちにする。友永大尉は思わずつぶやいた。

「三番機を失ったことは痛いが、一機欠けただけで攻撃開始点に到達できたのは奇跡だ。全軍突撃！　ト連送！」

友永大尉率いる第一中隊と川端中尉率いる第二中隊が、左右から空母を挟撃する作戦だ。

「ヨークタウン」が、回避運動に入った。友永隊は、その進路を扼すように、海面すれすれの低空を旋回する。対空砲火が、友永大尉率いる第一中隊を襲った。対空機関砲は、目標が今見えている位置を狙って撃つわけではない。砲弾が発射されてから目標に届くまでの間にも、飛行機は高速で移動するから、進むコースを予測して撃つ。だから、どの国の海軍も、自国の雷撃機が魚雷を投下する速度に合わせて訓練する。ところが友永隊は、米軍の雷撃機の倍近い速度で突入したため、ほとんどの砲弾が後方に逸れた。

友永大尉が命じた。

「投下用意！」

大杉少尉が応じた。

「用意よし！」

ここから魚雷投下までは、しばらく直進を保つ必要がある。いつのまにか背後に迫ったＦ４Ｆが、銃弾を撃ち込んできた。それを避けようとすれば、魚雷の針路が目標からそれてしまう。右翼から破片が飛び散り、見る間に燃料が噴き出し、霧となって白い糸を引く。その霧に、曳光弾が引火して炎が上がった。左翼にも被弾し、補助翼が吹き飛ぶ。それにかまわず、目標に肉迫を続けた友永大尉が叫んだ。

「てーっ！」

魚雷を投下した次の瞬間、焰に包まれた友永機は海面に激突した。

第二次攻撃隊第二中隊を率いる川端中尉が断雲を抜けると、そこは敵の輪形陣の真上だった。旋回しながら、縦に一列となって緩降下に入る。二番機の電信員席で九二式七・七ミリ旋回機銃を構えていた岸畑一等飛行兵が、大声を上げた。

「後方、Ｆ４Ｆ！　銃弾で足を撃たれた！」

偵察員席で、目標までの距離を測っていた中井一等飛行兵曹が慌てて後ろを振り向くと、手が届きそうなほど近くにＦ４Ｆが迫り、尾翼が銃撃で穴だらけだ。操縦性能が劣る上、魚雷を抱いたままの艦攻では、Ｆ４Ｆを振り切るのは不可能だ。相手の動きをぎりぎりまで見極め、狙いを定めた瞬間に、機体を右や左に滑らせるしかない。操縦員の池端一等飛行兵が巧みに機を操り、幾度となく攻撃をかわし続けた。だが、ついに主翼左の燃料タンクに被弾する。ガソリンが噴出し、糸のように細い霧が流れる。曳光弾が命中したら、友永機のように一瞬で火達磨だ。

中井機は、高度を超低空の五メートルまで下げた。空母の対空機関砲が射撃を始める。猛烈な砲撃は中井機の頭上を素通りし、ちょうどＦ４Ｆが飛ぶ高度に集中した。敵機は慌てて反転する。

「ようそろう」

中井機は、ようやく魚雷投下コースに入った。しかし敵空母はもう目の前で、距離わずか三〇〇メートル。ゆっくり狙いを定めている時間などない。中井一飛曹は、「てっ」と叫び、右手で投下索を引いた。魚雷は機体を離れ、水柱を上げて着水し、一旦深く沈み込んでから、再び海面近くまで浮き上がり、目標に向かって走り出す。人事は尽くした。後は運を大に任せるしかない。次の問題は、どうやってここから離脱するかだ。正面には敵空母の船体が、巨大な壁のように迫る。旋回しようにも、高度が低すぎて、機体を少しでも傾けたら、主翼が海面に触れて墜落してしまう。といって上昇すれば速度が落ち、対空砲火で木端微塵だ。

中井一飛曹は叫ぶように言った。

「池端！　全速でまっすぐ敵空母に向かえ！　傾いた飛行甲板を駆け上がって脱出するんだ！」

「了解！」

池端一飛は、スロットルを全開にした。傾いた「ヨークタウン」の飛行甲板を、高速で飛び抜ける。目前に艦橋が迫り、慌てて急旋回して、きわどくかわした。一瞬、艦橋の米軍兵士と目が合った。まだ幼さの残る若い兵士で、驚いたように目を見開いていた。

九七式艦攻が搭載する九一式航空魚雷の射程距離は、二〇〇〇メートルだ。最大射程で投下すると、目標に到達するまで一分半ほどかかる。その間にも敵艦は移動するので、速度と時間から移動距離を計算して、予想未来位置を求め、そこを狙って投下する。攻撃対象を無傷の空母と考えた友永大尉は、目標の速度を三〇ノットとして計算するように指示していた。しかし「ヨークタウン」は、第一次攻撃隊の爆撃で機関の出力が低下し、被弾直後の六ノットよりは回復したものの、十五ノットを出すのがやっとだった。そのため、友永大尉をはじめ、第一中隊が投下した魚雷は、ことごとく前方に外れる。だが、三〇〇メートルという至近距離から投下された第二中隊の中井機の魚雷は、一直線に船腹へ向かい、左舷中央で水柱をあげた。後続機の魚雷も、ほぼ同じ箇所に命中する。

爆発は左舷を切り裂き、第二ボイラー室と第六ボイラー室の隔壁を破壊した。浸水で全てのボイラーが停止し、さらに電源室にも海水が流れ込んで管制盤がショートする。動力と電源を同時に失った「ヨークタウン」は、左に十七度傾いて洋上に停止、傾斜は十分後に二六度に達し、十七分後、「総員退去」が命じられた。

他方、日本の攻撃隊はどうだったか。帰還したのは、第二中隊の艦攻五機と零戦四機だ。艦攻は半数が生き残り、零戦も七割が戻ってきた。それでも、友永大尉をはじめ第一中隊は全滅、零戦隊長の林大尉も帰らなかった。友永大尉の死は、太平洋の戦場から遠く離れた日本本土に異例の速さで伝わり、多くの女性の眼を紅く腫れさせた。

第1章 ミッドウェー 1942年6月5日

伊号第一六八潜水艦の艦長、畠山少佐は艦橋に立っていた。風速は二メートルだが、わずかにうねりがある。望遠鏡で周囲を見渡していると、水平線に黒煙が現れた。接近するにしたがって、船らしい姿も見えてきた。

「急速潜航！」

畠山少佐は素早く艦内に入り、慣れた手つきでハッチを閉めた。潜水艦はたちまちその姿を水面下に没し、静かに目標に近づいてゆく。距離が一〇〇〇メートルまで縮んだところで、潜望鏡を上げた。目に飛び込んできたのは、アメリカ軍の空母だ。畠山少佐は、思わず笑みを浮かべた。こんな大物を狙えるチャンスなど、そうそうあるものではない。針路と速度を素早く見極め、すぐに潜望鏡を下した。予想未来位置を計算して、また潜望鏡を上げる。

「変だな、計算と実測が合わない。敵艦の針路や速度が不安定なようだ。遠くから眺めているだけでは埒(らち)が明かない。もっと近づこう」

思い切って、敵の駆逐艦の真下を通過し、目標に接近することにした。駆逐艦を天敵とする潜水艦にとっては自殺行為にも等しいが、ほかに選択の余地がない。神経を張り詰めたまま慎重に進み、覚悟を決めて潜望鏡を上げた。目と鼻の先の五〇〇メートル先に、大きく傾いた空母が浮かんでいる。どうやら、自力航行できなくなって、漂流しているようだ。とはいえこの距離は、潜水艦が雷撃するには近すぎる。一旦深く潜ってUターンし、音を出さないようにゆっくりと引き返す。もう一度潜望鏡を上げると、距離は一二〇〇メートルに開いていた。

「これならいける」

もう一度Uターンして、船首の魚雷発射管を目標に向ける。

「発射用意、てっ！」

まず二本、二秒後にまた二本の魚雷を発射した。一本が手前の駆逐艦「ハムマン」に当たり、船体が二つに折れて轟沈する。残った三本のうちの二本が「ヨークタウン」に命中し、総員退去後もなお水上に浮かんでいた頑健な空母も、ついに波間へと姿を消した。目の前で「ヨークタウン」と「ハムマン」を沈められ、怒り狂った駆逐艦「ダーウィン」、「ヒューズ」、「モナガン」は、十三時間にもわたって執拗に爆雷投下と砲撃を繰り返したが、なんとかその猛攻を生き延びた伊号第一六八潜水艦は、撃ち疲れた米軍の隙を見て、闇に紛れ戦場を離脱した。


他方、「飛龍」は、最大戦速で残る二隻の米空母に接近していた。

山口少将が中田航空参謀に尋ねた。

「第三次攻撃隊は編成できるか？」

「攻撃隊の稼働機は、第一次攻撃から戻った艦爆五機、第二次攻撃から帰還した艦攻四機です。零戦は、艦隊の直衛が五機、艦上待機八機として、十機を攻撃隊の直掩に回せます」

「いつ発進できる？」

言いよどんだ中田参謀に、航空畑のベテランの加来艦長が助け舟を出した。

「第三次攻撃隊で中隊以上の指揮経験があるのは、第二次攻撃から戻ったばかりの川端中尉一人だけです。艦攻と艦爆では巡航速度に差がある上、指揮官が足りないとなると、打ち合わせを入念にしなければ、途中で離れ離れになって各個撃破され、突入する前に全滅するおそれがあります」

「そうか」

「いっそのこと、薄暮まで待ってはどうでしょうか？　敵に発見されにくくなりますし、それまでの間に修理を進めれば、飛べる機体も少しは増えるかもしれません」

加来艦長の説明に頷いて、山口少将は各艦への連絡を命じた。

「偵察機により接触を確保したる後、残存全兵力をもって、薄暮、敵空母を撃滅せんとす」

加来艦長は命じた。

「敵艦隊から一旦離れる。針路を北西にとれ。速度二八ノット」

「飛龍」を中心に輪形陣を敷いていた、戦艦「榛名」、「霧島」、重巡「利根」、「筑摩」などの護衛艦艇は、一斉に針路を北西に転じた。


太陽はだいぶ傾いていたが、日暮れまでにはまだ時間があった。今日は、一日中戦闘に次ぐ戦闘で、ろくに食事もできていない。一段落ついたところで、空腹をいやそうと、「飛龍」艦上では握り飯が配られた。空はよく晴れて、上空にわずかに白く薄靄（うすもや）がかかる。握り飯をかじりながら、見るともなく空を見上げていると、塵のようなものが動いた気がした。見つめると消え、瞬きするとまた現れる。見張りを命じられた空域とは離れていて、休憩時間でなければ眺めることもなかっただろう。やがて、それがはっきり見えてきた。間違いない、敵機だ。かじりかけの握り飯を放り出して叫んだ。

「敵機、本艦の真上！　急降下！」

「撃ち方はじめ！」

高射砲と機関砲が唸りをあげる。加来艦長の指示が飛んだ。

「面舵一杯、最大戦速」

対空監視員が叫ぶ。

「爆弾投下！」

加来艦長は、敵機の爆撃コースを冷静に読み切り、巧みな操艦で回避した。爆弾はすべて後方に落下し、次々と巨大な水柱を上げる。

狙いを外したのは、「エンタープライズ」のＳＢＤドーントレス隊で、それを見て狂喜乱舞したのは、撃沈された「ヨークタウン」の爆撃隊だ。母艦の仇を取りたい一心で、艦隊司令部に「飛龍」への復讐を懇願したが、無情にも却下、戦艦や巡洋艦を目標とするよう指示され、ふてくされた彼らは、お手並み拝見とばかりに高みの見物を決め込んでいたのだ。「エンタープライズ」隊の攻撃が全て失敗に終わったことを見て取ると、無断で目標を「飛龍」に変更し、太陽を背に単縦陣で急降下に入った。

それに対しても加来艦長は、水際立った操艦で爆撃をかわし続ける。だが、それも四機目までだった。五機目のドーントレスが、空中分解も覚悟の決死の急旋回で、背面飛行のまま爆弾を放つという離れ業を演じる。その爆弾は「飛龍」の前部エレベーターを直撃、爆発の衝撃でエレベーターがスローモーションのように浮き上がり、艦橋に激突した。地震にでも襲われたかのように激しく揺れ、窓ガラスが粉々になって飛び散る。山口少将も破片を浴び、顔面から鮮血が滴り落ちた。さらに三発の爆弾が艦橋から前部飛行甲板にかけて命中し、爆発の衝撃で弾き飛ばされた金属の破片が、宙を走る鋭利な凶器となって周囲の兵士をなぎ倒す。しかし偶然にも、艦橋に倒れかかったエレベーターが盾となり、山口少将以下の艦橋スタッフを破片の嵐から守った。

空襲が終わり、米軍機が去ったところで、加来艦長が指摘した。

「艦が旋回している。回避運動はもういい。直進に戻せ」

機関参謀の永山少佐が答えた。

「発電機が被弾し、電動の操舵装置が動かなくなったようです。バッテリーに切り替えます」

舵が利き始めると、「飛龍」は再び三〇ノットの高速を取り戻した。ところが、かえってやっかいなことになった。速度を出せば出すほど、火が風に煽られて燃え広がり、消火作業が一向に進まないのだ。加来艦長は主機を止め、停船するよう命じた。

飛行甲板の消防ポンプの多くは電動式で、電源喪失により無用の長物と化していた。蒸気式の消防ポンプもあるにはあるが、それだけで火を消し止めるには数が足りない。結局、石油缶を切って作ったバケツで海水を汲み上げ、リレーして火にかけては、濡れたマントレットで叩くという、前時代的な人海戦術に追い込まれた。だが、高射砲台周辺では、山積みにされた砲弾が火に焙られ次々と誘爆し、その度に赤熱した破片が周囲に飛び散って危険なため、消火作業に入ることができない。軍艦でありながら、火災と電源喪失が同時に発生するケースを想定していないという、リスク管理の甘さが露呈していた。

鉄板が焼けて温度が上がると、熱で溶けた塗料が気化して泡になる。その泡の一つがはじけて発火するやいなや、瞬く間に周囲へ燃え広がり、一面が火の海と化す。この現象はすでに珊瑚海海戦で報告され、海戦に先立って塗装を剝がすように通達されていたが、実際には何の手も打たれていなかった。必死の消火活動にもかかわらず、火は衰えを見せるどころかますます勢いを増し、飛行甲板から格納庫甲板へ、ついには弾薬庫にまで炎が迫り、あわや爆沈という瀬戸際まで追い込まれる。しかしそこは、急遽注水することで何とかことなきを得た。

「赤城」、「加賀」、「蒼龍」は、爆弾や魚雷を抱き、燃料を満載した攻撃隊が、格納庫にすし詰めになった状態で爆撃を受けたのだから、手のつけられない猛火に襲われたことも故無しとしない。だが「飛龍」は、二回の出撃で稼働機が激減した上、燃料は抜いてあり、爆弾や魚雷も弾薬庫に格納済だった。時間はかかるにせよ火災は食い止められると、誰もが考えていた。しかしその願いもむなしく、一時間半後、艦橋にまで火が回った。床の鉄板が熱で歪んでリベットが抜け落ち、その穴から炎が噴き出す。塗料を伝って火が走り、壁全体が燃え上がる。加来艦長が山口少将に言った。

「ここにいるのは危険です。予備艦橋に移りましょう」

その頃、機関科指揮所では、川内少尉が被害箇所を点検していた。第一および第七ボイラーの蒸気圧が下がっている。それに続いて、第二ボイラーも蒸気が漏出し、やがて圧力を失った。幸い、残りのボイラーは無事のようだ。機関長の田島中佐に報告する。

「三つのボイラーが被弾した模様です。第三、第四、第五、第六、第八ボイラー室は異常なし。これなら、まだ三〇ノットの速力を出せます」

「よし、艦橋に報告しろ」

少尉はパイプの中のカプセルが圧縮空気で動くエアシューターで、報告を艦橋に送った。

その時突然、換気口から炎とともに、爆煙が吹き出してきた。機関科指揮所は、艦底に近い最下甲板にあるため、空気の流れが悪く換気が不可欠で、舷側（げんそく）の開口部から新鮮な空気を取り込み、通風筒で流す仕組みとなっている。だが不運なことに、その開口部の傍の高射砲台が炎に包まれ、山積みになった砲弾が次々と誘爆し、そのたびに炎と煙が通風筒へ流れ込み、室内の換気口から噴き出すのだ。それを吸った機関科員が、呼吸困難に陥り倒れた。慌てて通風筒の扉を閉め、酸素ボンベのバルブを開く。

伝声管から、機関参謀の永山少佐の声が響いた。

「艦が旋回している。どうしたのか？」

舵角指示器を見ると、「面舵一杯」の位置で止まっていた。発電機が損傷したため、電動式の操舵装置が動かなくなったらしい。

「電源をバッテリーに切り替えます」

そうこうするうちに、機械室の天井の鋼板が真っ赤に灼け、塗料が燃えながら溶け落ちてきた。蒸気式の消防ポンプで天井に海水をかけたが、たちまち熱湯に変わってしまった。

永山少佐の声が、また伝声管から響いた。

「艦橋に火が回った。これより、後部操舵室に移動する」

後部操舵室に伝声管はないから、これからは艦内電話が唯一の連絡手段になる。

「飛龍」の左舷から、駆逐艦「風雲」が海水をかけ始めた。

その三十分後には、右舷から駆逐艦「谷風」が放水を始める。艦橋を出た永山少佐は、それを眺めながら後部操舵室に入り、艦内電話で機関科指揮所に報告を求めた。

「機械室の様子はどうだ？」

機関長付の川内少尉が出た。

「機関科……全員……死……倒れる者……続出……」

その声も弱々しく、喘いでいるのか、とぎれとぎれにしか聞こえない。永山少佐は驚いた。

もし機関室が全滅してしまったら、もはや艦を動かすことはできない。世界最強の空母といえど、自力航行不能となれば漂流する難破船と同じだ。艦内に留まっても死を待つばかり、総員退去するしかなくなるのだ。

「何か言い残すことはないか！」

永山少佐が何度も声を張り上げると、やがてかすれたようなかすかな声がささやいた。

「何も……ない……」

それを最後として、機関科指揮所からの応答は途絶えた。


永山機関参謀の報告を受けた加来艦長は、副長の牛島中佐に機関科員の救出を命じる。中佐を隊長とする決死隊は、前部居住区からボイラー室上部通路を目指し、消防ホースで放水しながら進んだ。しかし、どの通路も防水扉が爆発で歪んだまま焼き付いて開かず、また、延焼防止のために放出された二酸化炭素ガスが充満して酸欠状態となっていた。考えられる手をすべて尽くしても、どうしても先へ進めない。ついに、救出を断念せざるを得なくなった。

加来艦長は、沈痛な面持ちで山口少将に報告した。

「断腸の思いですが、本艦の命運もこれまでのようです。これより、総員退去を命じます。司令官はご退艦ください。私は艦長として、本艦に残ります」

「いや、これは私の責任だ。赤城、加賀、蒼龍を失った時点で、敵の空母は三隻、こちらは一隻だ。日本海軍には、アリューシャン列島に龍驤、隼鷹、連合艦隊主力に瑞鳳、日本本土には瑞鶴、翔鶴と、まだ五隻の空母がある。一旦撤退して数的優位を回復した上で、再度決戦を挑むという選択肢もありえた。先任の第八戦隊司令官重野少将なら、そういう判断を下したかもしれない。序列を無視した越権行為で勝手に指揮を執り、無謀にも多勢の敵に挑み、疲労困憊した飛行隊を何度も死地に投じて、夥しい犠牲者を出した。今回ばかりではない。重慶爆撃作戦では、航続距離の長い零式艦上戦闘機の配備が間に合わず、直掩が無いまま爆撃機隊に出撃を強い、さらには、無差別絨毯爆撃に国際法違反の懸念ありとの指摘まで受けて、『人殺し多聞丸』と誹られることになった。その罪は万死に値する。私も残ろう。そして水底から、これからの日本と若者たちの未来を見守ることにしよう」

機関科指揮所の川内少尉は、船内電話の前で当惑していた。

「機関科員は全員持ち場を死守していますが、倒れる者が続出しています」

と、永山少佐に概況を報告し、続けて、

「高射砲台の砲弾の誘爆がいつまで経っても収まらず、換気口から噴き出す炎と煙を吸って呼吸困難に陥る者が少なくありません。その都度、通風筒の扉の開け閉めを繰り返すため、非効率なこと甚だしく、作業に支障が出ております。砲台の消火を急ぐようご依頼願います」

と、詳細を説明していると、それを遮るように、「何か言い残すことは……」という、意味不明の言葉が返ってきたからだ。

機関長の田島中佐に、そのことを伝えると、「冗談を言っている場合か。『何もない、そんなことより砲弾の誘爆をなんとかしろ』と言ってやれ」と怒鳴られた。しかし、川内少尉が船内電話に向かっていくら叫んでも、もはや永山少佐からの応答はなかった。

川内少尉は、慌てて田島中佐に報告した。

「後部操舵室からの応答が途絶えました。何かあったのでしょうか？」

　田島中佐は、落ち着き払って指摘した。

「電流計を見てみろ。バッテリーが切れて、船内電話が使えなくなっただけだ。電動操舵装置やら電動式消防ポンプやらで、バッテリーを使い切ってしまったようだ。船内電話には、小さくても専用のバッテリーを別に用意した方がよかったな。日本に戻ったら、忘れないように頼んでおこう」

　川内少尉は、ほっとしたが、そこである可能性に気がついた。

「永山参謀が『何か言い残すことは』と言ったのは、冗談のつもりではなく、バッテリー切れに気がつかず、機関室が全滅したと勘違いした、ということではないですよね？　もしそうだったら、総員退去ですから、我々は取り残されてしまいます」

「まさか。貴様じゃあるまいし、永山参謀がそんな早とちりをするはずがない。とはいえ、このままでは舵を動かせない。人力操舵に切り替えるから、艦橋に行って応援を呼んでこい」

　川内少尉は、酸素不足で息苦しい機関科指揮所から、左舷前部機械室に入った。そこには煙もなく、新鮮で綺麗な空気に満たされていた。

「空気がこんなにおいしいとは、思わなかったな」

　胸いっぱいに吸い込み、一息入れて後部機械室へ続く通路に入った。防水扉は焼け焦げて、扉のハンドルが火傷しそうになるほど熱い。手にタオルを巻いて力一杯押してみたが、ビクともしなかった。それでは、ボイラー室上部通路に上るか。天井のハッチのハンドルを回してみると、こちらはなんとか動いた。しかし、ロックは解除できたはずなのに、なぜかハッチが開かない。付近にいた全員に声をかけ、鉄棒でハッチを力任せに突き上げた。除夜の鐘を真下で聞くような、轟音が響き渡る。それを何度も繰り返すうちに、ハッチと天井の隙間から水滴が落ち始めた。水滴を顔に受けた川内少尉は、思わず叫んだ。

「熱い！」

消火のために注いだ海水が火災で加熱され、熱湯となって通路に溜まり、水圧でハッチを押さえつけているのだ。火傷をしないようにタオルを首に巻き、ラッタルを登り背中をハッチに当て、渾身の力を込めて押し上げた。僅かに空いた隙間から、熱湯が吹き出す。高温に堪えて必死に押し上げると、ハッチは軋みながらも徐々に開いていった。滝のように海水が流れ落ちる中を、構わずにつき切って上部通路に出る。この通路を格納庫の脇を通って進み、前部士官室前の階段を上れば飛行甲板だ。

空母「飛龍」のボイラー室上部通路の左舷側には、兵員烹炊所（ほうすいじょ）がある。そういえば、食糧倉庫に入りきらない米と麦の俵を、兵員烹炊所の前のこの通路に、山積みにするという話があった。だが、マダガスカル沖海戦で日程が狂い、手配が間に合わず、今は何も置かれていない。もし積み上げられていたら、俵に火が燃え移り、この通路は通れなくなっていただろう。可燃物は海戦の前に投棄するのが兵法のイロハなのに、機械科指揮所から飛行甲板へ通じる重要な連絡通路に、火が付くと消火が難しい俵を積み上げるなど言語道断、間に合わなくて幸いだ。

しかし、通路の奥まで行くと、防水扉とハッチが爆発の衝撃で歪み、そのまま焼き付いていた。これでは先に進めない。

絶望しそうになったその時、視界の隅で何かが動いた。格納庫と通路の隔壁に小さな穴があり、その奥で燃え残りの火が揺らめいている。電線を止めるネジが、爆風で吹き飛ばされたようだ。

「万事休すか」

隔壁は厚さ二〇ミリの鉄板だが、穴が空いているなら、タガネで広げられる。特別短艇員など腕力自慢の猛者を集め、五分交替で大ハンマーを振るい続けた。一時間後には穴が縦横三〇センチまで広がり、なんとか人が通れるようになる。川内少尉が穴を通って這い出た格納庫は、膝の深さまで海水が溜まっていた。あちらこちらに炎が残り、壁は焼けただれ、半ば溶けた飛行機や、黒焦げの死体が折り重なる。熱湯を掻き分けながら進むうちに、エレベーターの開口部から星空が覗く所に出た。それを目当てに、飴細工のように曲がったラッタルをよじ登る。飛行甲板に近づくにしたがって、見えてきたのは焼け落ちた艦橋の残骸だ。屏風のようにそそり立っているのは、吹き飛ばされた前部エレベーターか。ここまで手ひどくやられているとは、思ってもみなかった。これでは高射砲台の消火にまで手が回らなくても無理はない。

飛行甲板に出ると、人が集まっていた。

「総員、上へあがれ」

「総員、上へ」

分隊長の名前を叫んでは、隊員を集めている。総員退去が命じられたらしい。

「これは、まずい！」

必死になって走り回り、永山機関参謀を探す。ようやく将校グループの一団の中に、見知った顔を見つけて、駆け寄って叫んだ。

「永山少佐！」

「川内少尉か！　生きていたのか！　よく脱出できたな。貴様が助かっただけでも、よかった！」

「違うんです。機関室は生きています！　飛龍は、航行可能なんです！」

「えっ、本当か？　さっき、応答が途絶えたじゃないか」

「バッテリーが切れて、船内電話が不通になっただけです。三〇ノットは難しくても、二五ノットや二八ノットなら、まだ充分出せます」

それを聞いた永山少佐が、慌てて走り出した。

どこからか、加来艦長の声が響いた。

「総員退去中止！　全員持ち場に戻れ。夜が明ける前に戦場を離脱する。日本に戻るぞ！」

こうして自力航行を再開した「飛龍」は、知らせを受けて急行した山本五十六司令長官率いる連合艦隊主力と合流し、アメリカ軍の追撃をからくも振り切り、母港に帰還した。

ミッドウェー海戦に参加した空母艦載機搭乗員は五百十六名、戦死者は百十名を数える。だが、その多くは最後まで戦った「飛龍」飛行隊で、「赤城」、「加賀」、「蒼龍」の飛行隊の搭乗員の多くは、艦が沈む前に脱出していた。飛行中に燃料が切れた機も着水して、付近の艦艇に救助された。「蒼龍」飛行隊長の江草隆繁少佐も、火傷を負い、腕を骨折したが、救助されて治療を受け、翌月には横須賀航空隊に復帰する。他方、アメリカ軍機搭乗員の戦死者は、日本軍の倍近い二百八名に達していた。ミッドウェー海戦での航空兵力の損失は、米軍の方が大きかったのだ。

日本海軍は、三隻の空母を失ったとはいえ、「飛龍」、「瑞鶴」、「翔鶴」、「龍驤」、「隼鷹」、「瑞鳳」と、なお六隻の空母を擁し、七月末には「飛鷹（ひよう）」が竣工する。それに対し、米太平洋艦隊の空母は、ミッドウェー海戦に参加した「エンタープライズ」、「ホーネット」に、サンディエゴから真珠湾に帰投中の「サラトガ」、大西洋艦隊から回航中の「ワスプ」を加えても四隻だけだ。ミッドウェー海戦は確かに日本側の敗北だが、大勢を覆すというほどのものではなかった。

生還した山口少将は、海軍のレーダー研究の第一人者だった、今は亡き「蒼龍」艦長柳本大佐の遺志を汲み、「翔鶴」、「飛鷹」に加えて、「隼鷹」にも対空レーダーを搭載するよう要請した。近々に予定されていた戦艦「霧島」へのレーダー搭載工事も、前倒しにされる。遅ればせながら日本海軍も、実戦でレーダーを運用する時代に入ろうとしていた。

第2章 インド洋

1941年11月15日

戦争の危機が迫る中、皇居宮殿東一ノ間で大本営兵棋（へいぎ）演習が開催された。開戦劈頭（へきとう）に予定される南方作戦を、帝国陸海軍の最高指揮官である天皇の御前で図上演習するもので、イギリス領マレーシア、シンガポール、ミャンマー、アメリカ領フィリピン、オランダ領インドネシアへの侵攻が展開された。

演習が終了すると、天皇からご下問があった。

「フィリピンを攻撃すれば、いずれアメリカ太平洋艦隊が押し寄せてくることになろう。皇太子の頃、『列国弩級艦一覧表』を諳（そら）んじたくらいだから、各国海軍の現有戦力は概ねわかっているが、戦争が二年も続けば新たな戦艦が竣工するはずだ。米国の建艦計画はどうか？」

永野修身（おさみ）軍令部総長が答えた。

「一九四三年末までに戦艦八隻という報告を受けております」

「そうなると、こちらが計画通り建艦できたとしても、対米七割どころか五割そこそこだね。軍令部の図上演習では、開戦後一年で、対米五割まで戦力が低下する結果になったそうじゃないか。アメリカが二倍以上の戦力を手にしたら、もはや講和の余地はあるまい。戦争、戦争というが、戦争は始めるよりも終わらせる方が難しいという。いかにして戦争を終わらせるつもりなのか？」

永野軍令部総長は沈黙した。

杉山元（はじめ）参謀総長が口をはさんだ。

「ロシアに侵攻し二正面作戦を強いれば、有利な条件で講和を迫ることもできましょう」

「またその話か。中立条約を締結しておきながら、手のひらを返すように宣戦を布告すれば、不可侵条約を蔑ろにしたドイツと同類に堕ちてしまうではないか。かつて不平等条約に苦しんだ帝国は、明治大帝の御代より営々として国際的信義を築き上げ、五十年の長きをかけてようやく改正に漕ぎ着けた。その大業を自ら貶めるなど、九仞(きゅうじん)の功を一簣(いっき)に虧(か)くものだ。朕は断じて許すつもりはない。そもそも、短期決戦を志向していたはずのドイツが、いまだにモスクワを落とせずにいる。日本が中国で経験したように、ドイツも長期戦に陥ったのではないか?」

杉山参謀総長は、慌てて言葉を継いだ。

「フランスを一か月で降伏させたドイツです。ロシア相手にさほど手間取るとは考えておりません」

天皇は、静かに矛盾を指摘した。

「既に五か月も経っているではないか。参謀総長は、支那事変を始めるに当たって、朕に何と言ったか忘れたのか? 二か月で終わらせると言ったのだぞ。それからもう四年だ。長引いているのは、米英の軍事援助のせいというが、それはロシアも同じだ。米英の援助により、独露の戦いが容易に決着しないとなれば、今、帝国が米英と戦端を開くことは、火中の栗を拾うことにもなりかねない」

杉山参謀総長も沈黙した。

天皇から、あらためてご下問があった。

「かつて訪英の折、イギリス海軍顧問のジュリアン・コーベット卿の著作、『海洋戦略の諸原則』を買い求めた。そこには、『イギリスが制海権を失えば、講和に応じるしかない』と書かれていた。イギリスから制海権を奪い、講和のテーブルに着かせる策はないのか？」

永野軍令部総長が応えた。

「ドイツの海軍力では、イギリスから制海権を奪うのは難しいと思われます。むしろ、イギリス経済を支える植民地、例えばインドの独立を促した方が、講和につながるかもしれません」

杉山参謀総長が、慌てて発言を求めた。

「もしインドを攻めるなら、海軍にインド洋の制海権を握ってもらわなければなりません。輸送船で兵員や物資を運ぶのは陸軍ですが、その安全を保障するのは海軍の責務です」

天皇は嘆息した。

「やはり、制海権か。制海権がなくては、戦争を始めることも、終わらせることもできないか。いずれにせよ、始め方だけでは片手落ちだ。戦争をいかにして終わらせるのか、その方策を具体的に説明せよ」

天皇のご下問を受けた大本営は、「アメリカ、イギリス、オランダ、中国蒋介石政権に対する戦争終末促進に関する腹案」を取り纏め、大本営政府連絡会議の決議を得て奏上した。

「日本、ドイツ、イタリア三国協力して先づ速やかにイギリスの屈服を図る。イギリスの屈服は概ね一年後を目途とするも、之と直(ただち)に講和することなく、イギリスをしてアメリカの継戦意志を喪失せしむるが如く誘導するに勉む。

一、帝国は以下の諸方策を執る。

イ、オーストラリア、インドに対し、周辺海域における制海権の獲得を図るとともに、政略及通商破壊等の手段に依り、イギリス本国との連鎖を遮断し其の離反を策す。

ロ、ミャンマーの独立を促進し、其の成果を利導してインドの独立を刺激す。

二、ドイツ、イタリアをして、以下の諸方策を執らしむるに勉む。

イ、中東、北アフリカ、スエズ運河作戦を実施す。

ロ、イギリスに対する海上封鎖を強化す。

ハ、情勢之を許すに至らば、イギリス本土上陸作戦を実施す。

三、ロシアをしてドイツと講和せしめ、枢軸側に参加せしむるが如く勉む」

インド洋の制海権獲得を求める大本営政府連絡会議の決定を受け、連合艦隊司令部は、潜水艦に頼る従来の計画を変更、水上部隊による作戦の検討に入り、その泊地を確保すべく、第六艦隊の潜水艦にモルディブ諸島とチャゴス諸島の兵要調査を命じた。

インド洋の空に、白い雲がゆったりと浮かんでいた。瑠璃色の海がどこまでも広がり、水底には翡翠色の珊瑚礁が揺らめく。その光景に魅入られて、伊号第二五潜水艦飛行長の桜井飛行兵曹長は戦時にあることを忘れそうになった。モルディブ諸島の兵要調査を始めて、今日で三日目になる。調査海域に達するたびに、潜水艦の格納庫から零式小型水上機を引き出して、カタパルトで発進するのだが、何回飛んでも目に入るのは、長閑な現地住民の村と漁船ばかり。当初の予定では今頃、オーストラリアやニュージーランドの軍港を、対空砲火をかいくぐりながら偵察していたはずだから、それに比べたら眠くなるほど平穏な日々が続いている。ふと視界の片隅に、宝石のような輝きを感じた。驚いて目を凝らすと、一匹の大型の蝶が悠々と飛んでいる。

「てふてふが一匹韃靼海峡を渡つて行つた」

安西冬衛の「春」の一節が浮かんだ。もっとも、蝶の姿形はまるで違う。飛んでいるのは、オオルリアゲハだ。インドネシアからオーストラリアにかけて分布する美しい蝶で、青い翅に金属のような光沢がある。学名はユリシーズ。古代ギリシアの叙事詩、「オデュッセイア」の英雄にちなむ高貴な名を与えられ、見る者に幸福をもたらすという言い伝えがある。だが、インド洋のモルディブ諸島に、オオルリアゲハが生息するとは聞いたことがない。誰かについてきたのだろうか。

偵察員の前川飛行兵曹の声がした。

「何か見えます」

どうやら航跡らしい。やがて水平線にマストが、それに続いて船体が見えてきた。貨物船だ。それも、かなりの大型だ。針路からすると、オーストラリアから来た可能性が高い。

「護衛がいるかもしれない。周囲をよく探せ」

慎重に左右を確認する。

「独航船のようです。周りには何もいません」

定期航路でもないこんな所に、なぜ大型の貨物船がいるのか？　オーストラリアと中東を結ぶ、中継基地があるのかもしれない。

「どこへ向かっている？」

桜井飛曹長が問いかけると、前川飛曹が海図を見ながら答えた。

「針路方向にアッズ環礁があります」

アッズ環礁はモルディブ諸島の南端だ。燃料の残量を考えると、躊躇（ちゅうちょ）している余裕はない。

「アッズ環礁に先回りするぞ」

アッズ環礁の中心を占めるガン島は、セイロン島から一四〇〇キロの位置にある。島といっても、東西二キロ、南北一キロ、ラグビーボールのような形の珊瑚礁だ。そこから北東と北西へ、細長い環礁が連なっている。同じ島でも火山島なら水平線に現れる山が目印になるが、珊瑚礁は標高が低く、打ち寄せる波が海岸線に沿って作る、細く白い筋を探すしかない。だが、海面の白波に紛れやすく、見つけるのは意外に難しい。燃料が残っている間に発見できるか、いささか心配だった。ところが案ずるまでもなく、すぐに水平線に黒い影が見えてきた。

桜井飛曹長は思わず声を上げた。

「何だ、あれは?」

断雲に身を隠しながら、慎重に接近する。驚いたことに、それは林立する石油タンクだった。桟橋に横付けとなった、艦艇や貨物船も見える。間違いない、イギリス軍の補給基地だ。

突然、前川飛曹が叫んだ。

「あれは飛行場ではないですか?」

これまで見えていたものよりさらに大きな島に、整地された区域が広がっている。飛行機らしきものは見当たらないが、掩体壕に隠されているのかもしれない。その向こうには、また石油タンク群があり、倉庫と桟橋が整然と並んでいる。

「もし敵に見つかったら、潜水艦もろとも撃沈されかねない。ここは一旦引き上げよう」

桜井飛曹長はそう言って、機首を反した。

「アッズ環礁に、イギリス軍の補給基地を発見」

その報告を聞いて山本五十六大将は、いささか意外に思った。艦隊の泊地としては、チャゴス諸島のディエノ・ガルシア環礁の方が本命と考え、その手前のモルディブ諸島は予備的に調査させただけだったからだ。とはいえ、アッズ環礁のガン島はセイロン島のトリンコマリー軍港から一四〇〇キロの距離にあり、オアフ島の真珠湾軍港から二〇〇〇キロ離れたミッドウェー島と、位置関係が似ている。山本大将は、インドとオーストラリアをイギリスやアメリカから分断するため、セイロンとハワイを攻略する構想を持っていた。兵士や資源を植民地に頼る英国は、分断されると戦争の継続が困難となり、休戦を求めてくるはずで、そうなったら英国に米国を説得させ、講和のテーブルに着かせるというシナリオだ。しかしロシア侵攻を諦めていない陸軍は、師団規模の兵力をセイロンへ投入することに難色を示した。そこで思い出したのが、ミッドウェー作戦のために大本営が用意した、陸軍の一木（いちき）支隊と海軍の第二連合陸戦隊だ。セイロン島を占領するには足りないが、アッズ環礁なら手頃だろう。ミッドウェー作戦のよい予行演習にもなる。アッズ環礁とミッドウェー島の奪取に成功すれば、陸軍もセイロンとハワイの上陸作戦に本気で取り組むに違いない。一石二鳥の悪くないアイデアに思えた。

三月下旬、連合艦隊司令長官の命を受け、インドネシアのスラウェシ島スターリング湾を出撃した第一航空艦隊は、インド洋にイギリス東洋艦隊を求めて、セイロン島沖に達した。第一航空艦隊の今回の編成は、第一航空戦隊「赤城」、第二航空戦隊「蒼龍」、「飛龍」、第五航空戦隊「瑞鶴」、「翔鶴」という大規模なもので、修理のため佐世保に戻った「加賀」を欠くとはいえ、真珠湾攻撃を上回る史上最大の空母機動部隊だ。

第二航空戦隊旗艦「蒼龍」の艦橋では、司令官の山口多聞少将が、艦長の柳本柳作大佐と話し込んでいた。

「イギリス東洋艦隊の泊地はどこだと考える？」

「コロンボ、トリンコマリーのどちらかですが、私なら、外洋に面し空母からの航空攻撃に曝されるトリンコマリーよりも、内海側のコロンボを選びます」

「アッズ環礁はどうだ？」

「あくまで補給基地で、軍港としての設備は十分ではないようです。一時的な避難先としてならともかく、長期間留まるのは難しいでしょう」

そこに、コロンボ空襲に向かった部隊から報告が入った。

「巡洋艦、駆逐艦各一隻撃沈。戦闘機および攻撃機を多数撃墜す。なお、空母をはじめとする敵艦隊主力は、コロンボ、トリンコマリー、いずれにも発見できず」

この報告を受けた「赤城」艦上の第一航空艦隊司令部は、沸き立った。

「コロンボ、トリンコマリー以外に、この辺りで東洋艦隊が停泊できる規模の軍港といえば、アフリカ東岸のケニアのキリンディニしかない。奴らはしっぽを巻いて、アフリカへ逃げ出したのだ。もはや、我ら向かうところ敵なし」

だが、米国に駐在武官として赴任した際、スパイマスターとして諜報活動に従事し、米国の諜報機関と丁々発止、火花を散らし機密情報の収集に当たっていた山口少将は、きな臭いものを感じた。

「こちらの攻撃を察知して、身を隠した可能性もある。動きが読まれているのではないか？」

政府や軍の内部にスパイがいるのはお互い様だし、暗号書や暗号機を盗んだり、盗まれたりするのも、平時ですら日常茶飯事、まして戦時ともなれば、撃墜された飛行機や撃沈された艦艇から、暗号書や暗号機が奪われるのは時間の問題だからだ。


重巡「利根」を発進した、九四式水上偵察機から無電が入った。

「敵巡洋艦らしきもの、二隻見ゆ」

山口少将と柳本艦長が海図で確認すると、コロンボとアッズ環礁の中間点を南下しているようだ。二人は顔を見合わせた。

「敵の攻撃を受けたら、分遣隊は主力と合流しようとするものだ。東洋艦隊がアフリカへ逃げたのなら、巡洋艦は西へ向かわなければおかしい。南下しているということは、主力はアッズ環礁にいるんじゃないか？」

柳本艦長が言った。

「もしそうなら、逃さないように距離を詰める必要があります」

山口少将が命じた。

「艦隊司令部に意見具申。アッズ環礁方面に進撃、イギリス東洋艦隊の所在を確認の要あり」

だが、「赤城」からの返答はなかった。敵主力がアフリカへ去ったという判断に固執する艦隊司令部は、それ以外の意見に耳を貸すつもりはなく、コロンボとトリンコマリーの陸上施設を徹底的に破壊しようと、第二次攻撃隊の兵装を対艦用から陸用へ転換する命令を起草中だったからだ。

真珠湾攻撃に当たり、連合艦隊司令部から「空母機動部隊を無傷で帰還させることを最優先せよ」という指示を受け、それを忠実に守ったにもかかわらず、後になって「なぜハワイの陸上施設をもっと破壊しなかった。石油タンクを爆撃するだけでも、米軍の反攻が半年は遅れたはずだ」と、せっかくの大勝利にケチをつける声が上がり、プライドを傷つけられた第一航空艦隊司令部は、「今度こそ文句は言わせない」と頑なになっていたのだ。


軽巡洋艦「阿武隈」の第一水雷戦隊飛行長の稲葉大尉は、九四式水上偵察機でカタパルトから発進した。無風で波もなく、水平線の先まで見通せる、絶好の飛行日和だった。しかし、どこまで行っても見えるのは空と海ばかり。時が経つにつれて、僚機は次々と、「我、燃料不足」と打電し、引き返し始めた。更に三〇分飛ぶと、稲葉機も担当海域を回り終えた。稲葉大尉は、「予定海域、敵を見ず」と報告した後で、しばらく躊躇った。これ以上飛ぶと、燃料が足りなくなるおそれがある。このまま帰っても、命令は果たしているのだから、非難されることはない。だが数日前、事故で愛機を大破した責任を感じていた。

「手ぶらでは帰りたくない。なんとかやりくりして、もう少し飛んでみよう」

藤沢飛行兵曹が「どうしますか?」と尋ねると、稲葉大尉は「偵察を続行する。機銃と銃弾を捨てろ」と、指示した。低速の水上偵察機が敵の戦闘機に襲われたら、機銃など何の役にも立たない。むしろ重い分、足を引っ張るだけだ。とはいえ、偵察続行は、ひとつ間違えれば死に直結する危険な判断だ。ふと計器盤を見ると、小さな蝶がとまっていた。

「お前も一緒に行ってくれるのか」

一瞬、感傷的な気持ちになった。

突然、藤沢飛曹が声を上げた。

「何か見えます！」

断雲を回り込み、太陽を背にしながら慎重に接近する。

「空母です。駆逐艦を伴っています」

イギリス東洋艦隊の本隊に間違いない。稲葉大尉は、電信員の佐々木飛曹に発信を命じた。

「空母らしきもの見ゆ。アッズ環礁方面より北上中」


イギリス東洋艦隊旗艦、戦艦「ウォースパイト」の艦橋に警報が響いた。

「左舷前方に、敵偵察機！」

司令長官のジェームズ・サマヴィル卿が、つぶやいた。

「とうとう見つかったか」

イギリス軍は、日本の空母機動部隊の来襲を事前に察知していた。しかし、日本艦隊の空母五隻に対し、東洋艦隊が擁する空母は「インドミタブル」と「フォーミダブル」の二隻だけだ。どちらも飛行甲板の装甲が戦艦並みに厚い装甲空母で防御力こそ高いが、搭載機数は日本空母の六割程度、それに加えて、戦闘機の米国製Ｆ４Ｆはまだしも、雷撃機は複葉機のソードフィッシュとアルバコアだけときている。まともにぶつかっては勝ち目がない。そこで、アッズ環礁に一旦退避し、ひそかに夜襲のチャンスを窺っていたのだ。とはいえ、見つかったとなれば、戦うしかない。サマヴィル卿は、覚悟を決めた。

空母「蒼龍」飛行隊長の江草隆繁少佐は、九九式艦上爆撃機三十八機を率い、高度三〇〇〇メートルで水平飛行に入った。座席を限界まで高く引き上げて風防を開き、野武士のように精悍な顔を突き出す。外気温は十五度、風速は秒速九〇メートルに達する。息をするのもままならないが、風防を閉めたままでは、ガラスについた僅かな傷も、小さな機影や艦影を見逃す原因になりかねない。一〇〇〇メートル上空では、零式艦上戦闘機三十六機が警戒態勢をとり、下方には九七式艦上攻撃機五十四機が続く。総勢百二十八機の大編隊だ。

開戦劈頭のマレー沖海戦では、日本の攻撃機がイギリスの戦艦二隻を沈めるという、一方的な勝利を収めたが、それは、「戦闘行動中の戦艦が飛行機の攻撃で沈むことはない」という当時の常識に従い、直衛する戦闘機の到着を待たずに出撃したためだ。今回は間違いなく敵機が待ち構えている。

前方上空に微かな黒いシミのようなものが現れた。イギリス軍の戦闘機だ。零戦隊が一斉に増槽を落とし、そちらに向かう。江草少佐は、座席を下に降ろして風防を閉めた。スロットルを開き、徐々に速度を上げる。爆弾を抱えたままの重い機体では、不利な戦いを強いられる。

一刻も早く攻撃地点を目指したいところだが、スピードを急に上げると、技量の劣るパイロットがついて来られなくなり、落伍するおそれがある。編隊が崩れて遅れた機が敵の餌食になることこそ、最も避けなければならない。逸る気持ちを抑え、手近な断雲に隠れてF４Fをやり過ごした。

やがて水平線に黒いものが現れた。イギリス軍の空母だ。江草少佐はすぐに攻撃に移ることはせず、高度を四〇〇〇メートルにとり、敵艦隊の周囲をゆっくりと旋回した。戦闘機がエレベーターで飛行甲板に上がっては、カタパルトから発進している。早めに飛行甲板を使用不能にする必要がある。江草少佐は、蒼龍隊に「インドミタブル」、赤城隊には「フォーミダブル」の攻撃を命じた。

「突撃隊形を作れ！　トツレ！」

緩降下に移り、一旦解かれた編隊が単縦陣に変わる。

高度二〇〇〇メートル。

「全軍突撃せよ！　ト連送！」

急降下に入った。イギリス艦隊が、対空砲火を激しく打ち上げてくる。炸裂する高射砲弾で機体は揺れ、視界一杯に広がる弾幕の中を、曳光弾が飛び交った。

この頃の高射砲弾は、爆発までの時間を事前に設定する時限信管を使っている。あらかじめ決められた高度でしか炸裂しないので、一定の高度を保って投弾する水平爆撃ならともかく、高度が急激に変わる急降下爆撃では滅多に当たらなかった。だから、なまじかわそうとするより、真っ直ぐ突入する方が生還の可能性は高い。しかし、炸裂する対空砲火の弾幕に向かって飛び込む恐怖は想像を絶し、経験の浅いパイロットの中には、目を閉じたり失神したりして、機体の制御を失い命を落とすものも少なくなかった。

先頭を切って弾幕に突入した江草少佐は、空母の飛行甲板を狙い、高度六〇〇メートルで投弾した。急降下爆撃隊の指揮官機が放つ最初の爆弾は、後続機が弾着を見て狙いを修正するターゲットマーカーのようなもので、命中精度はそれほど期待されない。だが、江草少佐の放った初弾は、飛行甲板の中央部を直撃した。後続機の爆弾も次々に命中し、爆発の衝撃が「インドミタブル」を揺るがす。

イギリス東洋艦隊旗艦、戦艦「ウォースパイト」の艦橋でそれを見ていたサマヴィル卿は、日本軍の急降下爆撃の技量の高さに舌を巻いた。驚くべき命中率だ。ところが、爆煙が吹き払われると、ほとんど無傷の飛行甲板が姿を現した。わずかなへこみが、いくつかあるだけだ。ドイツ軍の五〇〇キロ爆弾の直撃を受けても耐えられるという、戦艦並みの装甲を誇る飛行甲板は、日本軍の二五〇キロ爆弾では、かすり傷もつけられなかった。サマヴィル卿は、これなら勝てると微笑みを浮かべた。

イギリス軍の注意が上空の急降下爆撃機に向けられている隙を突いて、友永丈市大尉率いる九七式艦上攻撃機の一団が、超低空で英艦隊に迫っていた。気がついたイギリス艦艇は、慌てて機関砲の角度を変え、対空砲火を浴びせる。Ｆ４Ｆが同士討ちを避けようと離れていった。海面を這うように進む友永機に、曳光弾が集中する。

「用意、てっ！」

友永大尉が叫んだ。放たれた魚雷は、水煙を上げて水中に没し、「インドミタブル」めがけて走り始めた。後続機の投下した魚雷が扇型に散開し、空母はそれをかわすべく転舵する。その時、逆方向から突入してきた艦攻の魚雷が命中し、轟音とともに水柱が上がった。さらに三本の魚雷が炸裂し、「インドミタブル」は大きく傾く。内部の隔壁と配管が切り裂かれ、焔と煙が噴出した。少し離れた位置で、「フォーミダブル」も猛火に襲われている。爆発を繰り返し、夜を徹して燃え続けた二隻の空母は、暁闇に海中へと姿を消した。

夜が明けると、軽巡洋艦「阿武隈」のカタパルトから、一機の水上偵察機がアッズ環礁に向けて飛び立った。前方には、大きな黒煙が幾筋も棚引いている。上空から確認するまでもなく、アッズ環礁の様相は激変していた。至る所が煙に覆われ、石油タンクは燃え上がり、港湾設備も徹底的に破壊されている。滑走路は穴だらけで、格納庫は焼け落ち、黒焦げになった鉄骨だけが残る。イギリス東洋艦隊の壊滅を受けて、守備隊は夜の間にアフリカへ撤退したのだ。一木支隊と第二連合陸戦隊の上陸作戦は、演習のようにあっけないものに終わった。

数日後、ドイツの諜報機関から、新たな情報がもたらされた。イギリス軍の上陸部隊一万を乗せた輸送船団が、装甲空母「イラストリアス」に守られて、大西洋を南下しているという。

第一航空艦隊は、次のミッドウェー作戦に備え、日本に戻る必要がある。だが、アッズ環礁をガラ空きにすれば、イギリス軍に奪回されかねない。そこで、第二航空戦隊の「蒼龍」と「飛龍」を分遣隊として一時的に残し、イギリス軍の動きを監視することになった。

他方、本隊の「赤城」、「瑞鶴」、「翔鶴」は、錨を上げて北上を開始した。行きがけの駄賃にセイロン島のトリンコマリー軍港を空襲、修理中の空母「ハーミーズ」を沈没させると、東へと針路を変えて最終目的地の日本に向かう。

しかし、実際に直行できたのは、「赤城」だけだった。オーストラリア領パプアニューギニアの、ポートモレスビー上陸を目指す第四艦隊の要請を受け、「瑞鶴」と「翔鶴」が助太刀をすることになったからだ。もちろん、上陸作戦を直接支援するのは第四艦隊の軽空母「祥鳳」で、「瑞鶴」と「翔鶴」は、あくまでも米空母の出現に備える「用心棒」という位置づけだ。

当初は、日本に残っていた「加賀」が一隻で担当する予定だったが、パプアニューギニアのラエ、サラマウアに上陸した、陸軍一個大隊と海軍特別陸戦隊が、米空母艦載機の奇襲攻撃を受けたため、急遽、第五航空戦隊の投入が決定された。

もっとも米軍の攻撃は、こちらに迎え撃つ戦闘機が一機もいなかったにもかかわらず、輸送船を四隻沈めただけで、護衛艦艇は損傷のみという、徹底を欠いたものだった。連合艦隊司令部は、米空母の動きを、及び腰で一撃しただけですぐに逃げる、弱気な姿勢の現れとみなし、第四艦隊の懸念は、軍政畑が長く実戦経験に乏しい司令官、井上成美中将の過剰反応と見ていた。「瑞鶴」と「翔鶴」の投入には渋々応じたものの、編成後一年足らずで、練度不足のため真珠湾攻撃にも参加できずじまいの新米部隊が、実戦訓練を行ういい機会という程度の認識でしかなかった。

他方、アメリカ側は、日本機動部隊の動きを事前に察知し、真珠湾の敵討ちの機会を窺っていた。ラエ、サラマウアへの空襲は、日本の正規空母を誘き出すことが狙いで、大型空母「レキシントン」と「ヨークタウン」が、一矢報いるべく待ち構えていたのだ。

両軍は、ほぼ同時にお互いを発見、艦上戦闘機同士が正面から激突し、艦上爆撃機や艦上攻撃機が交錯して相手の空母に襲いかかるという、史上初の本格的な空母航空戦となる。第五航空戦隊は、「レキシントン」を撃沈、「ヨークタウン」を大破させるという戦果を挙げたが、軽空母「祥鳳」が沈没、「翔鶴」は大破、「瑞鶴」も艦載機に多大な損害を出し、ミッドウェー作戦には参加できなくなった。珊瑚海海戦である。


アッズ環礁に残った山口少将と柳本艦長は、イギリス軍の次の動きを探っていた。

「イギリス軍の輸送船団が、南アフリカのダーバンに入ったようだ。彼らの狙いは、アッズ環礁の奪還なのか、それともマダガスカル島のフランス・ヴィシー政府軍の撃破なのか、どちらだと思う?」

「まずは、マダガスカル島を攻略して、アフリカ大陸東岸の制海権を掌握し、エジプトへの交通線を確立するというのが順当なところではないでしょうか」

山口少将が言った。

「そうだとすれば、それを側面から奇襲するという手があるな」

「ミッドウェー作戦に支障が出ないように、アッズ環礁防衛以外の行動には出るなと、釘を刺されているのではありませんか?」

「問題のない範囲で、機に乗ずることは認められている」

「了解しました。しかし、イギリス軍にはレーダーがありますから、下手をすると敵艦隊を見つける前にこちらが探知されるおそれがあります。奇襲するのは、容易ではないでしょう」

「艦長はレーダーに詳しいそうだな。イギリス軍のレーダーの性能はどの程度だ?」

「高高度を飛行する編隊なら、八〇キロの距離で探知できるといわれています」

「単機の偵察機が、低空を飛べばどうだ?」

「高度六〇〇メートルくらいを飛行するのなら、発見されずにすむかもしれません。ただ、それでは視界が狭くなり、こちらも敵を見つけられない可能性があります」

「通常の索敵では難しいということか。問題は、どうやって敵の空母を見つけるかだな」

柳本艦長が提案した。

「イギリス軍がフランス・ヴィシー政府軍の基地を空爆するのを待って、その後をつけるというのはどうでしょう?」

「待ち伏せて、送り狼か。悪くないな。それにしても、そろそろイギリス軍に動いてほしいものだ」

「ミッドウェー作戦に間に合わせるためには、あと一週間しか待てません。それでもギリギリです」

第二航空戦隊航空参謀の佐藤中佐が、「蒼龍」飛行隊長の江草少佐に声を掛けた。

「イギリスの装甲空母を沈めるのに、ずいぶん苦労したようだな」

「巡洋艦は二五〇キロ爆弾で沈められたのに、空母があそこまで頑丈とは驚きました」

「驚いてばかりもいられないだろう。前回は他の空母も一緒だったが、今回は蒼龍、飛龍だけだ。どうやって仕留める?」

「難問ですね」

「しかも、本番が後に控えている」

「ミッドウェーですか」

「空母、戦艦を仕留めるには、やはり魚雷が必要だ。本番前に、魚雷を消耗してしまうことは避けたい」

「私に考えがあります。少し時間をください」

江草少佐は、「飛龍」飛行隊長の友永大尉を訪ねた。江草少佐の考えを聞いた友永大尉は驚いた。

前代未聞の奇策だったからだ。

「抜群の操縦技術を持ったベテランなら、不可能ではないかもしれませんが」

二人の議論は、深夜まで続いた。

一方、イギリス軍の上陸部隊一万を乗せた輸送船団と、装甲空母「イラストリアス」、戦艦「ラミリーズ」を旗艦とする護衛艦隊は、南アフリカ東岸のダーバンを出港して、マダガスカル北端のアンツィラナナに向かった。目標の西方三七〇キロにさしかかったところで、攻撃隊が「イラストリアス」を発進する。フランス・ヴィシー政府軍は、十七機のMS４０６戦闘機で迎撃したが、F４Fには歯が立たず、瞬く間に撃墜された。イギリス軍の複葉爆撃機、ソードフィッシュとアルバコアが、悠々と爆撃を繰り返す。やがて攻撃隊が引き上げにかかる頃、山の稜線から小さな影が現れ、密かに追いはじめた。

空母「イラストリアス」が攻撃隊の収容に入るのとほぼ同時に、レーダーが接近する飛行機の群れをとらえた。

「東方一〇〇キロに敵機」

艦長のレオポルト・シフレ少将が言った。

「フランス・ヴィシー政府軍に、航空戦力が残っているとは思えない。アッズ環礁を襲った日本の空母が、どこかに隠れていたということか」

「直ちに迎撃機を上げますか?」

「いや、攻撃隊の収容を優先しよう。インドミタブルやフォーミダブルの戦例を見ると、日本軍の急降下爆撃では、ほとんど損害を受けていない。雷撃機にさえ気を付ければいいということとだ。戦闘機は、さほど高度をとる必要がないから、時間にはまだ余裕がある」

　高度四〇〇〇メートルに日本機が現れた。すぐに突入してくるかと身構えていると、編隊を組んだままゆっくりと旋回を始めた。こちらの隙を窺っているようだ。やがて緩降下で高度を落とし、編隊を単縦陣に変えて急降下してきた。砲弾の時限信管を高度八〇〇メートルに合わせ、対空砲で弾幕を張る。空母「イラストリアス」は、正確な照準を優先して直進を保っていた。対空砲火が功を奏し、爆撃機が次々とコースを外れる。勇猛果敢に突入して、飛行甲板に二五〇キロ爆弾を命中させる機もあったが、やはり少しばかりのへこみを作るだけだ。他方、低空から進入しようとする雷撃機は、F4Fの厚い防御陣に接近を阻まれていた。

　上空ではまた一機、急降下をあきらめた日本機が、緩降下のまま離脱していった。「イラストリアス」で、気にとめるものは誰もいない。だが、防空軽巡洋艦「ハーマイオニー」の対空監視員は違和感を抱いた。何かを投下したようにも見えたからだ。とはいえ、弾幕のせいで、はっきりとしたことはわからなかった。ただの見間違いかもしれない。

「イラストリアス」の後方に、水柱が立った。わずかに遅れて、大爆発が起こる。これまでの二五〇キロ爆弾とは、桁違いの破壊力だ。シフレ艦長は、以前見た光景を思い出した。ドイツ軍が一トン徹甲爆弾を投下した時だ。あの時は、Ｊｕ87が水平爆撃で投下したのだった。まさか、大型の徹甲爆弾を緩降下で投下したのか？　また水柱が上がる。さっきより近い。

「取り舵一杯！」

シフレ艦長が叫んだ。しかし、大型艦の方向は急には変わらない。

「耐爆回避姿勢をとれ！」

　戦艦の徹甲砲弾を改造した、八〇〇キロの九九式八〇番五号徹甲爆弾が、「イラストリアス」の装甲甲板を貫通した。格納庫の床も突き破り、最下層で炸裂する。友永大尉の操縦する九七式艦上攻撃機が、高度一五〇〇メートルから緩降下に入り、華麗な飛行技術で投下したのだ。続いて四発の八〇〇キロ徹甲爆弾が、バイタルパートを破壊した。穿(うが)たれた船腹から海水が渦を巻いて流れ込み、「イラストリアス」は大きく傾き、黒煙を上げはじめる。

　やがて行き足が止まり、総員退去が命じられた。だがそれにもかかわらず、対空砲火はなおも続いている。船体が沈み始めても、止む気配がない。艦と運命をともにしようというのか。艦長ならばともかく、砲台の水兵たちまでもが。勇猛果敢を自負する帝国海軍でも、いまだかつてこのような戦い方をしたことはない。驚くべき敢闘精神に、江草少佐の目に涙があふれた。少佐は、「イラストリアス」の姿が海中に没しても、大英帝国海軍に敬意を表し、紺碧の海を飛び続けた。しかし神ならぬ身、わずか二か月後のミッドウェー海戦で、空母「蒼龍」が撃沈され、自分自身が海に投げ出されることになろうとは、この時、知る由もなかった。

第3章
東京

1942年6月5日

永野修身軍令部総長が宮中に参内し、ミッドウェー海戦の戦果を奏上した。

「詳細はなお確認中ですが、これまで判明した戦果につき、取り急ぎご報告申し上げます。アメリカ軍の空母二隻を撃沈、我が方の損害は、一隻沈没、一隻大破、僅差ながら勝利した模様にございます」

天皇は、一瞬、怪訝な顔をされ、お言葉も無かった。普段とは違うご様子に、永野総長は冷や汗をかいて退出する。その夜、天皇は内密に米内光政（よないみつまさ）大将をお召しになった。奏上の内容が、高松宮から内々に報告のあった「飛龍」発の至急電と大きく異なっていたからだ。万一にも奏上に虚偽や隠蔽があったとなれば、国家の命運を左右する一大事だ。米内大将は、海軍大学校教官で諜報活動の第一人者である竹内大佐に極秘調査を命じる。竹内大佐のもたらした報告は驚くべきものだった。

一、米空母は、一隻を沈めただけで、残りの二隻は健在である。我が方は、「赤城」、「加賀」、「蒼龍」が沈没、帰途についたのは大破した「飛龍」のみ。大敗北を喫しており、奏上は虚偽、隠蔽と断じざるを得ない。

二、海軍内部では、敗因を偵察機の報告の遅れに帰す向きがあるが、真実はむしろ逆で、敵艦隊を発見できたことが類稀な僥倖（ぎょうこう）というべきである。敵発見の第一報を伝えた重巡「利根」四号機は、トラブルにより発進が遅延したにもかかわらず、帰投時刻はそのままと指示され、辻褄を合わせるため、飛行ルートを勝手に変更、飛ぶ予定ではなかった海域を飛び、偶々、敵艦隊と鉢合わせしたにすぎない。当初の時刻に発進し、計画された通りのコースを飛んでいたら、すれ違って発見できなかった可能性が高く、「怪我の功名」と「瓢箪から駒」を合わせたような幸運だった。

三、他方、敵艦隊の上空を通過する飛行ルートを指示された重巡「筑摩」一号機は、好天なら視認できる距離まで接近したものの、雲の上を飛んだために見落としたとされる。もっとも、雲の下を飛んでいたら確実に発見できたのかといえば、それも疑問なしとしない。

雲の下は気象条件が悪く見通しのきかないことが多い上、高度を下げれば視界も狭まり、一機だけでは予定された海域をカバーしきれないからだ。

問題は、偵察域の広さに対して、投入された偵察機の数が少な過ぎることにある。最小限の機数で最大限の偵察域をカバーするといえば聞こえは良いが、わずかな齟齬でたちまち破綻をきたすような、形ばかりの偵察計画だった。

四、優秀なスタッフの揃った艦隊司令部が、なぜこうも杜撰な偵察計画を是としたのか。「敵機動部隊出撃の算なし」という、根拠のない予断がその原因と思われる。トラブル対応の丸投げ、コースの無断変更、雲の上の飛行といった、おざなりな態度の横行は、この予断が司令部のみならず艦隊全体に蔓延していたことの証であろう。「ミッドウェー島西方に米空母のコールサインを傍受」という第六通信隊の警告も、艦隊司令部の意に染まないとの忖度から握りつぶされ、届かなかったことにされた。

司令部がイエスマンばかりを重用し、裸の王様になっていたのだ。

セイロン沖海戦、珊瑚海海戦と、二度にわたり敵機動部隊の待ち伏せにあったことを考えれば、三度目を警戒し慎重の上にも慎重を期してしかるべきところ、そのリスクを一瞥だにしなかったことは、軽率の誹りを免れまい。

故事を温ねれば、中国の三国時代、諸葛孔明の弟子、馬謖の例に通じよう。

曰く、「孔明揮涙斬馬謖＝孔明泣いて馬謖を斬る」

報告を受けた天皇は激怒し、米内大将に海軍の粛正を命じた。そして米内大将が出した結論は、永野軍令部総長と山本連合艦隊司令長官を更迭、米内自身が現役に復帰し、両職を兼務するというものだった。

関東軍総司令官の梅津美治郎大将に天皇のお召しがあり、急ぎ帰国して宮中に参内した。御下問は、六月二十八日のドイツ軍のロシア南方コーカサスへの侵攻について、関東軍の存念を質すものだった。

「ドイツがこの作戦に勝利すれば、年内にロシアが講和に応じる可能性はあるか」

梅津大将が答えた。

「ドイツがカスピ海沿岸の油田を占領すれば、ロシアの被る経済的打撃は甚大です。ただ、もしそうなったとしても、首都モスクワが陥落するわけではなく、ウラルの工業地帯も健在ですから、アメリカの軍事援助が続く限り、戦争の継続は可能と思われます。むしろ、ドイツの方が短期決戦を諦め、長期戦に備えるべく資源の確保に走ったものではないかと考えます」

「この戦争が長引くようなら、ドイツはともかく、日本に勝ち目はあるまい。戦争の短期終息は、もはや望めぬのか」

「策が無いわけではありません」

「関東軍がロシアの沿海州に攻め込み、二正面作戦を強いるという話か」

「ドイツ軍がモスクワを占領したのならともかく、今、日本がロシアを攻撃したところで、講和に持ち込むのは無理でしょう。それにロシアは、満州との国境を要塞化しております。我が方も、強力な防衛線を築いておりますので、たとえロシアの侵攻を受けたとしても、撃退してご覧にいれますが、今、こちらから攻め込むことは考えておりません。策は別にあります」

献策を受けた天皇は言った。

「杉山は、『ドイツが勝利すれば』と言うばかりで、策らしい策を聞いたことがない。海軍は米内に任せたから、陸軍は梅津が参謀総長となって策を進めよ」

もっとも、その人事はすんなりとは進まなかった。職を解かれることになった杉山参謀総長がへそを曲げ、強硬に辞任を拒んだからだ。東條首相が兼務する陸軍大臣のポストを譲ることで、ようやく宥めた。陸軍から内閣改造の動きが出ると、これ幸いと海軍もそれに便乗する。山本五十六大将を更迭してはみたものの、真珠湾の名将として国民的人気が高いだけに処遇に困り、渡りに船と海軍大臣に押し込んだのだ。

司令長官が軍令部総長との兼務になったことで、連合艦隊司令部は陸に上がり、海軍省三階の軍令部の隣の部屋に入った。首席参謀には、極秘調査報告書を作成した竹内大佐が就任する。竹内大佐は、諜報活動だけではなく、米海軍の戦術にも造詣が深く、海軍大学校で図上演習を行った際には、アメリカ太平洋艦隊を担当し、連合艦隊を壊滅させたこともある。

第一航空艦隊は解散し、新たな空母機動部隊として第三艦隊が編成された。司令長官には、マレー半島上陸戦や、インド洋通商破壊戦で名を揚げた、小沢治三郎中将が抜擢される。参謀長は、空母「飛龍」の加来艦長が、少将に昇進して務めることになった。

旗艦は、艦橋にレーダーを搭載した戦艦「霧島」だ。レーダーを日本で初めて実用化した戦艦は「武蔵」だが、まだ訓練中で就役していないため、実戦に投入される戦艦としては「霧島」が最初となる。空母「翔鶴」、「瑞鶴」、「瑞鳳」を擁する第一航空戦隊は山口多聞少将が、「飛鷹」、「隼鷹」、「龍驤」を率いる第二航空戦隊は角田覚治少将が率いる。とはいえ、「飛鷹」は七月末竣工、九月末就役の予定で、実働はまだ先の話になるが。

久しぶりに自宅に戻って、浴衣に着替えてくつろいだ梅津美治郎は、家族にふと本音を漏らした。

「また、後始末をすることになってしまったよ」

一度目は陸軍次官として、二・二六事件を、

二度目は関東軍司令官として、ノモンハン事件を、

そして今回は参謀総長として、大東亜戦争を。

さすがに三度目ともなれば、ぼやいてもバチは当たるまい。幸いなことに、海軍の米内光政や山本五十六とは、気心が知れていた。盧溝橋事件から支那事変へと戦火が広がる中、陸軍次官として全面戦争を回避しようと奔走していた頃、海軍大臣の米内、次官の山本と協議を重ねた間柄だからだ。しかし、上海の治安維持に当たる海軍陸戦隊四千が、蔣介石政権軍三万の包囲攻撃を受けると、それまで戦火の拡大に反対していた海軍が、部隊を救出すべく強硬策に転じた。そして止め役が誰もいなくなり、坂道を転がり落ちるように全面戦争へ突入してしまった。同じメンバーで今度こそ、この戦争を終わらせなければならない。

梅津大将は、関東軍総参謀長に内定していたロシア通の高山中将を参謀本部次長に、昭南特務機関の白石大佐を次長付きに引き抜くとともに、作戦部長には、第三飛行団長から陸軍航空

士官学校幹事に転属したばかりの百川少将を呼び寄せた。百川少将は、陸軍幼年学校、陸軍士官学校、陸軍大学校を、すべてトップクラスで通した指折りの秀才だ。ノモンハン事件末期、関東軍の参謀副長に就任すると、雪辱戦を求める陸軍首脳部の意を受け派遣された、大本営参謀を前に図上演習を実施、敗北の原因は砲と砲弾の質と量の不足にあり、その点を改善しない限り損害が増すばかりと、不都合な現実を突きつけた。それが陸軍首脳部の不興を買い、「消極退嬰恐露病」と誹られ、左遷されてしまう。当時、関東軍司令官として赴任したばかりの梅津には、その人事を覆す力はなかったが、彼の分析は理にかなっているとして、関東軍の戦略を攻勢から守勢に転換したのだ。

さらに梅津大将は、退役した三池中将を現役に復帰させ、参謀総長付として海上輸送態勢の一新を託すことにした。開戦前の陸軍の目論見では、南方資源地帯の攻略に成功した暁には、少数の治安部隊を残して全軍を占領地から撤収し、輸送船を民間に戻すことになっていたが、いざ戦争が始まってみると、そんなものは机上の空論にすぎないことがすぐに明らかとなった。といって、もともと船腹量に限りのある日本で、いつまでも軍が徴傭を続ければ、民間の船舶需給の逼迫を招き、兵器製造に不可欠な鉄や、航空機に必要なアルミニウムの生産すら、ままならない状況に陥りかねない。この難問を解かなければ、講和に持ち込む前に、日本経済が破綻してしまう。

三池中将は、第一船舶輸送司令官として支那事変の兵站を担った際、軍需物資を揚陸して空になった徴傭船に、民需物資を積み込んで日本本土へ運び、民間の船舶不足を補った実績がある。その経験に基づき、軍需、民需を総合し、日本全体の船舶輸送力を最大化する策を具申したが、軍需輸送の極大化しか眼中にない陸軍首脳部の意向に盾突くものと疎まれ、早期退役に追い込まれた。

だが、梅津大将は、彼のアイデアを大東亜共栄圏全体に拡大して実現することを考えていた。シンガポールを南方で産する物資の集積拠点とし、徴傭船の復路をシンガポール経由と定め、空になった船倉に民需物資を積み込んで日本へ運ぶという構想だ。民需物資は、ただ運べばよいというものではない。民間の物流網に乗せなければ、倉庫に山積みになるだけで、宝の持ち腐れに終わる。軍人でその荷捌きのノウハウを持っているのは、三池中将とその門下生だけなのだった。

第4章 アフリカ

1942年6月7日

南国の空に曙光が射す頃、アフリカ大陸の東南に位置するマダガスカル島の北端、アンツィラナナのフランス・ヴィシー政府軍基地から、一機の一式陸上攻撃機が飛び立った。過荷重の限界まで燃料を積み込んだ機体は重く、普段よりもかなり長い距離を滑走して、ようやく離陸する。海はまだ仄暗い濃紺に沈み、翼は朝日を浴びて朱鷺(とき)色に輝く。高度が三〇〇〇メートルに達したところで、自動操縦に切り替えた。若い電信員が席を立ち、操縦席の鹿屋航空隊飛行長、伊集院中佐のカップに、大きな保温ポットから熱いコーヒーを注ぎ入れる。一口飲んだ中佐がつぶやいた。

「フランス軍のコーヒーは、苦みが強いな」

副操縦員が応えた。

「豆が違うんですかね。フランス軍の料理は抜群にうまいんですが」

「文句を言ったらバチが当たるがな。これが戦闘機乗りだったら、飛行中にできることといえば、凍りついた巻き寿司をかじるくらいだ。熱いコーヒーが飲めるだけでも、陸攻は天国だ」

「フランスといえば、空母『蒼龍』飛行隊長の江草少佐の結婚式は、銀座のフランス料理店だったらしいですね」

「奥さんは、第十二航空隊飛行隊長の山城中佐の妹さんじゃなかったかな。銀座のフランス料理店とは、さすがに洒落ている。だが、山城中佐は高知の出身だし、江草少佐の実家は広島の旧家のはずだ。本人たちはナイフもフォークもお手の物だろうが、親戚一同となるとフランス料理は初めてという人だっていたんじゃないか?」

「ナイフとフォークだけじゃなく、箸も用意してあったそうですよ」

「ほう、箸でも食べられるフランス料理店か。日本に帰ったら家族を連れて行ってみよう」


セイシェル諸島の上空で偏流を測定する。南東のモンスーンにうまく乗れば、燃料が節約できそうだ。今回の任務は、長大な航続距離を誇る一式陸攻でも、限界まで燃料を積んでやっとという長距離を、無着陸で飛行するというものだ。平時でも容易ではないというのに、ケニアから敵地上空に入り、スーダンを飛び越えて、リビアのサハラ砂漠にあるイタリア軍の基地に着陸せよというのだから、「陸攻の神様」と称される伊集院中佐にとっても至難の業、無理難題にもほどがある。

中佐が、思い出したように言った。

「海上の小舟の扇を、馬に乗った若武者が弓矢で射抜くという話があったな」

「平家物語ですか？」

「そうだ、その時の矢にでもなった気分だ」

「那須与一（なすのよいち）とかいいましたね」

「もし的に当たらなかったら、与一は腹を切るつもりだったらしい。我々も、似たようなものだ。航続距離ギリギリの片道飛行、たどり着けなければ砂漠のど真ん中、まず助からない」

それを聞いていた搭乗員たちが、次々に口をはさんだ。

「サン＝テグジュペリという、フランス軍のパイロットが書いた本によると、サハラ砂漠からの風はとても乾いていて、十九時間で人間の命を奪うそうです」

「砂嵐に巻き込まれた生き物は、カラカラに乾き切っていて、触ると崩れてしまうとか」

「そういえば、しばらく前にフランス軍の輸送機が砂漠に不時着して、全員が行方不明になる事件があったらしいです」

伊集院中佐が応えた。

「なかなか興味深い話だが、我々がいつも飛んでいる海だって、それ以上に危険じゃないか。不時着水した飛行機はすぐ沈むし、鮫に襲われることもある。少なくとも、砂漠に鮫はいないからな」


インド洋を飛ぶ一式陸上攻撃機の眼下には、広漠たる海原がいつ果てるともなく続いていた。しかし、ついに黒々とした陸地が見えてくる。アフリカ大陸だ。伊集院中佐は、地形を地図と照らし合わせた。目印になるもののない海や砂漠では機位を失いがちなので、海岸や山、川などが見えている間に修正しておかなければならない。一式陸攻は、ケニアとエチオピアの国境、大地溝帯のトゥルカナ湖を飛び越え、スーダンのナイル川屈曲部を目指した。森林地帯からサバンナ、そして半乾燥地帯のサヘルへと、景色は趣を大きく変える。雨季に入ったからか、思ったより緑が多いが、それもいつのまにかナイルの河岸を縁取るだけとなった。その彼方には、砂の海がどこまでも続いている。サハラ砂漠だ。

そろそろ、リビアに入るころか。ふと気が付くと、地平線に異変が起きていた。砂嵐だ。とんでもない邪魔が入った。砂の怒濤がうねり、のたうつ。空は血の色に染まり、暗い闇がその奥に蠢く。

「砂嵐が止むまで待ちたいところだが、燃料がもたない。突っ込むぞ」

砂嵐の中では、乱気流が渦巻いていた。機体が激しく揺れる。見えるのは、砂の吹雪だけだ。燃え盛る溶鉱炉の中に飛び込んだように暑い。エンジンの油温が、見る見るうちに上がっていく。どこからか、ゴムの焦げる匂いがした。バルブが焼き付いて、燃料が自然発火しかねない。エンジンの回転数が、ゆっくりと下がっていく。砂漠で遭難した、フランス軍機の話が頭をよぎった。

こんな熱風の中で不時着したら、生きては帰れないだろう。荒ぶる風に揉みしだかれ、機体がきしむ。風防ガラスが、これまで耳にしたことのない、異様な音を立てた。突然、機体が急降下する。エアポケットだ。伊集院中佐が、慌てて姿勢を立て直す。

「なんとか、持ちこたえてくれ!」

高度が下がったためか、風向きが変わったようだ。

突然、砂嵐を抜けた。

そこは薄暮の砂漠だった。これまでの荒天が嘘のように、静かな世界が広がっている。砂漠の平地に、粗末な飛行場が見えてきた。リビアの南端にある、イタリア軍の秘密基地、カンポ・ウノだ。

「やれやれ、なんとか着けたようだ」

やっとの思いで降りると、それは人の手が全く加わらない、巨大な岩場だった。驚くほど平坦な岩盤で、それをそのまま飛行場として使っているらしい。日本では考えられないが、いかにもアフリカらしいスケールの大きさだ。カンポ・ウノで燃料を補給し、地中海に向かった伊集院中佐の一式陸攻は、北アフリカ戦線でドイツ軍を支援する作戦に従事することになった。


二週間後、マダガスカル島の基地から後続部隊が到着した一式陸攻は、十六機を数えるまでに増強され、カンポ・ウノに戻ってきた。今回の任務は、リビアの南、チャドのンジャメナにある、イギリス軍の物資集積所への夜間爆撃だ。日本軍がアッズ環礁とマダガスカル島に陸攻と潜水艦を配備し、通商破壊戦を開始したため、エジプトへ軍需物資を送るインド洋の補給線を絶たれたイギリス軍は、アフリカ大陸西岸に揚陸した軍需物資を陸路、ナイル川まで運び、船に積み替えて川を下る、迂回ルートを使うようになった。今回の作戦の狙いは、その陸送ルートの中継拠点である、ンジャメナの物資集積所を爆撃で破壊し、エジプトのイギリス軍を干上がらせることだ。

夜の砂漠の飛行場を飛び立った一式陸攻は、さざめく星の海へと浮かび上がった。砂漠の夜空はおびただしい星々で覆いつくされ、光に満たされている。それとは対照的に、明かり一つ無い砂漠は漆黒に沈む。伊集院中佐は、どこか見覚えのある光景だと思った。そうだ、夜間飛行訓練で目にした、市街の煌めく灯火だ。懐かしい記憶が蘇る。一瞬、明るい方が地上で、暗闇が夜空のような錯覚に陥った。平衡感覚が崩れていく。地上では、上下の平衡感覚が狂うことはまずないが、飛行機の上ではG（重力加速度）の方向が時々刻々と変わる。暗闇の中で平衡感覚を保つことは、ベテランでも容易ではない。どちらが上で、どちらが下か、確信が持てなくなった。数多くのパイロットを死に至らしめてきた、空間識失調だ。冷汗が噴き出す。

「砂漠の夜空は星が多すぎて、どの星が何の星座か、見分けるのに苦労しますね」

副操縦員の声で我に返った。こんなことでは、星の光を町の灯と見間違えて、墜落したパイロットのことを笑えない。伊集院中佐は、気を取り直して応えた。

「そういえば、南米のアンデスの先住民の星座は、我々のものとは違うらしいぞ。高地の砂漠地帯に住む彼らにとって、今、我々が見ているような夜空が日常だ。星の数が多過ぎて、点や線ではなく光の面に見えてしまうんだ。そこで逆に、星のない暗い部分に名前をつける。リャマとか羊飼いに見立ててな」

「そうなんですか。でもこうしていると、地中海のマルタ島の夜間爆撃に向かう途中で、敵の輸送船を沈めた時のことを思い出します」

「輸送船団が触雷して、機雷原で立ち往生していたんだったな」

「駆逐艦が一隻、爆雷に誘爆したのか、派手に光と音を出してくれたおかげで気が付きました。あれがなければ、通り過ぎていたでしょう」

「敵さんは、轟沈した駆逐艦の乗組員の救助に必死で、我々が見えていなかったんだろう。船団が停まったままだったから、うまく爆弾を命中させることができた」

「ドイツ軍の話だと、あれはマルタ島へ軍需物資を運び入れる、ハープーンとかいう輸送作戦で、沈めた輸送船はトロイラスとかオラリイとかいう名前だったそうです」

「後から知ったが、近くに巡洋艦もいたそうじゃないか。あんな幸運はそうあるものじゃない。油断大敵だ」


伊集院中佐は、高度を上げ始めた。標高三〇〇〇メートルのティベスティ山地が近づいている。その麓には自由フランス軍の基地があるらしい。見つかって通報されると面倒だと思ったが、こればかりは幸運を祈るしかない。山岳地帯を越えるとまた砂漠の暗闇が続き、やがてほんのり薄明るいものが見えてきた。下弦の月の光を集める、チャド湖だ。それを横目に、一旦南へ出て北に変針する。


すぐに、ンジャメナの市街が目に入った。灯火管制を敷いてはいないようだ。道路や街並みが、はっきりとわかる。飛行場も、明るく照らされている。

「先ず、滑走路を爆撃する」

滑走路の向きに進路を合わせた。サーチライトの歓迎も、対空砲の出迎えもない。夜襲成功だ。爆弾投下命令が下る。

「てっ!」

弾倉を離れた爆弾が、滑走路に二列の光の帯を描いた。もし夜間戦闘機が配備されていたとしても、これでしばらくは飛び立てないだろう。次の旋回で、格納庫と燃料貯蔵所に爆弾を投下する。光が炸裂し、火柱が上がった。そのころになって、漸く灯火が消され始めたものの、燃えさかる炎が攻撃目標を照らし出すので、狙いを定めるのに困ることはない。

点灯したサーチライトが夜空を右へ左へと動き、高射砲が火を噴く。だが、まるで見当違いの方向を撃っている。猛火に目がくらんで、空を覆う煙と闇に潜む我々を見つけられないようだ。編隊は、巨大な物資集積所に向かった。爆弾が投下されるにつれ、至る所で閃光が煌めき、砲弾、爆弾、地雷が次々と誘爆した。戦車や装甲車、トラックなど、あらゆる車両が炎に包まれる。やがて、何に引火したのか、上空の機体が激しく揺さぶられるほどの大爆発が起こった。火はいつまでも燃え続け、爆撃を終えた編隊が北へ向かって三十分以上飛び続けても、なお後方に赤々とした炎を見ることができた。

ンジャメナを爆撃してから二週間が経ち、七月に入った。早いもので、伊集院中佐がアフリカに来てから、もう一か月になろうとしている。一式陸攻の編隊は、暁闇に沈むカッターラ低地の上空にさしかかった。この低地は、サハラ砂漠の中でも特にやっかいな地形で、乾けば流砂となって戦車のカタピラを沈め、湿気を含めばトラックの車輪を滑らせ、いかなる車両の走行をも拒む。

左手には、地中海が微睡(まどろ)んでいる。海岸の漁港のそばに、海沿いを走る鉄道の駅があり、イギリス軍はその周囲に野戦陣地を築き、そこからカッターラ低地まで、南北六〇キロにわたって防衛線を敷いていた。空から見下ろすと、その布陣が一目瞭然だ。地雷を並べた中央にインド第十八旅団、防衛線南端の低地近くにはインド第五師団、北隣にニュージーランド師団と植民地の兵士を最前線に並べ、その後方にイギリス第七機甲師団を配置している。ドイツ軍が主力の戦車部隊を南に迂回させると読んで、そこに重点配備した布陣だ。第二線の丘の上では、激戦のマルサ・マトルーから敗走してきたイギリス第一機甲師団が傷を癒し、周辺には補給物資が山と積まれ、新品とおぼしき戦車や装甲車が並んでいる。伊集院支隊の今回の任務は、その手負いのイギリス第一機甲師団にとどめを刺すことだ。

旋回し、太陽が昇り始めた東から爆撃針路に入る。左右に小刻みにコースを調整していると、叫び声がした。

「後方に敵機!」

機内に緊張が走る。イギリス空軍のホーカー・ハリケーン戦闘機だ。ここはドイツ空軍の戦闘機の航続距離を超えた空域、直掩機はいない。伊集院中佐が命じた。

「編隊を崩すな」

水平爆撃では、指揮官機が照準して投下のタイミングを計り、列機はそれに従う。爆弾投下が終わるまで、回避運動はできない。尾部銃座の九九式一号二〇ミリ旋回機銃が、唸りを上げた。零式艦上戦闘機の翼内機銃を旋回機銃にしたもので、当たり所さえよければ、数発で戦闘機を撃墜できる。ハリケーン戦闘機の銃弾が脇をかすめた。

「三番機被弾!」

噴出する燃料の霧を白い筋のように引きながら、三番機がゆっくりと高度を下げていく。曳光弾を浴びて、見る間に炎が機体全体に燃え広がった。

「ようそろう、ようそろう」

「てっ!」

〇・五秒間隔で十二発の爆弾を投下する。六秒間は、何があっても直進を保たなければならない。秒針の動きが、やけに遅い。今にも背後から弾丸が迫ってくるような恐怖を、必死にかみ殺す。投下が完了すると、一気に急降下し、右旋回して海岸へ向かった。後続機が、また炎を吐きながら墜ちていく。地上へ視線を走らせると、砂漠に爆煙が並んでいた。弾薬が誘爆し、ドラム缶が炎を上げ、黒煙が周囲を覆う。作戦成功だ。前方に、芥子粒のような黒い点が見えた。ドイツ空軍のBf109だ。地獄に仏とはこのことだ。あともう少しで、ドイツ軍の空域にたどり着く。ホーカー・ハリケーンは、Bf109に気がついたのか、あるいは弾を撃ち尽くしたのか、機首を返して遠ざかっていった。

伊集院中佐はほっとして、地上の戦況に目をやった。ドイツ第十五装甲師団と第二一装甲師団が、イギリス軍の正面を守るインド第十八旅団の防衛線を突破しようとしている。鹿屋空の敵情偵察に基づいて裏の裏を衝き、手薄な正面に攻撃を集中したのだ。その北側では、爆撃で損害を受けたイギリス第一機甲師団が後退を始め、その空隙にドイツ第九十軽機械化師団が突入する。そこを抜けば海岸線は目前だ。野戦陣地のイギリス軍は、退路を断たれる。

ドイツ軍の砲兵が、英軍陣地に砲撃を加えはじめた。補給に四苦八苦するドイツ軍には珍しく、豪雨のように猛烈な射撃だ。大量に鹵獲したイギリス軍の砲弾を、同じく鹵獲した二十五ポンド砲で撃っているので、全弾撃ち尽くす勢いだ。西からは、先日到着したばかりの、血気に逸るドイツ第一六四歩兵師団が迫る。野戦陣地の陥落は、時間の問題だろう。ここからエジプトのカイロまで二〇〇キロ余り、アレクサンドリアなら一〇〇キロ足らずだ。

伊集院中佐が尋ねた。

「あの鉄道の駅は、なんていう名前だ？　野戦陣地のある漁港の駅だ」

副操縦員が、地図を調べながら答えた。

「ええと……、エル……、アラ……、エル・アラメインです」

エル・アラメインの防衛線を突破したドイツ・アフリカ装甲軍は、直ちにカイロを衝くと見せかけて、一転、主力をアレクサンドリアに向けた。装甲軍の最大の課題が兵站で、荷役能力の高い港の確保が焦眉の急だったからだ。

ドイツ軍は、ベンガジとトブルクの港を奪取したものの、荷役能力が低く荷を捌ききれず、荷揚げの順番を待つ輸送船が港外に列をなして停泊し、イギリス空軍の爆撃の格好の標的になってしまった。損害の大きさに音を上げたイタリア軍は、輸送船の行先をトリポリに戻したが、そこから最前線までは二〇〇〇キロもあり、その距離を陸路で運ぶとなると、トラックも燃料もいくらあっても足りない。とうとう、軍需物資がトリポリの港に山積みのまま放置されるという、窮状に陥っていた。

アレクサンドリアを手中にしたドイツ軍は、兵站の懸案を一挙に解決し、カイロを、続いてスエズ運河を制圧する。一か月後、そのスエズ運河を経由して、日本海軍の九一式航空魚雷が運び込まれた。伊集院中佐にとって、待望の魚雷だ。爆弾は懸架装置を改造すれば独軍のものを流用できたが、航空魚雷はそうはいかない。早速、陸攻に魚雷を搭載すると、マルタ島沖の輸送船団に向けて出撃し、タンカーの「オハイオ」、輸送船の「ポート・チャーマーズ」、「ロチェスター・キャッスル」、「メルボルン・スター」を撃沈した。さらにその翌日には、Ｊｕ87の急降下爆撃で大破した、イギリス海軍の装甲空母「ビクトリアス」にとどめを刺し、海軍軍令部を喜ばせる。だが、戦争の帰趨を決するという点では、タンカーの撃沈の方が大きな意味を持っていた。マルタ島の海水淡水化装置の燃料が絶たれて飲料水が枯渇し、イギリス軍の守備隊が降伏したからだ。使命を終えてマダガスカル島に戻った陸攻隊は、二度と地中海にその姿を現すことはなかった。

第5章 ソロモン海

1942年7月10日

ツラギはソロモン諸島の小島だが、イギリスが植民地政庁を置く政治的要衝だ。二キロ離れたタナンボグホ島には、オーストラリア軍の水上機基地がある。オーストラリア領パプアニューギニアのポートモレスビー上陸を狙う日本軍は、輸送船の航路に当たる珊瑚海を哨戒する拠点が必要となり、ツラギ島とタナンボグホ島を攻略した。

進出したのは、九七式飛行艇や二式水上戦闘機を擁する横浜海軍航空隊だ。その彼らに、フィージー、サモア、ニューカレドニア方面への偵察命令が下った。アメリカは資源大国だが、唯一、クロム鉱だけは産出量が日本を下回り、自給率はわずか五％しかない。クロム鉱は、大砲の砲身や装甲、各種車両のサスペンション、エンジン、ターボチャージャー、さらには開発中のジェットエンジンまで、様々な軍需品の生産に不可欠なレアメタルだ。そして、その米国にとって、最大の輸入相手がニューカレドニアなのだ。日本軍が制圧すればもちろん、輸送線を断つだけでもアメリカの軍需生産を混乱に陥れることができる。米国の戦争経済のアキレス腱を狙うこの作戦は、主力撃滅による短期決戦を志向する山本五十六大将のお眼鏡には適わず、一時は中止されそうな雲行きだったが、連合艦隊司令長官の更迭で、再び日の目を見ようとしていた。

九七式飛行艇は巨大だ。主翼の幅が四〇メートルもある。アメリカの重爆撃機「空の要塞」B－17でも三二メートルだから、いかに大きいかわかる。水平尾翼ですら、零式艦上戦闘機の主翼並みの大きさがあった。エンジンは、B－17と同じく四発。だが、水上でエンジンを起動するには、陸上機とは違う苦労がある。

機関士が胴体上部の扉を出て、主翼の後縁にハシゴをかけて上り、翼の上をエンジンの脇まで歩く。主翼の前縁を開いて足場の板を出し、ワイヤーにつかまりながら慣性起動機のイナーシャ・スターターのハンドルを回す。それに合わせてパイロットが点火スイッチを入れると、破裂音とともにエンジンがスタートして、プロペラが回りはじめる。その途端、プロペラの真後ろに立つ機関士には、猛烈な風が吹き付ける。それでなくても、海水で濡れた機体は滑りやすい。足を滑らせてプロペラに巻き込まれたら即死、風に吹き飛ばされ機体に打ち付けられてもまず命はない。細心の注意を払いながら、足場を引き上げて前縁を閉め、主翼を伝って戻る。ハシゴを外して機内に運び入れたら一安心だ。


エンジンが一基動き出せば、それが発電機を回し、残りの三基はモーターで始動できる。森山飛行曹長がスロットルを開けると、九七式飛行艇の四つのプロペラが、ゆっくりと、やがて勢いよく回り始めた。風はいつもの東風だ。風上に向かって静かに動き出した飛行艇は、やがて爆音を響かせながら水しぶきを上げて離水し、十七トンの巨体を空中に浮かせた。

大艇が、茫漠たる藍碧(らんぺき)の海原を飛ぶ。およそ一〇〇〇キロも飛んだだろうか、ニューヘブリデス諸島のエスピリトゥサント島の南、セゴンド海峡にさしかかったあたりだった。輸送船が集まっているのが見えた。その周囲には、おびただしい数の艀が行き交っている。

「何事だ？」

森山飛曹長は、艀の後を追うことにした。艀は、湾の奥に向かって列をなしている。この辺りには鬱蒼とした密林しか無いはずなのに、しばらく行くと唐突に途切れ、開けた平地が現れた。工事はまだ始まったばかりのようだが、それが何かは一目瞭然だ。

「飛行場だ。それにしても大きい。二〇〇〇メートルはゆうにある。これなら、B－17のような重爆撃機が、目一杯爆弾と燃料を積んでも、楽々離着陸できるだろう」

フィージー、サモアの米軍基地を守る、戦闘機のための飛行場なら、こんな規模は必要ない。だが、長距離爆撃機用だとしても、攻撃目標は一体どこだ？　ここからラバウルまでは二〇〇〇キロもあり、作戦行動半径一六〇〇キロのB－17では往復できない。爆撃可能な日本軍の拠点といえば、一〇〇〇キロ離れたツラギだけだ。アメリカ軍は、ツラギを奪回し、ラバウルの側背を突こうとしているのか？　もしそうなら、ツラギを辺境の偵察拠点としか見ておらず、わずかな守備隊しか配置していない日本軍はひとたまりもない。森山飛曹長は、慌てて機首を転じた。

連合艦隊の米内司令長官、宇垣参謀長、竹内首席参謀、第三艦隊の小沢司令長官、加来参謀長が顔を揃えた。

まず竹内首席参謀が、口火を切った。

「七月二日に三十七隻、三日に四十五隻、合計八十二隻の大輸送船団が、アメリカの西海岸を出港し、フィージー、サモア方面に向かっています。わが軍がミッドウェー島上陸作戦に用意した輸送船は十八隻ですから、その五倍近い数です。米国の保有する貨物船の数は一見膨大ですが、実は旧式の沿岸航行船が大半で、外洋航行に適した船はそれほど多くはありません。これだけの数を集めたとなれば、何か思い切った作戦を計画していると見るべきでしょう。エスピリトゥサント島に長距離爆撃機用の飛行場を建設しているという報告を踏まえると、連合国の反攻が、ツラギ島からソロモン諸島伝いにラバウルへ東から迫る可能性が無視できなくなりました。これまでは、オーストラリアからニューギニアを経てラバウルへ北上するルートを想定し、防衛線の構築を進めてきましたが、再検討する必要があります。ツラギ島はラバウルから一〇〇〇キロ離れており、その間に陸上機の基地はありません。九七式艦上攻撃機や九九式艦上爆撃機は片道しか飛べず、往復できるのは陸上攻撃機だけです。直掩の零戦はなんとか行けるとはいえ、空戦可能時間はわずか十五分、万一陥落すると面倒なことになりかねません」

小沢中将が言った。

「ミッドウェー帰りの山口多聞が、第三艦隊の出撃を声高に主張しています。貴重な外洋貨物船の大船団が日本軍の攻撃圏内を航行するとなれば、空母が護衛についてこないはずはない、ミッドウェーの敵討ちをする、絶好のチャンスだと」

米内大将が苦笑いしながら応えた。

「相変わらず、猪突猛進だな。だが、航空隊を揃えられるのか？」

加来参謀長が答えた。

「ミッドウェー作戦に参加した母艦航空隊のパイロットは二百八十三名、そのうち二百二十四名が生還しています。最後まで戦った飛龍こそ、多数の戦死者を出しましたが、赤城、加賀、蒼龍の百戦錬磨のベテランは健在です。もう一仕事してもらいましょう」

米内大将が尋ねた。

「空母はどうか?」

「飛龍は無理ですが、翔鶴は修理も終わり、出撃可能です。隼鷹のレーダー搭載工事も、突貫作業で終わらせました。瑞鶴、瑞鳳はメンテナンスのためのドック入りをキャンセルしました、龍驤はいつでも出撃できます」

「また待ち伏せを食って、ミッドウェーの二の舞を演じることはないだろうな?」

「前回の敗因は三点、すなわち、
偵察機の数が少ない上に、低速の水上機に頼ったこと、
直掩する戦闘機が払底し、反撃の機を逸したこと、
対空レーダーが無く、来襲する敵機の発見が遅れたことです。

今回、偵察には高速の二式艦上偵察機と艦爆を投入することとし、戦闘機も大幅に増強しました。さらに、戦艦の霧島、空母の翔鶴、隼鷹に、対空レーダーを搭載しております。同じ間違いを繰り返すことはありません」

米内大将が小沢中将に言った。

「何としても、戦争を年内に終わらせるんだ。第三艦隊を擂り潰しても構わない。もし来年ま

で長引いて、アメリカの新鋭空母や戦艦が続々と竣工したら、もはや講和の余地はない。肉を切らせて骨を断つつもりでやってくれ」

小沢中将は微笑んで答えた。

「望むところです。海軍きっての猪武者を二人も司令官に据えたのは、そのためですから」

宇垣参謀長が質問した。

「輸送船が八十二隻もいれば、一個師団以上の兵力を運べるだろう。ツラギ島に陸戦隊はいるのか？」

竹内首席参謀が答えた。

「近隣を合わせて二百五十名です。特別陸戦隊から六百名を増派します」

「それでも千名に満たないのか。一個師団を相手にするのは無理だな」

「残念ですが、これ以上の兵力を運ぼうにも、輸送船が手配できません」

米内大将が応じた。

「陸上兵力の輸送は陸軍に任せてきたからな。わかった。梅津参謀総長に協力を要請しよう」

宇垣参謀長が思い出したように言った。

「米軍はミッドウェー島に陸上機の基地を持っていたが、我が方には無いのか？」

「ツラギ島には適地が無いため、対岸の島に建設中です。完成次第、台南空の零戦を進出させる予定です。ラバウルへ輸送中の第二航空隊にも、新飛行場に急行するよう命じました。今後は、ラバウルとツラギ島の間の、ブカ、ブイン、ムンダ、バラレにも、防衛拠点と飛行場の建設を計画しています」

「対岸の島と言ったな。どんな島だ？」

「オーストラリア人所有の鄙（ひな）びた農園が一つありますが、あとは先住民の畑が点在するだけで、大部分がジャングルに覆われた未開の島です。八月六日には、滑走路の一部が使用可能になる見込みです」

「なんて名前の島だ？」

「ガダルカナルです」

「ガダル……カナル……？」

誰も聞き覚えがなかった。無理もない。最寄りのラバウルでも、その名を知る者がほとんどいない、無名の島だったのだから。


米内軍令部総長から協力要請を受けた梅津参謀総長は、ラバウルの第十七軍に、ポートモレスビーの陸路攻略を検討するリ号研究を中止し、南海支隊をツラギ島とガダルカナル島の防衛に向かわせるよう命じた。また、日本本土の第一航空軍の独立飛行第四七中隊、満州にある第二航空軍の第二飛行師団に、準備が整い次第ラバウルへ進出するよう指示する。

その見返りとして海軍は、徴傭船の復路を陸軍に合わせて変更することを受け入れた。これまでトラック島やラバウルへ軍需物資を運んだ輸送船は、折り返し日本へ直行していたが、シンガポールを経由する三角ルートに変更し、空いた貨物スペースに民需物資を積み込んで、日本へ運ぶことにしたのだ。総理大臣を経験し、経済界にも人脈が広い米内大将は、最新鋭の高速輸送船を、軍需民需を問わず最大限に活用しようという、梅津参謀総長の構想に異存は無かった。

小沢中将率いる第三艦隊が、トラック島に向けて出航した。第三艦隊第一航空戦隊司令官の山口多聞少将は、「人殺し多聞丸」という綽名があり、過酷な訓練を部下に課すことで知られる。トラック島への航海中も、ミッドウェー海戦の戦訓に基づき、飛行機の燃料タンクを空にして、爆弾や魚雷は弾薬庫に保管した状態から、燃料を満載し魚雷と爆弾を抱いた攻撃隊を飛行甲板に並べるまでの訓練を、徹底的に繰り返した。飛行甲板に並べ終えると、格納庫に下ろし燃料を抜き、弾薬を弾薬庫に格納する。そしてまた、同じ作業を反復する。さらに、「瑞鶴」と「翔鶴」の間で所要時間の勝敗をつけ、競争心を煽った。しばらくすると、第一航空戦隊の「瑞鳳」、第二航空戦隊の「隼鷹」や「龍驤」も参加するようになり、月月火水木金金の猛訓練に慣れた、戦艦や巡洋艦の乗組員たちですら、同情するほどの厳しい訓練が日々続けられた。やがて、第八根拠地隊の第八通信隊が、フィージー方面に活発な電波を傍受、偵察に向かった横浜空の飛行艇は、大輸送船団とそれを護衛する空母機動部隊を発見した。

設営隊が昼夜兼行で工事を急いだガダルカナル島のルンガ飛行場は、八月五日に、わずか八〇〇メートルとはいえ、使用できるようになった。それを受け、空母「八幡丸」の第二航空隊に対し、直ちにルンガへ進出せよとの命令が下る。「八幡丸」は、日本郵船の貨客船を改造した輸送用小型空母だ。英空母がカタパルトを利用していたことをヒントに、飛行甲板の左舷外側に二式一号一〇型カタパルトを仮設していた。このカタパルトは、四月に進水したばかりの軽巡洋艦「大淀」のために開発された、全長四〇メートルを超える巨大なもので、圧縮空気式でありながら、重量五トンの機体を時速一五〇キロまで加速するという野心的な目標を掲げていた。これは、全備重量が四トンを超える十四試高速水上偵察機（後の「紫雲」）の搭載を予定しているためだが、機体の開発は難航し、ようやく完成した試作機の性能も要求水準には遠く及ばず、カタパルトも期待された出力に達しなかった。

そこで、存在が宙に浮いたカタパルトの転用が検討の俎上に載る。後方に機体を射出する巡洋艦とは異なり、前方に射出する空母は、自身の速度（八幡丸なら二一・六ノット＝時速四〇キロ）を加えることで、カタパルトの出力不足を補うことができる。重量も、零戦なら二トン余り、艦爆や艦攻でも四トン未満だ。射出間隔が四分と長く、一刻を争う空母航空戦に参加するのは無理だが、輸送や偵察、哨戒などの任務なら支障はなかろうと、テストケースとして「八幡丸」へ仮設されることになった。もっとも、第二航空隊がガダルカナルへ出発する当日は、熱帯低気圧の接近で風が強く、必要な合成風速を容易に得られた。カタパルトを使うまでもなく、全機が飛行甲板を滑走して離艦した。

第二航空隊は、九九式艦上爆撃機十六機、零式艦上戦闘機十五機、計三十一機の戦爆連合編成だ。艦爆隊を率いるのは高田大尉、艦戦分隊長は大川大尉で、全体の指揮は飛行隊長代理として高田大尉が執る。「八幡丸」を発進した高田大尉は、ソロモン海を飛び越え、ルンガ飛行場の上空に達した。地上を眺めると、ブルドーザーやショベルカー、ロードローラーなど、大型の重機が何台も動き回っている。こんな絶海の孤島に、なけなしの重機まで運び込むとは、海軍の力の入れようがわかる。この調子なら、あとしばらくで陸攻も飛べるようになるだろう。ところが実際に着陸してみると、驚いたことに、ただ滑走路の一部ができたというだけで、基地として必要な設備は何一つ無かった。

「最前線というものは、ここまで何もないのか」

高田大尉が呆然として立ち尽くしていると、一足先にラバウルから到着した、台南航空隊の先遣隊の水内少佐が笑い出した。

「驚いたか。横須賀から着いたばかりじゃ、無理もないな。だが、そう悪いところでもない。設営隊の話だと、魚はうまいし、冷蔵庫には牛肉が一杯に詰まっているそうだ。バナナやパパイアも好きなだけ食える。オウムやインコ、ナマケモノを集めた動物園もあるぞ」

高田大尉は、あきれたような表情になった。

「基地としての設備が何も無いのに、冷蔵庫や動物園があるなんて、順序が逆なのではありませんか？」

「安心しろ、ラバウルはもっとましだ」

水内少佐は、高田大尉の肩をたたいた。

「ところで、海岸近くには荷物が山積みになっているようですが？」

「陸軍と海軍陸戦隊の物資だ。上陸して間もないから、まだ荷解きができていないんだ」

「敵の空母が間近に迫っているというのに、こんなことで大丈夫でしょうか」

「頭数こそ揃っていても、武器は箱の中、陣地も作りかけ、急場には間に合いそうもない」

「敵は、今どこにいるんでしょう？　横浜航空隊は、見失ったんですか？」

水内少佐が答えた。

「数日前に、米軍が大規模な上陸演習を行っている。そこからどこへ向かったかがわからない。ガダルカナル島の東方をツラギ島に向かって進んでいるのなら、いくら悪天候とはいえ、さすがに横浜空が発見するだろう。まだ見つかっていないということは、ひょっとしたらガダルカナル島の南を迂回して、西から回り込もうとしているのかもしれない。海が荒れると飛行艇は飛べないから、敵の発見は君たちの肩に掛かっている。よろしく頼むぞ」

翌日は朝から強い風雨になった。飛行にはかなりの危険を伴う。できれば避けたいところだが、豪雨を利用し、気配を消して間近に迫り、桶狭間で今川義元を討ち取った織田信長の例もある。墨を流したような空へ、第二航空隊の九機の艦爆が飛び立った。

第二小隊一番機の偵察員は、菊池飛行兵曹長だ。大粒の雨が風防を叩き、筋を引いて流れる。飛行を続けるうちに、天候はますます悪化し、稲妻が空を走り始めた。垂れ下がるスコールの緞帳を、慎重に避けながら飛び続ける。海面は泡立ち、波と波がぶつかりあって飛沫を上げていた。船の航跡があっても、これではかき消されて何もわからない。パイロットの武内飛行兵曹が声をかけてきた。

「そろそろ、燃料が限界です」

「まだ敵発見の通報がない。もう少し、あの雲の切れ間まで行ってみよう」

黒雲と黒雲の間に、わずかな隙間がある。飛び込むと、なぜかそこだけは平穏で穏やかな海が広がっていた。ふと、何か気配を感じた。

「接近してくれ」

海面を覆う雨の柱から、かすかに覗いているものがある。

「回り込め」

スコールに隠れて旋回する。見えて来たのは、今まで目にしたこともない大船団だった。

「敵輸送船団見ゆ。空母らしきもの伴う」

通報を受けた第二航空隊の高田大尉は、ルンガ飛行場の防空を台南空に任せ、六機の艦爆と十五機の零戦を率いて空母に向かった。林立する積乱雲の間を縫って艦爆が翼を連ね、その上空では零戦が周囲を警戒する。南国とはいえ、高度八五〇〇メートルの気温は零下二十度、酸素マスクなしでは呼吸もままならない。

突然、零戦隊が一斉に増槽を落とし、急降下を始めた。Ｆ４Ｆが現れたのだ。たちまち、激しい空中戦が始まる。その隙に、艦爆隊は断雲に身を隠して、真白な霧の中を進んだ。それが途切れると、そこは敵艦隊の真上だった。次の瞬間、猛烈な対空砲火が突き上げてくる。アメリカ軍の艦艇からいく筋もの光が伸びてきた。高射砲弾が炸裂し、機体が揺れる。輸送船団の彼方に、空母が見えた。

「突撃準備隊形作れ」

高田大尉が命じると、小隊三機ごとの単縦陣になる。

「突撃せよ」

艦爆隊は小隊も解散し、全機が単縦陣となって緩降下に入った。高度六〇〇〇メートル。左からＦ４Ｆが現れた。曳光弾が危うく頭上をかすめ、必死に機首を下げて回避する。すぐに次の敵機が覆いかぶさってきた。銃口から流れる硝煙が見えるほど近い。なんとか逃れて体勢を立て直し、高度四〇〇〇メートルから急降下に入る。高度計の針が最初はゆっくりと、やがて速度を増して回りだした。

「高度三〇〇〇」

「二〇〇〇」

「一〇〇〇」

南国の湿気を含んだ熱気が流れ込んできた。弾幕を突っ切るたびに、硝煙の匂いが鼻をつく。護衛艦艇の放つ曳光弾が、無数の光の帯となって機体を包み込んだ。

「七〇〇、用意」

「五〇〇」

「四〇〇、テーッ！　起こせ！」

最初の爆弾は、空母「エンタープライズ」の中央エレベーターを直撃し、底部を突き抜けてボイラー室を破壊した。二弾目は、後部エレベーターに命中、喫水線下で炸裂して破孔を作り、三弾目は右舷後部の兵員を吹き飛ばし、付近は火の海となった。


高田機に敵艦からの砲火が集中する。高度を一気に五メートルの超低空まで下げた。プロペラの風圧で海面が波立つ。高田大尉が振り向くと、空母から黒煙は上がっているが、こちらの後続機の姿は、どこにも見えない。編隊は、バラバラになってしまったようだ。艦砲射撃の閃光が走り、三〇メートルを超す水柱が行く手を阻む。砲弾が炸裂し、周囲に撒き散らされた破片が滝のように降り注いだ。黒い煙雲が空を覆い、火箭が無数の十文字を描く。

やっとのことで艦砲の射程距離を抜けると、そこにはＦ４Ｆが待ち構えていた。

「敵戦、右、距離二〇〇〇！」

「一〇〇〇！」

Ｆ４Ｆは主翼をわずかに揺らしている。まだ照準は合っていないようだ。後席の九二式七・七ミリ旋回機銃が、射撃を開始した。

「八〇〇」

「六〇〇」

Ｆ４Ｆの揺らぎが止まった。

「右！」

フットバーを一気に踏み込み、操縦桿を倒して機体を滑らせる。Ｆ４Ｆの曳光弾が、翼のすぐ脇を抜けて海面を叩いた。敵機が切り返すのに合わせて、後方席から空の弾倉を交換する音がする。しばらくして、今度は左から敵機が迫り、ぐんぐん距離を詰めてきた。

「七〇〇」

「五〇〇」

「三〇〇」

ガンガンと音を立てて、機体に銃弾が命中する。

「一〇〇」

左翼燃料タンクから、炎がほとばしった。

「七〇」

「五〇」

突然、Ｆ４Ｆのエンジンが煙を吐いた。急激に機首を上げて失速し、横倒しになって海面に激突する。七・七ミリの豆鉄砲が奇跡的に急所を射抜いたのか、偶然のエンジントラブルなのか、撃っていた本人にもわからなかったが、とりあえず絶体絶命の危機は脱したようだ。

小沢治三郎中将率いる第三艦隊は、アメリカ艦隊の北三〇〇キロにあった。直ちに発進したのは、二式艦上偵察機だ。これまで索敵に多用されてきた零式水上偵察機は、最高速度が三七〇キロと低速で、敵艦隊を発見してもすぐに撃墜されてしまうことが多く、継続的な触敵は困難だった。ミッドウェー海戦に先立ち、四月末に岩国基地で行われた連合艦隊次期作戦研究会では、軽巡洋艦「阿武隈」の飛行長の稲葉大尉が、来るべき海戦においては、水上偵察機より高速な艦上爆撃機による索敵を実施するよう進言した。しかし第一航空艦隊司令部は、空母の艦爆は全て攻撃に回し、索敵は巡洋艦の水上偵察機に任せる考えを頑なに変えなかった。実際には、ミッドウェーで最初にアメリカ艦隊を発見した重巡「利根」の零式水上偵察機は、低速のため接近に手間取り、敵艦隊の全貌を把握し、詳細を報告することができたのは、十三試艦上爆撃機の偵察機型で、最高速度が五三〇キロを超える二式艦上偵察機だけだった。稲葉大尉の指摘が正鵠を射ていたわけだ。十三試艦上爆撃機の艦爆型は、後年、「彗星」として制式採用され、稲葉大尉自身が飛行隊長を務めることになる。

関衛（せきまもる）少佐率いる第一次攻撃隊の十八機の艦上爆撃機は、偵察機に続いて空母「翔鶴」を発進し、アメリカ艦隊に五〇キロまで接近した。直掩の零戦隊が高度四〇〇〇メートルを上昇中の三機のＦ４Ｆを発見し、一機を撃墜する。だが、別の編隊のＦ４Ｆ四機の反撃を受けて零戦一機が返り討ちにあい、さらに新手のＦ４Ｆが現れると、二機目の零戦も撃墜され、一気に乱戦となった。

零戦隊が米戦闘機を食い止めている間に、関少佐は空母まで二〇キロの空域へ侵入した。三機のＦ４Ｆがそれを追い、四機の零戦がその背後を襲う。艦爆隊は三機を撃墜されたが、十五機が空母「サラトガ」を狙い急降下に入った。初弾は右舷後方に命中して格納庫で炸裂、二発目は飛行甲板に大穴を穿ち、三発目は第二エレベーター右舷に着弾した。

そこに、第二航空戦隊の空母「隼鷹」から発進した、第二次攻撃隊の零戦十二機、艦爆十機、艦攻七機が現れる。艦爆隊は、母艦の被弾で復讐に燃える「サラトガ」のＦ４Ｆの集中攻撃を受け、全機が撃墜されてしまったが、その隙を突いて艦攻隊の五機が射点に達した。投下した魚雷のうち、一本が右舷艦橋直下に命中して電源を喪失させ、もう一本はボイラーを破壊、「サラトガ」を大破させた。

最後に第三次攻撃隊が到着した。率いるのは、ミッドウェーで炎上する「赤城」から脱出し生還した、「翔鶴」飛行隊長村田重治（しげはる）少佐だ。村田少佐は、開戦の直前、横須賀海軍航空隊で浅海面雷撃実験に取り組んでいた。当時の魚雷は、投下されると、深度二〇メートル前後まで沈み込み、その後所定の深度まで浮上し、安定走行に入るというのが常だった。深度二〇メートルといっても、あくまで平均すればの話で、ばらつきが大きい。海軍航空廠が投下された魚雷の動きを高速度カメラで撮影したところ、風に煽られて縦に回転し、海面に突入する際の角度がその都度大きく変わることが原因と判明した。そこで航空廠の片岡少佐が、空中では縦回転を抑え、着水時には衝撃で外れる木製の安定翼を考案し、最大沈下深度を二〇メートル以内に抑えることに成功する。

だが、それが予想外の事態を引き起こした。報告を聞いた山本五十六大将が、最大沈下深度十二メートルを要求してきたのだ。一九四〇年十一月十一日、イギリス海軍の複葉雷撃機が、水深十二メートルのタラント湾で行った雷撃を例に挙げ、同じことがわが軍にもできるはずというわけだ。それからが大変だった。最高の技量を持つベテランをもってしても、成功率が五〇%を超すことがない。様々な飛行技術を駆使してみたが、何度繰り返しても駄目だった。高度計では表示できないような超低空を、目測だけで飛んでも結果は出ない。

「もう打つ手は尽きた」

いつもは陽気に駄洒落を連発する村田少佐も、この時ばかりは弱気になった。その時、部下の一人が、突拍子もないことを言い出した。

「速度の遅い複葉機でやれたのですから、空母に着艦する要領で、機首を上に向けながら速度一八〇キロで投下してみてはどうでしょうか?」

超低速で敵艦の目の前を飛んだりすれば、対空砲火でたちまち撃墜されてしまう。とても実戦で使える方法ではないが、他に思いつく案もないので試してみることにした。ところが、この非常識な方法は、成功率八三%を記録する。さらに驚いたことに、それでコツをつかんだのか、速度三〇〇キロ、高度一〇メートルの水平飛行でも同水準の成功率を叩き出せるようになった。これなら、水深十二メートルの真珠湾でも米太平洋艦隊を雷撃できる。一九四一年十一月十日、開戦まであと一か月たらず、冷や汗が流れるようなタイミングだった。

村田少佐は、すぐに水平線にたなびく黒い煙に気が付いた。大破した「サラトガ」だ。村田少佐は、もう一隻の空母を狙うことにした。

南部飛行兵曹に命じる。

「ト連送！　全軍突撃！」

上空で零戦十二機とＦ４Ｆ二十機が、入り乱れて空中戦を始めた。たちまち四機が炎をあげて落ちていく。どちらがどちらか見極めている余裕はない。その間隙を縫って、艦爆が高空から急降下に入った。零戦と艦爆でＦ４Ｆを上空に引きつけておいて、その間に低空から雷撃するという、村田少佐の目論見通りに戦況が進んでいた。

二十機の艦攻は、二隊に分かれた。村田少佐が第一中隊、鳥居大尉が第二中隊を率いる。緩降下から海面すれすれまで降下し、水平飛行に移った。目標の空母は、対空砲火の弾幕を張り、全速で回避運動を繰り返している。一見無傷に見えるその空母は、実は、高田少尉率いる第二航空隊の急降下爆撃を受けながら、応急処置で三〇ノットの高速を取り戻した「エンタープライズ」だった。村田機が海面を這うように飛ぶうちに、船体がみるみる大きくなる。突然、後方席から声が響いた。

「第二中隊長機、被弾！」

村田少佐が驚いて視線を向けると、炎に包まれた鳥居大尉機が海面に激突するところだった。視線を前に戻す間もなく、今度は右側を飛ぶ二番機の翼が火を吐く。

「二番機、自爆！」

「後続はどうだ？」

「右後方二機、突進中です」

「左後方、あっ！　松本機、火災！」

もう射点は目の前だ。真珠湾以来の僚機の三番機と翼を連ね、目標へ直進する。

「用意、テーッ！」

飛沫を上げて沈み込んだ魚雷は、やがて空母めがけて走り出した。その直後、村田機が対空機関砲の集中砲火を浴びる。たちまち炎に包まれた操縦席から、村田少佐が後続機に向かって叫んだ。

「俺たちに構うな！　突っ込め！」

放たれた魚雷は一直線に「エンタープライズ」へ向かい、大音響とともに巨大な水柱を上げた。さらに三本の魚雷が命中してボイラー室と配電盤を破壊、動力を失った巨大な船体は大きく傾き、その動きを止める。だが、村田機の姿は、もはやどこを探しても見つからなかった。

その頃、村田少佐の自宅では、当時まだ珍しい自慢の電気式レコードプレーヤーから、ラヴェルの「ボレロ」が流れていた。少佐が愛してやまない曲だ。壁際には絹の布に描かれた美人画が架けられている。村田自身が妻をモデルに描いたその絵は、素人とは思えないほどの巧みな筆使いで、そこだけが別世界のように美しい。傍らの華奢な作りの仏壇には、愛娘の位牌が安置されていた。

第三艦隊参謀長の加来少将は、ミッドウェーで「飛龍」を守った輪形陣を艦隊全体に拡大した。空母の脆弱な防御力を補強するためだ。小沢司令長官が座乗する第三艦隊旗艦「霧島」と戦艦「比叡」は、駆逐艦「浦風」、「磯風」、「谷風」、「浜風」、「野分」、「舞風」の六隻とともに、空母「瑞鶴」、「瑞鳳」を守る。山口少将が率いる第一航空戦隊旗艦「翔鶴」の周りで円を描くのは、重巡「利根」、「筑摩」と駆逐艦「秋雲」、「夕雲」、「巻雲」、「風雲」、「嵐」、「萩風」だ。さらに、角田中将が司令官を務める第二航空戦隊旗艦「隼鷹」と空母「龍驤」を、重巡「熊野」、「鈴谷」、軽巡「長良」、駆逐艦「初風」、「雪風」、「天津風」、「時津風」が囲んでいた。このうち、対空レーダーを搭載しているのは、戦艦「霧島」と、空母「翔鶴」、「隼鷹」の三隻だから、輪形陣ごとに一隻を配したことになる。

戦艦「霧島」の艦橋に声が響いた。

「敵機多数、距離一三〇キロ」

誰かが小さな声で呟いた。

「日本海軍のレーダーが、実戦で探知した初めての敵機だな」

加来参謀長が命じた。

「直ちに直衛機を上げて迎撃せよ」

空母「瑞鳳」から、大隅大尉率いる九機の零戦が発進した。高度四六〇〇メートルで水平飛行に入り、高度二七〇〇メートルを飛ぶアメリカ軍の第一次攻撃隊を発見する。F4Fが八機、その下に三機のSBDドーントレス艦上爆撃機、後ろには九機のTBDデバステーター艦上雷撃機が続いていた。大隅大尉は、ゆっくりと方向を転換して太陽を背にすると、後方上空から襲いかかった。瞬く間にデバステーターを三機撃墜する。直掩するF4Fが慌てたのか、編隊を崩した。これ幸いと三機を撃ち落とす。ここまでは一方的な展開だった。

しかし気負いすぎたのか、大隅隊は弾丸を早々に撃ち尽くしてしまう。零戦の一〇ミリ機銃の一丁当たりの携行弾数はわずか六〇発、F4Fの一二・七ミリ四五〇発はもちろん、零戦と同じエンジンを搭載する陸軍の「隼」の一二・七ミリ二七〇発に比べても大幅に見劣りする。三機の艦爆、六機の雷撃機が無傷で残っているのに、攻撃するふりをして牽制することしかできない。母艦に増援を要請したいところだが、零戦の機上無線電話は雑音ばかりの役立たずときている。F4Fがこちらの弾切れに気が付いたのか逆襲に転じ、零戦二機が撃墜された。

時を同じくして、米軍の第二波が日本艦隊上空に達した。F4F四機とSBDドーントレス十五機だ。別動隊の零戦十四機が迎え撃ち、二機のF4Fと三機のドーントレスを撃墜したものの、零戦も三機が落とされ、艦爆十二機の侵入を許してしまった。

空母「翔鶴」の防空指揮所は、艦橋屋上にある。露天ながら装甲された鉄の壁に守られ、計器や伝声管がびっしりと並ぶ。艦長の丸岡大佐は、そこに仁王立ちして空を睨んでいた。

突然、防空見張員が叫んだ。

「右舷後方、敵爆撃機！」

振り向いてそれを確認した丸岡艦長は、伝声管に大声を張り上げた。

「航海長！　取舵！　取舵！」

「翔鶴」運用長の都留少佐は、伝声管から響く艦長の声を聞いて思わず叫んだ。

「取舵はまずい！」

珊瑚海海戦の光景がよみがえった。敵機から少しでも距離をとりたい気持ちはわかるが、それでは爆撃機が狙いを合わせやすくなってしまう。

万事心得た航海長の楠中佐は、平然と命じた。

「面舵いっぱい！」

だが、命令を言い直した分だけ、タイミングが遅れた。二発の直撃弾が、後部エレベーターと中部エレベーターの間の左舷側を貫く。さらに右舷側にも一発、中部エレベーターの左に一発と、合計四発の爆弾が命中した。

都留少佐が艦橋から飛行甲板を覗き込むと、後部の左舷側が陥没して巨大な破孔を作っていた。その手前は反動で隆起して小山のように盛り上がり、穿たれた裂け目から、炎と黒煙が渦を巻いて噴き出す。動きを止めた高射砲や対空機銃の傍らでは、多数の兵士が折り重なって倒れていた。

都留少佐は艦橋を飛び出し、走りながらこれまでの防火対策を反芻した。珊瑚海海戦では、ガソリン庫に引火して、消火に苦労させられた。その経験を生かして、今回は対策を徹底的に強化した。まず、電源を喪失しても消火活動を続けられるように、廃車寸前の中古自動車のエンジンを集め、それを動力とする消防ポンプを多数設置した。また「翔鶴」の煙突には、高温の排煙を冷却する目的で、シャワーのように海水を吹き出す冷煙装置があったので、それを消防ホースにも繋げられるように改造した。艦内の塗料は全て剝ぎ落とし、二酸化炭素ガスによる自動消火装置も増設した。木製の短艇は出港前に陸揚げし、内火艇の燃料や、艦内の畳、木製品、紙、さらには宴会の余興に使う女物のかつらや着物まで、可燃物はすべて投棄した。その成果が今、問われる。

艦橋の外では爆発音が立て続けに響いていた。高射砲台周辺に山積みとなった砲弾が、炎で加熱されて誘爆しているのだ。爆発のたびに破片が四方八方に飛び散り、危なくて消火作業に入ることができない。飛行甲板の消火栓と、煙突の冷煙装置を改造した消火栓の、十七本のホースで海水をかけた。最初のうちこそ、文字通りの「焼け石に水」で、目に見える効果はほとんど無かったが、続けるうちに温度が下がり始め、爆発の間隔が徐々に空き、やがて静かになる。安全が確保できると、乗員総出で消火作業に取り掛かり、一時間後には鎮火に成功した。

「翔鶴」は、飛行甲板の後部が陥没し、中央部が大きく捲れ上がっているため、艦載機の発着は無理だが、全速航行に支障はない。「瑞鳳」も飛行甲板の後端に直撃弾を受け、直径十五メートルの穴が空いていた。もっとも、こちらは幸い当たり所がよく、発艦はもちろん、着艦もベテランならなんとか可能だったものの、大事をとって全機を他の空母に避難させた。だが、アメリカ軍の攻撃が集中した「龍驤」は、爆弾四発と魚雷二本を受け、大きく傾いたまま航行不能に陥った。

第三艦隊は、戦艦「霧島」、空母「瑞鶴」を先頭に、全速で米艦隊を追う。第二航空戦隊の「隼鷹」も、動きを止めた「龍驤」を後に残して続く。「翔鶴」は、一時、通信機能を喪失したが、必死の作業で復旧し、進撃を再開した。しかし、急追にもかかわらず、第三艦隊が米艦隊を再度捕捉することはできなかった。

「エンタープライズ」を沈め、「サラトガ」を大破したものの、こちらも「龍驤」を失い、「翔鶴」と「瑞鳳」が大破した。「ミッドウェーの仇を討つ」「肉を切らせて骨を断つ」と意気込んだ割には、相打ちにも等しい結果で、勝利というには程遠い。

しかも、航空機搭乗員の戦死者数は、ミッドウェー海戦の二倍以上におよび、その中には村田重治少佐や関衛少佐など、歴戦の勇士が多数含まれていた。その影響は計り知れず、これ以降、日本海軍は、航空戦力の練度の大幅な低下に悩まされることになる。

とはいえ、米軍の上陸を阻止できたことは、せめてもの慰めだった。朗報は、意外なところからやってくる。二週間後、伊号第二六潜水艦が、修理のためハワイへ回航中の「サラトガ」に遭遇して撃沈、さらにその二週間後、伊号第十九潜水艦が哨戒中の「ワスプ」を待ち伏せて沈めたのだ。アメリカ海軍が太平洋に展開する空母は、真珠湾で訓練中のため海戦に参加していなかった「ホーネット」ただ一隻になった。

第6章 シンガポール

1942年2月17日

シンガポールの中華街に青天白日旗がひるがえる。「和平建国」と書かれたリボンが風になびく。特務機関長の宮崎繁三郎少将が、それを眺めていた。リボンは、汪精衛中華民国政府を支持するというシンボルで、それを掲げる華僑に対しては、日本軍が、生命、財産、自由を保障すると宣言していた。戦乱を避けて国外に脱出した華僑に帰還を促し、経済活動を復旧させるための措置だ。

蔣介石政権軍と中国戦線で激しい戦いを繰り広げてきた第二五軍の一部からは、敵国の旗である青天白日旗の掲揚に反対し、禁止すべしとする声もあった。しかし特務機関は、戦闘部隊である現地軍の指揮系統を離れ、参謀本部の直轄となっていた。かつて関東軍が、満洲国の内政干渉にかまけて戦闘部隊としての本分を忘れ、ロシア軍戦車部隊への対策を怠り、ノモンハンで大敗を喫したことを教訓とし、戦闘部隊は統治業務から外されて、その代わりに、陸軍中野学校で現地の政治・経済・文化や行政知識を学んだ将兵が、特務機関に送り込まれて統治機構の整備に当たり、治安が回復するにつれて、順次、現地住民の自治政府に権限を移譲するという方針がとられた。宮崎少将が特務機関長として赴任して最初に取り組んだのも、第二五軍の横やりを排除して、この方針を徹底させることだった。

「和平建国」のリボンは、特務機関の一員である福沢少佐の発案だ。福沢少佐はアイデアマンで、インド人将兵が投降の際に白旗とともに掲げる「Fの旗」も、当初は、対インド謀略機関である「F機関」の旗印として用意したもので、福沢少佐のイニシャル「F」を描いたにすぎなかったのだが、イギリス軍配下のインド人将兵に対する離反工作が進み、「Fの旗」を掲げた兵士が続々と投降してくるようになると、「フリーダム・フレンドシップ・フラッグ（自由と友愛の旗）」と言い出し、今ではそれがすっかり定着していた。

　開戦直後の一九四一年十二月十三日、陸路国境を越え、タイからマレーシアに入った福沢少佐は、五〇キロ南下したアロースターの街で、興味深い情報を耳にした。イギリス軍の一個大隊が東方の山中で退路を断たれ、孤立しているというのだ。イギリス人は大隊長一人だけで、中隊長以下の全員がインド人らしい。翌日、福沢少佐は、情報提供者のゴム園農場主の邸宅を訪れ、親日派のインド独立連盟のメンバーに親書を託し、インド人中隊長を介して大隊長へ届けてもらうように手配した。

　その内容は、こうだった。

「あなたの大隊はもはや孤立無援であり、戦闘を継続しても、いたずらに死傷者を増やすばかりだ。当方は、敬意と誠意をもって投降交渉に応じる用意がある。ゴム園農場主の邸宅にて会見したい。当方は、武器を持たず、部下も連れずに単独で待つ。貴官は、護衛兵を帯同して差し支えない」

　やがて、一台の自動車が現れた。イギリス軍の大隊長が降りてくる。伝令を一人伴っていたが、二人とも軍服は泥にまみれ、身体は傷だらけで、疲労困憊した様子だ。福沢少佐は、大隊長に歩み寄って握手すると、椅子に座るよう促し、コーヒーとトースト、そしてゆで卵をすすめた。地図を示して戦況を説明し、本隊から遠く離れて置き去りにされていること、インド人将校の中には親日派のインド独立連盟に呼応する動きがあることを指摘し、投降を促す。大隊長は、しばらく沈思黙考していたが、勧告を受諾して降伏文書に署名した。

福沢少佐はそれを見届けると、サフラン色、白、緑の三色のストライプに青い糸車を配した、「インド独立運動の旗」を取り出した。この旗は、後年の独立に際し、基本的なデザインはそのままに、糸車をアショーカ・チャクラに代えて、インド国旗として制定されることになる。自動車にその旗を掲げた福沢少佐は、大隊の集結地点に向かった。

インド人将兵たちは、はためく「インド独立運動の旗」に目を奪われた。福沢少佐は、車から降りるやいなや、声を張り上げた。

「私は、あなた方、インド人将兵と友好を結ぶために来た。大隊長は、投降を申し出て降伏文書に署名した。私は、インド独立連盟のプリタム・シン書記長と共に、あなた方を迎えに来たのだ」

インド兵の間に、どよめきが広がった。大隊長の命令で、整々と集合、点呼、武装解除が進む。その中に、ひときわ目を引く中隊長が一人いた。三十歳くらいと思われるが、その指示がきびきびとして的確なのだ。ものの三十分で全ての措置を終え、負傷者を木陰で休ませていたその青年将校に声をかけて名を問うと、モハン・シン大尉と名乗った。

特務機関の福沢少佐がアロースターに戻ると、すぐ治安問題に直面した。警察官がひとり残らず逃げ去り、警察署がもぬけの殻になっていたからだ。といって、現地を統治する特務機関は、まだ緒についたばかりで、とても手が回らない。福沢少佐は、インド独立連盟のプリタム・シン書記長に相談した。

「ここは、インド人将兵の力を借りてはどうかと思う」

書記長は、驚いた。

「投降したばかりの捕虜に、警察活動を任せるというのか？　古今東西、そんな話は聞いたことがない。いくら人手が足りないといっても、それはないだろう」

だが、モハン・シン大尉は快諾した。性格温厚で人当たりの良いアグナム大尉をリーダーに選び、警察署に残っていた警棒と手錠を使い、インド兵八十名を率いて市内の秩序回復に当たるように手配した。彼らが街頭に立つと、一時間も経たないうちに市街は平穏を取り戻す。あまりの手際の良さに、今度は日本軍の方が驚いた。

警察活動への協力こそ即座に応じたモハン・シン大尉だったが、インド独立を目指し、日本軍に協力する義勇軍として、インド国民軍を創設するという提案には難色を示した。昨日まで戦友だった同僚に、銃口を向けることになるのだから当然だ。しかし、民族自決は、与えられるものではなく、自らの手で勝ち取ってこそ実現するという福沢少佐の説得を受けて、承諾する。とはいえ、泥棒や強盗相手ならともかく、最新鋭の兵器を装備し、経験豊富な指揮官に率いられたイギリスの正規軍と戦うとなると、素人をいくら集めたところで埒は明かない。兵器を扱う兵士や、それを指揮する士官は、一朝一夕に養成できるものではないからだ。即戦力を得る唯一の方法は、英軍から引き抜くことだ。

モハン・シン大尉は、早速、インド人将兵の投降を呼びかける準備を始めた。まず、最精鋭の部下を選び、敗残兵や一般市民に変装させた。日本軍の支配地域を無事に通過できるように、Ｆ機関の証明書と徽章を持たせ、潜入後に着用する、イギリス軍の軍服も用意した。

投降工作の要領も定めた。

・潜入したら、イギリス人のいない、インド人だけの部隊を捜す
・見つけたら、自分がかつて所属していた部隊の兵士を捜す
・信頼できるインド人兵士を見つけて、インド国民軍に誘う
・誘いに応じたら、戦友も誘うように奨める
・イギリス軍の戦線が混乱するまで待つ
・退却の命令が出たら、部隊から離れ、付近の密林に潜伏する
・日本軍の第一線部隊は、殺気立っていて危険なのでやり過ごす
・第二線部隊が来たら、武器を捨て、白旗を掲げ、投降勧告文書を示しながら投降する

この辺りは、ゴムの樹の畑を除けば鬱蒼とした密林が続き、道は一本だけだ。工作員をイギリス軍陣地に潜入させるといっても、砲弾と銃弾が飛び交う最前線を通り抜けなければならない。もっとも、つい先日まで反対側に従軍していたインド兵は、英軍の戦闘マニュアルや歩哨のスケジュールに精通していて、すぐに隙を見つけて潜入に成功した。この工作により、インド人兵士の引き抜きは順調に進む。陸軍第三飛行団が降伏を勧告するビラを空中から撒布する

と、それまでの四倍の兵士が続々と投降するようになった。クアラルンプールの主要防衛線の一つ、スリム橋梁の攻防戦に至っては、三百名ものインド人兵士が纏まって降伏した。しかも驚いたことに、福沢少佐が顔を見せると、彼らは一斉に直立し敬礼したのだ。捕虜になったとはいえ、誇り高き大英帝国の将兵であることに変わりはない。敵軍の将校に敬礼するなど言語道断だ。彼らの意識が、既に「降伏したイギリス軍兵士」から、「民族独立に立ち上がったインド国民軍兵士」に切り替わっていて、上官である福沢少佐に敬礼したとしか考えられない。軍人の世界の常識からすれば、信じがたいその光景に、同席していた第二五軍の参謀たちは、目を疑い言葉を失うしかなかった。

町の治安が回復すると、マレーシア人やインド人は、すぐにアロースターに帰ってきた。しかし、華僑はなかなか戻ってこない。華僑がいなくては、経済活動を元の水準に戻すことは難しい。そこで福沢少佐は、青天白日旗に「和平建国」と書いたリボンをつけることで、汪精衛政府への支持とみなすというアイデアを思いついた。親日的な汪精衛政府こそが、中華民国を代表する唯一の合法政権なのだから、青天白日旗を掲げることに何の問題もないという理屈だ。そして、「リボンを付けた青天白日旗を掲げれば、日本軍が生命、財産、自由を保障する」ことを宣言し、布告した。それを信じた華僑たちが避難先から戻り、家々に旗が翻るようになって、ようやく市民生活が正常に回り始めた。

この宣言を出すにあたっては、あらかじめ第二五軍司令部の了承を得ていたが、後になって一部の参謀が騒ぎ始める。「反日的な蒋介石政権が旗印としている、青天白日旗を掲揚することは許し難い」と、横やりを入れてきたのだ。その時、特務機関長の宮崎少将が激怒した。普段は温和だが、ノモンハンで唯一、ロシア軍戦車部隊を撃破した猛将だ。宮崎少将は、セクショナリズムで怒ったのではない。手のひらを返すように青天白日旗の掲揚を禁止すれば、華僑は裏切られたと思うだろう。そうなれば、福沢少佐が「インド独立運動の旗」を掲げてイギリス軍を切り崩し、インド人将兵をインド国民軍に参加させたように、イギリスの諜報機関が「青天白日旗」を掲げて華僑を抗日義勇軍に誘い、スパイ活動や後方攪乱に参加させようとするはずだ。掲揚の禁止は、敵に格好の口実を与えるだけで、百害あって一利もない。謀略の機微を知らない素人の感情論に流されたら、それこそイギリスの思う壺なのだ。

インド人将兵の投降はその後も続き、クアラルンプールに入る頃には、同行する者だけでも千名、マレーシア全土では二千五百名を数えるまでに膨らんだ。インド国民軍は、現地のインド人社会から熱狂的な支持を受け、各地の有力者から驚くほどの寄付が集まり、食料や資金の心配をする必要はなくなった。しかし、これだけの数の兵士を収容する場所となると話は別で、見つけるのは容易ではない。すると今度は第二五軍が、接収したイギリス軍施設の使用を認めてくれた。

インド国民軍と聞くと、いかにも勇ましいが、武装は二個中隊分の軽火器だけと、いささか名前倒れのきらいはあったものの、日本軍がシンガポールへの進撃を再開すると、クアラルンプールにおける唯一の軍事力となる。インド国民軍の初仕事は、軍事行動ではなく、土木工事だった。イギリス軍が日本軍の使用を妨害しようと穴だらけにした飛行場を、進出してきた陸軍第三飛行団のために修復する作業だ。炎天下、毎日千名のインド兵が汗まみれとなって、日本兵と一緒に工事に取り組み、一週間で滑走路を使用可能にする。第三飛行団司令官の百川少将は感激した。

百川少将は、元々砲兵の出身で、参謀本部作戦課からフランスに留学したエリートだ。第三飛行団を率いて参加した重慶爆撃では、海軍支那方面艦隊参謀長井上成美中将が、事変の早期終結を焦り、無差別絨毯爆撃の拡大を主張したのに対し、爆撃機に同乗して戦況を実地に検分、民間施設への爆撃は国際法違反の疑いがあり、効果も限定的と反対して、中止に追い込んだ。その一方で人情家の一面もあり、今回のインド人将兵の誠意に強く心を打たれ、食料や日用品、資金を寄贈した。インド国民軍は、返礼として日本陸軍の様式に倣った分列行進を行い、謝意を表した。

続発するインド人将兵の投降に衝撃を受けたイギリス軍は、最前線に配置していたインド兵主体の部隊を後方に下げ、オーストラリアやイギリス本国編成の部隊と交代させようとした。だが、マレー半島は山岳地帯が多く、細い山道が入り組んでいる。それを無視して移動を強行したため、いたるところで渋滞が発生し、防衛線が混乱した。日本軍は、十分な戦闘態勢をとれずにいるイギリス軍を次々と撃破、当初の作戦日程を大幅に上回る、驚くべきスピードでシンガポールに達する。

シンガポールは、ジブラルタルと並び、大英帝国が誇る難攻不落の要塞だ。しかし、日本軍の進撃があまりにも早く、長期の籠城に耐えるだけの水や食料の備蓄が間に合わなかった。そのため、日本軍に水源を絶たれると、たちまち窮地に陥り、降伏を余儀なくされる。意気揚々と入城した日本軍は、降伏したイギリス軍が、包囲した側の日本軍の二倍に達する十万もの兵力を擁していたことを知り、愕然となった。知らぬが仏とはこのことだ。要塞は、攻撃側が三倍の兵力を投入しなければ落とせないというのが世界の常識だから、イギリス軍が二万で守りを固め、残りの八万で日本軍の包囲網を突破し、逆包囲する作戦に出たなら、壊滅したのは日本軍の方だった。しかし、十万のうち五万は、後方に下げられたインド兵だ。イギリス軍は、インド兵が裏切って、寝返るのではないかと疑心暗鬼に陥り、決断を下せなくなっていたのだ。


捕虜になったインド人将兵は、ファーラーパークの競馬場跡地に集められた。南国の空に、「インド独立運動の旗」、「Fの旗」、そして日章旗が翻る。スタンドの二階に用意された演壇に、福沢少佐が登った。傍らには、インド人将校で最先任のギル中佐が、通訳として立つ。福沢少佐が最初にしたことは、五万の兵士への敬礼だった。一斉に答礼が返される。福沢少佐は、熱意を込めて語りかけた。

「親愛なるインド兵諸君！

諸君も既に知る通り、イギリスの植民地支配の牙城、シンガポールは陥落した。

これは、大英帝国の軛に喘ぐ東アジア諸民族の桎梏の鉄鎖を断ち、解放へと導く歴史的第一歩だ。

日本軍は、インド独立連盟とインド国民軍を全面的に支持する。

我々は、諸君を捕虜とは見做していない。

そもそも、諸君と戦う理由など、最初から何も無かった。

だからこれまで、武器をとらねばならない不条理を、何度も嘆いてきた。

だが、今日、我々はその悩みと苦しみから解放される。

友愛を結ぶ日が来たのだ。

民族の自由と独立は、自らが決起し、自らの力をもって闘い、自らの手で勝ち取ったものであってこそ尊い。

日本軍は、諸君が祖国解放を志し、インド国民軍に参加するならば、捕虜として扱うつもりはない。

自由を認め、支援する。

このFの旗、

フリーダム・フレンドシップ・フラッグ、

自由と友愛の旗のもと、共に戦うことを誓う。

諸君！

今こそ、戦いの先頭に立つ時が来た！

祖国の解放と自由を、自らの手で勝ち取るのだ！」

ファーラーパークがどよめき、将兵は総立ちとなり、無数の帽子が宙を舞った。両手が打ち振られ、鳴り止まない拍手が響き渡る。モハン・シン大尉は、ギル中佐ら先任将校から推挙されて少将に昇進し、インド国民軍初代司令官に就任した。

大英帝国を揺るがす謀略の策源となった日本の特務機関に対抗して、イギリスは新たな諜報機関をインドのデリーに設置し、配下の工作員へ極秘指令を発した。

「宮崎少将、福沢少佐、そしてモハン・シン少将を暗殺せよ」


占領地域の拡大に伴い、特務機関は大幅に増強され、新たに白石大佐が着任した。白石大佐は、陸軍の諜報・謀略の第一人者で、陸軍中野学校や登戸研究所、陸軍省戦争経済研究班など、陸軍の主要な諜報・謀略・調査機関を創設する一方、開戦直前には、アメリカの首都ワシントンへ飛び、戦争回避に奔走したという、陸軍軍人としては異色の存在だ。ワシントンの日米交渉では、外務省のスタッフが、逐一東京の本省にお伺いを立てては指示を待つ姿勢に終始し、米国側を閉口させていたが、白石大佐が参加すると、懸案事項を次々と解消して一気に合意を成立させ、ハル国務長官を驚かせた。

ところが外務省は、部外者が主導した合意案を快く思わず、あれこれと難癖をつけて抵抗し、時間を空費する。そうこうするうちに、世界中を震撼させる、驚天動地の事態が発生した。ロシアと不可侵条約を結んでいたドイツが、条約破棄の通告すらしないまま、ロシアへ向けて侵攻を開始したのだ。国際政治の様相は一変し、対応に忙殺されるアメリカは、日本との交渉に興味を失い、大佐は失意のうちに帰国を余儀なくされる。

それでも、陸軍省軍務局軍事課長として軍政の中枢に復帰した大佐は、陸海軍から宮内省まで広がる豊富な人脈を駆使し、あらゆる方面に対米開戦回避を働きかけた。それが主戦論一色に染まる陸軍首脳部の逆鱗に触れる。あえて開戦の口火を切る役目を押し付けられ、シンガポール侵攻の先鋒となるべく、近衛師団第五連隊の連隊長に転属を命じられたのだ。そして、シンガポールの北西三〇キロに迫るポンティアンケチルで、イギリス軍の砲撃を受けて重傷を負い、最前線を離れ、諜報・謀略の世界に復帰することになった。

白石大佐を特務機関で出迎えたのは、福沢少佐だ。インド人将兵の切り崩しに成功し、イギリスの諜報機関から命を狙われるほど、その筋では知る人ぞ知る存在になったとはいえ、諜報・謀略の世界ではまだまだ新参者だ。元々歩兵畑で、参謀本部の中でも選り抜きのエリートの集う作戦課への配属が内定していたのだが、人事は水物、ひょんなことから謀略課へ回ることになり、この世界へ足を踏み入れた。諜報活動や秘密工作の訓練を受けたこともなければ、謀略に携わった経験も無いまま、いきなり現地工作の最前線に放り込まれ、すべてがぶっつけ本番で、薄氷を踏む思いの連続だったから、練達の師である白石大佐の着任は心強かった。それとともに、日米開戦に至る経緯について、外交交渉の現場に立ち会った当事者の口から、生の目撃証言を聞いてみたいという気持ちもある。軍事のプロを自認する職業軍人の一人として、日本がどうしてこんな戦争を始めることになったのか、腑に落ちないものを感じていたからだ。

親しい技術将校から、こんな話を聞かされたことがある。

「戦闘機は、エンジンに翼をつけたようなものといわれる。戦闘機の性能が、エンジン次第でほとんど決まってしまうからだ。当然、どの国でも、軍用機のエンジンの詳細なデータや製造技術は軍事機密だ。ところが日本では、最新鋭の軍用機エンジン工場ですら、開戦のわずか二週間前までアメリカのエンジニアから技術指導を受けていた。つまり、日本にとっては最先端のエンジンでも、アメリカにすれば機密扱いする必要のない、旧世代のエンジンのコピーや派生品でしかないということだ。

例えばアメリカは、既にターボチャージャーを実用化しているが、日本がいつになったら作れるようになるのか、見当もつかない。ましてイギリスは、液冷エンジンの技術ではそのアメリカを遥かに上回り、世界最高峰に立つ。日本の技術者も、そんなことは百も承知だから、開戦の報を聞いて、『英米に対抗できるエンジンも無いのに、戦争を始めるなんてどうかしている』と嘆く声が少なくなかった。欧米の水準を目指し、高性能エンジンの独自開発に取りかかるとしても、着手から実戦投入まで五年を要するというのが世界の常識だ。これからでは、とても間に合わない」

ことほどさように、日本とアメリカの格差はあまりにも大きく、まともに戦ったら勝ち目がないことは、軍事機密でもなんでもない。軍人はもちろん、軍需産業の技術者、関連する官庁の官僚、軍との共同研究に参加した大学や研究所の学者など、ある程度以上の軍事的知見がある者にとっては、公然の秘密だ。それなのに、なぜこんなことになったのか、通り一遍の説明ではとても納得できない。本当の経緯をどうしても知りたかった。

福沢少佐は、鹵獲した英王室御用達のウイスキーを、白石大佐のバカラグラスに注いだ。

「大佐は、日米交渉で戦争回避に力を尽くされたそうですし、日独伊三国同盟を推進されたとも聞きました。その辺りの外交の機微について、お話していただけませんか」

白石大佐は、しばらくの間、スモーキーな薫りを楽しむと、琥珀色の滴を舌に転がした。海藻のような独特の風味がある。

「俺が取り組んだのは防共協定の方だ。三国軍事同盟じゃない」

「防共協定を強化したものが、三国軍事同盟だと思っていましたが」

「軍事同盟は仲良し倶楽部じゃない。参加国が同じだからといって、十把一絡げにされては困る。特定の国を仮想敵国とし、その武力行使を封じるために結ぶものが軍事同盟だ。防共協定の仮想敵国はロシアだ。そしてその目的は、ロシアに満州への軍事侵攻を思いとどまらせることだ」

「しかし、ドイツがロシアと不可侵条約を結んだことで、空文化してしまいましたね」

「ドイツに梯子を外された。ドイツは、目先の利益を追って外交方針が猫の目のように変わる。裏切り、騙し討ち、なんでもありだ。そんな国と手を組んでいたら、また煮え湯を飲まされるのがおちだ。だからそれ以降、俺はドイツから一切手を引くことにした。ところが外務省や陸軍の親独派は、懲りもせずに、またドイツと軍事同盟を結ぶという。独露不可侵条約がある以上、ドイツの仮想敵国はもはやロシアではない。アメリカだ。しかし、日本にとって、アメリカは仮想敵国なのか？　たしかに海軍は、『仮想敵国は米国』などと口走っているが、あの対米何割とかいうのは、予算申請上の理屈に過ぎず、しょせんは省益レベルの話だ」

「省益ですか。海軍は国益のつもりでいると思いますが」

「だったら米国は、隙あらば日本を侵略しようと常に機会をうかがっている、とんでもなく好戦的で野蛮な国ということになる。海軍だってそんな絵空事を本気で考えているわけじゃあるまい。もちろん歴史を遡れば、その可能性もなくはなかった。明治時代、ハワイの国王が日本政府に、日本・ハワイ連邦の樹立を提案してきたことがあっただろう。米国がハワイ王国を侵略しようとしているので、日本軍に阻止してもらいたいという話だった。もしそれが実現していたら、ハワイに上陸しようとする米軍を日本軍が迎え撃ち、日米激突となっていたはずだ。それでこそアメリカは、正真正銘の仮想敵国といえる。だが明治政府は、その誘いを断った。健全なリスク感覚だ。それなのに、なぜ今頃になって、アメリカを仮想敵国とする軍事同盟に参加するんだ。自ら墓穴を掘るようなものじゃないか」

福沢少佐は、ふと思い出した。

「そういえば、松岡洋右外相は、日本、ドイツ、イタリア、ロシアの四国協商を目指すと言っていましたね。日本とロシアの中立条約も、そのために締結したのだと。松岡外相にとっては、三国軍事同盟も、四国協商を実現するための手段にすぎなかったのでしょうか？」

「四国協商は、もともと日本のアイデアだ。日本とドイツをロシアのシベリア鉄道で結び、ユーラシア大陸を西から東まで一気通貫に繋げるという構想だ。ドイツのリッベントロップ外相は、当初は無関心だったが、ある時期から乗り気になった。その裏事情はこうだ。

フランスとの戦争が思いの外あっさり終わり、次の焦点がイギリス本土上陸作戦に移ると、ドイツ首脳は、海軍に回す予算を捻出するため、陸軍の予算を削ろうとした。慌てたドイツ陸軍は、ロシアがフィンランドに侵攻した『冬戦争』を例に挙げ、ロシアの次の狙いがルーマニアであり、ドイツにとって重要な石油供給源であるプロイェシュティ油田が危ういとして、対露戦に備える必要を主張する。独露不可侵条約で世界を震撼させたリッベントロップ外相にすれば、そんなことになっては歴史に名を遺す金字塔が台無しだ。そこで四国協商構想を担ぎ、独露対立の芽を摘もうとしたんだ。

四国協商が成立すれば、枢軸国間の輸送はユーラシア大陸で完結し、英米は手出しができなくなる。他方、英米間の大西洋航路は、Uボートによる通商破壊戦にさらされたままだ。この状況を続ければ、真綿で首を絞めるようにイギリスを追い詰めることができる。枢軸国としては悪くない戦略だ。

しかし、それが連合国の危機感に火をつけた。日露中立条約の締結で、四国協商の成立が目前に迫ったと焦るアメリカは、万難を排してもそれを阻止しようとする。『日本が三国軍事同盟から離脱するならば、満洲国を承認するとともに、蔣介石政権に対して日本との和平を勧告する用意がある』と打診してきた。それが、日米諒解案だ」

福沢少佐は、ようやく話が開戦の経緯に及んできたと身を乗り出した。

「大佐はワシントンで、その日米諒解案の交渉にあたったんですね」

「そうだ。日本にとって、何よりも優先すべき懸案事項は、四年も続く日中間の紛争だ。その問題の核心は、パワーバランスの空白地帯があってはならないということだ。一九二九年、張(ちょう)学良(がくりょう)が満州でロシアを挑発し、大敗した中東路事件で、蔣介石政権軍にロシア軍を抑止する力のないことが白日の下にさらされた。張学良の無謀な冒険が、パワーバランスを崩してしまったんだ。何か手を打たなければロシアは満州に侵攻し、やがて中国全土を勢力圏に収めることになりかねない。

それを防ごうと、関東軍は一九三二年、ロシアが大飢饉で動けない隙を突いて、満洲国を建国した。あのノモンハン事件も、モンゴルと満州の間で古くから続く、水利権をめぐる争いを口実に、ロシアが武力侵攻を試み、それを日本軍が迎え撃ったものだ。

地図で満洲国とモンゴルの国境線を見てみろ。罕達蓋(ハンダガイ)西方で、国境線が大きくモンゴル側へ食い込んでいるだろう。その先端に位置するのがエリス・ウルニン・オボ(日本側の呼称は九九七高地)で、宮崎繁三郎少将(当時、大佐)が第十六連隊を率いて攻略し、奪回しようと押し寄せるロシア軍戦車部隊を撃破した激戦地だ。そして停戦後、そこが国境となった。これから何年経ったとしても、国境線はそのまま残る。あの当時の蔣介石政権軍にロシア軍と戦う力は無かったのだから、感謝してもらいたいくらいだ。

アメリカが満洲国を承認し、蔣介石政権に和平を勧告すれば、パワーバランスは保たれ、日中間の紛争も収束する。そうなれば、日本軍の中国からの段階的撤退も視野に入ってくる。日本にとって日米諒解案は、まさに願ったり叶ったり、喉から手が出るほどの提案だ」

福沢少佐が疑問を口にした。

「しかし、『三国軍事同盟からの離脱』は、さすがにハードルが高すぎませんか?」

「それがネックとなり、交渉はあやうく頓挫するところだった。そこで俺が、『離脱はしないが、アメリカがドイツに対して自衛権を行使しても、日本は三国軍事同盟の対象とはみなさない』というアイデアを捻り出した。三国軍事同盟は、あくまでも『国際紛争を解決する手段としての戦争』を抑止するものであって、『各国固有の権利である自衛権の発動』を妨げるものではないという理屈だ。

ハル国務長官は、日本の陸軍軍人が国際法に精通した提案をしてきたことに驚いたようで、『君のような部下が国務省にもいると助かるんだが』と言って、それを受け入れた。陸海軍の了承も得られた。あとは、近衛文麿(このえふみまろ)首相さえ決断すれば、日米は合意に達し、日中紛争も終結していた。もしそうなっていたら、こんな戦争は起きていない」

「近衛首相は、閣議全会一致の原則から、ロシアを訪問中の松岡外相を待つことにしたんですね。帝国憲法上、外交権は統帥権と同じく天皇の大権で、輔弼するのは外務大臣ですから、法律論としても筋が通っています。ところが帰国した松岡外相は、米国に自衛権の行使を許したら、まずドイツが粉砕され、返す刀で日本も叩かれて、各個撃破されるだけだと主張し、強硬に反対した」

「日米諒解案は、松岡外相の主導する四国協商構想に刺激された米国が、満洲国の承認という大幅な譲歩をしてきたものだ。松岡外交の大勝利じゃないか。なぜ反対したのか、いまだに理解できない。いずれにせよ松岡外相は、最終合意案を勝手にたたき台扱いして、米国に無理難題を吹っ掛けた。

ハル国務長官は、話が違うと怒り出す。しまいには、板挟みになって苦悩する俺に、『白石は日本陸軍の美点と欠点を兼ね備えているんだね』などと、きつい皮肉を浴びせる始末だ」

「そうやって揉めている間に、ドイツがロシアへ向かって侵攻を開始したんですね」

「俺が創設した陸軍省戦争経済研究班は、ドイツのロシア侵攻が近いと予測していた。だからこそ、その前に日米諒解案を纏めようと、ワシントンまで行って合意を急いだんだ。ドイツは、食料自給率が六割のフランスを占領したことで食糧不足に陥り、ロシアやウクライナの農産物が必要になった。ロシアという国は、相手に弱みがあると、足元を見て高飛車に出る。唯我独尊のドイツと、話が噛み合うわけがない。そのうちにドイツが堪忍袋の緒を切らし、軍事力に訴えるという筋読みだ。

ドイツ外務省は一九四〇年十一月、ロシアと四国協商の交渉を始めたんだが、ロシアが居丈高な態度を見せると、ドイツ首脳はすぐに興味を失い、武力行使に方針を切り替えた。翌年初、訪独した山下奉文（ともゆき）中将に、早々とロシア侵攻計画を耳打ちしたくらいだ。それにあれだけの大攻勢ともなれば、兵員や物資の動きだって隠し通せるものじゃない。

リッベントロップ外相は、それでもなんとか四国協商を纏めようと、懸命に努力を続けていたものの、実は最初から梯子を外されていたんだ。ところが松岡外相は、ドイツのロシア侵攻が迫っているという我々の警告に耳を貸さず、四国協商交渉が順調に進んでいるというリッベントロップの説明を鵜呑みにして、一九四一年四月、日露中立条約を締結してしまう。そして、それから二か月後、ドイツはロシアに向けて侵攻を開始した」

福沢少佐は、白石大佐の話を聞きながら、松岡外相からすれば、事の推移は全く違う見え方をしていただろうと思った。筋金入りの親独派である松岡外相にとって、友好国ドイツの外務大臣で、四国協商を熱心に推進してくれているリッベントロップと、強硬な反独親米派で、松岡の政策にことごとく異を唱え、反日的なアメリカの国務長官ハルとも親しい白石大佐と、どちらの言葉が信じられるか、疑問の余地はあるまい。

日米諒解案についても、外交には素人の白石大佐が、半可通の国際法の知識を振り回し、三国軍事同盟を骨抜きにしようとしているのではないか。天皇の大権として、統帥権と並び称される外交という聖域に、門外漢の陸軍軍人が土足で踏み込み、喧嘩を売ってきたようなものだから、大佐を目の敵にするのも無理はない。本人を前にして、あえて口には出さなかったが。

福沢少佐は、ウイスキーのボトルの栓を抜くと、大佐と自分のグラスを満たした。

「ドイツが勝てば問題ないのではありませんか？　降伏したロシアに、四国協商をのませればいい」

「松岡外相も、同じことを考えたようだ。日露中立条約の締結を奏上したばかりだというのに、直ちに条約を破棄して、日本もロシアへ侵攻すべきだと言い出した。松岡にとって、四国協商こそが最終目的であり、それが実現できるのなら、外交だろうが戦争だろうが、何でもよかったのだろう」

「しかし、信義を重んじる日本外交の伝統からすれば、支離滅裂で言語道断でしょうね」

「陛下への奏上をないがしろにするのかと肝を潰した周囲は、もはや松岡には外交を任せられないと、外相を解任してしまう。とはいえ、軍人の目から見れば、彼の主張にも一理ある。英米の発想だって、それと同工異曲だ。ロシアが負けさえしなければ、四国協商を阻止できると考えた。

ただ、ことはそう容易ではない。軍事援助を口にするのは簡単だが、軍需物資の生産や輸送にはそれなりに金も時間も要する。破竹の勢いで進撃するドイツ軍を止めなければ、援助物資が届く前にロシアが崩壊しかねない。そこで、まずは極東ロシアの戦力の西送を助けるというアイデアが浮上した。当時のロシアは、沿海州やシベリアを手薄にすると、満州国境で対峙する日本軍につけこまれるのではないかと恐れて、大規模な移送をためらっていた」

「不可侵条約を結んでいたにもかかわらず、無通告で侵攻されたロシアにすれば、日本も中立条約を無視して、国境を越えるのではと疑心暗鬼になったんでしょうね」

「実際、日本陸軍は、隙あらばロシアを奇襲しようと、関東軍特種演習と称して、二十二個師団、八十万の兵力を国境に集結していたから、それを裏付ける情報にも事欠かない。そこでアメリカは、日本がロシアの背後を突かないように、力を貸そうと言い出した。

だが米国は、昨日までロシアを敵性国家扱いしていた国だ。半信半疑のロシアは、『力を貸してくれるのは有難いが、リップサービスでは困る。具体的に何をしてくれるのか？』と説明を求めた。それに対してアメリカは、『日本の在米資産を凍結し、石油を禁輸する用意がある』ことを伝えた」

福沢少佐は、耳を疑った。

「えっ？　石油禁輸は、日本軍のフランス領南ベトナム進駐に対する経済制裁だったのでは？」

「そんなことで、よく参謀本部謀略課のメンバーが務まるな。南ベトナムに進駐した日本軍は、たかだか一個連隊、五千だ。ロシア侵攻を狙う二十二個師団、八十万と、どちらが早急に対処しなければならない差し迫った軍事的脅威なんだ。言うまでもないだろう」

白石大佐は木箱から葉巻を一本取り出すと、端をシガーカッターで切り落として火をつけた。英国のチャーチル首相が愛用している銘柄らしい。

「時系列に沿って、もう少し詳しく説明しよう。

一九四一年六月二十二日、ドイツがロシアへ向けて侵攻を開始した。

七月二日、御前会議が関東軍特種演習（北進）と、フランス領南ベトナム進駐（南進）を決定する。

七月五日、驚いたことに、イギリスが南進に懸念を表明してきた。

国家機密である御前会議の決定事項が、たった三日で洩れたことに腰を抜かした陸軍は、慌てて南進の準備作業を中止する。

他方、北進にクレームが入ることはなかった。

七月七日、予定通り動員令が下る。だが、実はこちらも筒抜けだった。

七月九日、アメリカがイギリスに、日本の北進を阻止するため、在米資産凍結と石油禁輸に踏み切ることを伝え、了承を求める。

イギリスは慌てた。『そんなことをすれば、日本が石油を求めて南進しかねない。こちらは、つい先日、南進を封じたばかりだ。それを台無しにするつもりか』と反対した。

しかしアメリカは、『日本は今、満州にあらんかぎりの兵力を集めている。南方に割ける兵力はわずかで、シンガポールに脅威を与えるようなものではない。心配は無用だ』と説得に努めた」

福沢少佐が呟いた。

「なるほど、言われてみれば確かに辻褄が合いますね。石油禁輸は、北進の阻止が目的だったのか」

白石大佐は、言葉を続けた。

「そうとは知らない日本陸軍は、北進の動員に入った。

七月十三日、関特演第一次動員開始。

七月十六日、第二次動員開始。

七月十八日、ホワイトハウスが日本の在米資産凍結を正式に機関決定。

七月二十三日、日本陸軍が満州への本格的な兵員輸送を開始。

それを察知したロシアは、アメリカに資産凍結の発動を急かした。

だが、米国にしてみれば、関特演を理由に資産凍結を発表するわけにはいかない。日本はロシアを奇襲しようと緘口令を敷いているから、アメリカが入手した情報は、すべて諜報活動で得たものだ。表に出してしまうと、日本の中枢に潜り込ませた貴重な情報源を危険にさらしかねない」

「そんなところにまでスパイがいるんですか？」

「我々のスパイだって、米国が極秘にしている原子爆弾開発プロジェクトの存在を摑み、その動向を探っているし、ロンドンの連合参謀本部にも、情報源が入り込んでいる。そんなことは、お互い様だ」
「それはそうですが」
「英国が南進に警告した時には、諜報機関の息のかかった新聞社に情報をリークして、アジア拠点の独自取材を装ったスクープ記事を書かせ、それを読んで驚いたふりをした。日本の防諜機関が、その新聞社のアジア拠点をいくら捜査しても、そこから日本の中枢に潜む本当の情報源に辿り着くことはできないようにしたんだ。よくある小細工だが、日本の南進がイギリスの植民地を脅かすからこそ、衆目を集めるスクープ記事が書けるわけで、日本が北進しロシアと衝突したところで、敵性国家同士の諍いに過ぎず、ニュース価値は乏しい。同じ手を使うわけにはいかない。

他方、南進についてはどうか。

七月二十三日、日本がアメリカに、フランス領南ベトナム進駐を事前通告する。念のために言っておくが、ホワイトハウスが資産凍結を決定したのは、その五日前だ。

七月二十五日、進駐部隊五千を乗せた輸送船が海南島を出港すると、アメリカはそれを待ちかねたように、資産凍結を発表した。フィリピンの米国権益を脅かすというのが表向きの理由だが、いくらなんでも手回しが良すぎる。それに普段のアメリカなら、『直ちに引き返せ、さもなければ取り返しのつかない事態を招くことになる』とでも言って、警告するところだ。しかし、日本軍がそれを真に受けて引き返したら、資産凍結を言い出せなくなってしまう。イギリスの一言で腰を抜かした日本だから、もっともな懸念だ。だから警告抜きでいきなり宣言したんだ。どう見ても、口実にすぎない。

そもそも英国が指摘した通り、石油禁輸は、日本に石油を求めて南進しろと言っているようなものだ。南進に対する制裁が石油禁輸なんて逆効果もいいところ、矛盾している。この時の米国の不自然な屁理屈を鵜呑みにして、何の疑問も感じない輩が参謀本部謀略課にもいるらしいが、うぶにも程がある」

福沢少佐は、大佐の皮肉に辟易したが、ここからが話の核心だ。聞き流すことにした。

「全面石油禁輸が日米両国間の緊張を極度に高めたにせよ、最終的に開戦の呼び水となったのはハル・ノートです。なぜアメリカは、十一月二十六日というあのタイミングで、ハル・ノートを突き付けてきたんでしょうか？　最初から原理原則を貫き通すつもりで、妥協の余地が一切無いのなら、何のためにそれまで日米交渉を続けていたのか、理由がわかりません。開戦直後の米軍の右往左往振りを見ると、臨戦態勢が整うまで時間を稼いでいたというわけでもなさそうですが」

「知っていると思うが、アメリカの外交は、穏健派と強硬派の間を揺れ動くんだ。交渉で合意を積み上げる穏健派と、原理原則を振りかざす強硬派だ。十一月二十五日までは穏健派が主導して、三か月分の民生用の石油の輸出を認める、暫定協定案を準備していた。

実はルーズベルト大統領は、民生用の石油については、最初から輸出を認めるつもりでいたんだ。そうしないと、自衛戦争の大義名分を与えてしまうからだ。

『経済封鎖は戦争行為であり、パリ不戦条約に違反する。対象となった国家は、条約の遵守を免除される』

これは、米国上院外交委員会がパリ不戦条約を批准した際、当時、国務長官だったフランク・ケロッグが行った議会証言だ。パリ不戦条約は、別名を『ケロッグ＝ブリアン条約』というくらいで、彼こそが条約の本家本元だ。そんじょそこらの外交官とは、言葉の重みが違う。

全面石油禁輸は経済封鎖に該当し、パリ不戦条約に違反する戦争行為だ。日本は自衛権を発動し、合法的に武力を行使することが認められる。ルーズベルト大統領にしてみれば、そんなことになったら悪夢でしかない。彼にそのつもりは微塵もなかった。全面石油禁輸は、国際法を知らない強硬派が、大統領の意図に反して暴走したものだ。そしてそれは、日本にとって千載一遇のチャンスだった」

「なるほど。『全面石油禁輸は、パリ不戦条約に違反する戦争行為だ。日本は自衛権を発動する用意がある』と叫べばよかったというわけですね」

「その通りだ。そうなれば、強硬派は窮地に陥る。戦争行為には、米国議会の承認が必要だ。ルーズベルト大統領にとって、選択肢は二つしかない。

一つは、戦争行為として、議会に承認を求めることだ。しかし、もし議会が戦争行為と認めたら、米国が日本を先制攻撃したことになり、三国軍事同盟に基づいてドイツが自動的に参戦し、米国はヨーロッパの戦争に巻き込まれてしまう。一年前、欧州の戦争に参戦しないことを公約して、史上初の大統領三選を果たしたルーズベルトにとって、議会にそれを求めることは政治的自殺に等しい。

もう一つは、単なる運用上のミスとして、民生用の石油の輸出を認めることだ。そうなれば、日本は石油を引き続き輸入でき、戦争は避けられる。こんな簡単なことに、外務省は気付かなかったのか？　そんなはずはない。だが、なぜか天祐ともいえる好機を見過ごした。事を荒立てたくなかっただけかもしれないが、その結果、開戦の責任を負わされるのか、経済封鎖という戦争行為に出た米国ではなく、された側の日本になってしまった。こんな馬鹿な話があるか」

白石大佐は、窓から中庭を眺めた。

鬱蒼とした樹々の上に、下弦の月が浮かんでいる。

「話を暫定協定案に戻そう。アメリカは、協定案を各国に打診した。オランダやオーストラリアは賛成した。このまま全面石油禁輸を続ければ、日本軍がオランダ領インドネシアの油田を狙って南進するのは時間の問題だ。そうなると、地続きのオーストラリア領パプアニューギニアも、対岸の火事では済まなくなる。オランダもオーストラリアも、戦争には巻き込まれたくないのが本音だ。

イギリスは、ジレンマに陥った。日本が南進すれば、大英帝国の要衝シンガポールが矢面に立たされる。といって、日本軍が輸入した石油を使って北進し、ロシアを降伏させたら、今度はイギリス本土が戦場になりかねない。迷った末に、『石油の輸出再開には異論もなしとしないが、諸般の情勢を勘案し、今回の暫定協定案には賛成する』と回答した。

イギリスやロシアがアメリカに期待していたのは、何よりも対独参戦と軍需物資の援助だ。三国軍事同盟の条文上、日本がアメリカを攻撃しても、ドイツに参戦の義務はない。日米開戦後、すぐにドイツがアメリカに宣戦を布告したから、もう忘れている向きも多いが、あの時点ではそうなる保証はなかった。日米が戦争になっても、万一ドイツが参戦しなかったら、欧州と太平洋で別々の戦争が独立して行われ、貴重な軍需物資が太平洋で浪費されてしまう。そんなリスクは避けたかったんだ」

福沢少佐は、狐につままれたような顔になった。

「各国は暫定協定案に賛成していたんですか。後はそれを日本に渡すだけで、戦争は避けられたわけですね。そうするとアメリカは、わざわざ各国の意向を聴きながら、敢えてそれを無視して日米開戦の引き金を引いたことになります。なぜそんなことを?」

白石大佐は、葉巻の香りを味わうように、ゆっくりと煙をくゆらせた。

暖炉の薪の匂いに柑橘系の香りが加わり、赤ワインの渋みと蜂蜜の甘味が感じられる。

「唯一、中国蔣介石政権だけは暫定協定案に反対したんだが、既に日本軍と交戦中の彼らにすれば、戦争が拡大して共に戦ってくれる国が増えれば増えるほどいいのは当たり前の話で、ルーズベルト大統領も、それは織り込み済みだった。

アメリカが十一月二十六日に態度を急変させたのには、ロシアの戦況が絡んでいる。それまでルーズベルト大統領は、モスクワは遠からず陥落するとみていた。ロシア政府はウラル山脈の東まで敗走することになるだろうが、そうなっても降伏して四国協商に応じたりしないように、あれこれ善後策を検討していたんだ。日本に対しては、ロシアへの侵攻を断念する見返りとして、民生用の石油の輸出再開に加え、満洲国の承認や蔣介石政権への和平勧告というアメを与えるつもりだった。十一月二十五日まで日米交渉を続けていたのは、そのためだ」

「十一月といえば、極東ロシアの戦力がモスクワ防衛戦に投入されたのがその頃でしたね」

「絶好のタイミングだった。ドイツ兵は、ロシア兵がそろいもそろって足の実寸より大きなサイズの軍靴を履いているのを見て、靴もまともに支給できないと馬鹿にしていたが、ドイツ式の足にぴったりした革靴では、断熱材を入れる隙間がなく、冬になると凍傷になる兵士が続出した。銃火器も、潤滑油が凍りついて動かなくなってしまう。

それに比べてロシアのシベリア師団は、フェルト生地の雪靴に紙を詰めて断熱材とし、耳覆いの付いた毛皮の帽子を被り、分厚い防寒服の上に雪迷彩の白いオーバースーツを羽織る。潤滑油は寒冷地仕様だし、銃器の作動部分は保温カバーで覆う念の入れようだ。厳冬のロシアの雪原で、凍えるドイツ軍に夜襲をかけ、何度も痛い目にあわせた。

そうこうするうちに、十一月二十五日の夜半、風前の灯と思われていたモスクワ戦線から、驚くべき朗報がもたらされた。極東から送り込まれた戦車部隊が、ドイツの装甲部隊を撃退したという知らせだ。米国の対日石油禁輸を受け、シベリアから西送された第五八戦車師団が、全滅に近い損害を出しながらも、モスクワに迫るドイツ第三装甲集団を押し返し、首都を陥落から救ったというんだ。

もっともこれは、対日石油禁輸がモスクワを救ったという、いかにもルーズベルト大統領が喜びそうなニュースを、有頂天になって報じたモスクワ駐在の早とちりだった。ドイツ軍が一旦後退したのは事実だが、鍔迫り合いはその後も続き、モスクワ前面のドイツ軍が攻勢を諦めて守勢に転ずるのは、十一月三十日になってからだ。前進を止めない別動隊もいたし、十一月二十五日の時点で『モスクワ陥落の危機は去った』と決めつけるのは時期尚早だった」

「とはいえ、ドイツ軍の破竹の進撃という、それまでの流れを変えたという意味では、当たらずといえども遠からずかもしれませんね」

白石大佐は言葉を続けた。

「思いがけない快報を受けて、ホワイトハウスは喜びに沸き、高揚感に包まれた。その熱気の中で、強硬派が発言力を増す。

『日米交渉をこれまで続けてきたのは、モスクワが陥落した場合の保険だったはずだ。その危機が去った今、もはや日本に遠慮する必要はない。もともと経済が脆弱な上、四年にもおよぶ中国との戦争で疲弊した日本が、それでも強気でいられたのは、ドイツを後ろ盾とする四国協商戦略があってこそだ。そのドイツがロシアで躓き、四国協商戦略も潰えた。今や日本は、絶望の淵に沈んでいる。ここで断固たる態度に出れば、必ず屈服する』というわけだ。

もちろん、穏健派は、『そんなことをしたら戦争になる』と反対した。

しかし、強硬派はこう主張した。

『日本にわずかでも勝機があったとすれば、ドイツ軍がモスクワに向かって快進撃を続けていた間だ。その覚悟があるのなら、全面石油禁輸という宣戦布告に等しい経済封鎖を受けた時点で、自衛戦争を掲げて武力行使に踏み切ったはずだ。それなのに、日本はその可能性を示唆することすらしなかった。平和主義なのか、腰抜けなのかわからないが。いずれにせよ、ドイツがモスクワ攻略に失敗した今、日本が参戦しても勝つ可能性は皆無だ。そんな選択をするはずがない』

信じ難いほどの外交音痴だが、あの時、アメリカが暫定協定案を捨て、ハル・ノートに切り替えたのはこれが理由だ」

福沢少佐は頷いた。

「なるほど、そういうことだったんですか。彼らの立場からすれば分からなくもないですが」

「間の悪いことに、日本側も連合国の外交暗号の解読に成功し、米国の用意している暫定協定案が民生用の石油の輸出再開を認めるもので、各国もそれに同意したことを知る。陛下から開戦方針の白紙撤回を求められていた東條首相は、これで戦争は回避されたと安堵し、外務省はこれぞ外交努力の賜物と胸を張った。

ところが十一月二十六日、実際に手渡されたのは、暫定協定案とは真逆の、これまでの合意事項を全て無かったことにする、強硬なハル・ノートだ。積み上げてきた交渉成果を反故にされ、面目が丸潰れとなった外務省は怒りに震え、『アメリカの行為は、国際的な信義に反する裏切りであり、このような非礼を甘受するならば、日本に国際社会で生きていく資格はない』とまで思いつめた。そして、戦争を止める者が誰もいなくなった」

「とはいえ外務省は、怒りに震えたという割には、十二月八日にアメリカへ手渡す文書を、宣戦布告でもなければ最後通牒でもない、単なる交渉打ち切りの通知に格下げしたり、手渡すタイミングを真珠湾攻撃の後へ遅らせたり、ずいぶん腰砕けの印象もあります」

「それは外務省の深謀遠慮だ。万一戦争に敗れた場合、陸海軍は武装解除され、組織として体をなさなくなるかもしれないが、外務省は生き残り、敗戦交渉や戦後処理などの責務を果たす必要がある。だから、開戦の責任はすべて陸海軍に負わせ、外務省は表に立たないようにしたんだ。

しかし、ルーズベルト大統領が『真珠湾の騙し討ち』と罵ったのは、通知が真珠湾攻撃の後になったからじゃない。そもそも日本軍は、真珠湾攻撃の一時間以上も前に、イギリス軍と戦闘を開始しているんだ。もし逆の立場だったらどうだ？　アメリカとドイツが交戦し、その一時間後に日本が攻撃を受けたとして、宣戦布告が何時に届いたかなんて誰が気にする？

大統領が非難したのは、そこじゃない。宣戦布告でも最後通牒でもない、『交渉終了の通知』という法的に何の意味もない紙切れで、日本が戦争を始めた点だ。不可侵条約を結びながら、その破棄すら通告することなく侵攻を開始したドイツと同類の、国際法を無視する外道と口を極めて罵った。

アメリカ人は、日本人が思う以上に、法秩序を破壊する者に敏感だ。多民族国家で、様々な文化や価値観が交錯する米国にとって、社会を成り立たせる唯一の共通基盤が法律だからだ。ルーズベルト大統領が、『日本は、ドイツがロシアに対して行ったと同様の蛮行を、こともあろうにこのアメリカに対して仕掛けてきた、極悪非道のならず者だ。日本に国際社会で生きていく資格などない。正義の鉄槌を下す時が来た』と叫ぶと、米国市民は激高した。外務省の軽率な判断が、米国の市民感情の地雷を踏んでしまったんだ。外務省は、もっと勉強してもらわないと、危なっかしくて見ていられない」

福沢少佐は、ふと気がついて、思わず声を上げた。

「待ってください。そうだとすると、外務省の四国協商論、陸軍の北進論、海軍の南進論、この三点セットが、全面石油禁輸から戦争へ繋がるレールを、自ら敷いてしまったことになりませんか？」

「その通りだ。外務省や陸海軍は、各々別個に戦略を検討する。国家戦略と称するものも、それらを総花的に併記するだけだ。その三つが組み合わさった時に、どんな化学反応を起こすか、誰も考えようとはしない。そこで思考停止するから、日本の戦略音痴がいつまでたっても治らないんだ。

日米間に、武力衝突を不可避とするような国益の対立など無かった。この戦争は宿命ではない。戦略音痴と外交音痴が、誤解と錯覚を積み重ねたあげく、袋小路に迷い込んだだけだ。しかし戦争は、一旦始めるとたちまち制御不能となるモンスターだ。世界を破滅させる前に、一刻も早く終わらせなければならない」

窓の外では暁雲の辺縁が朱に染まり、南国の夜がようやく明けようとしていた。

第7章 ミャンマー

1941年4月30日

台湾行きの民間の貨客船の甲板で、坂上少尉は東シナ海の風に吹かれていた。転属は軍人につきものだが、今回はいささか趣が違う。道中、軍人であることを誰にも悟られてはならないと、厳命されたのだ。もっとも、陸軍中野学校で諜報謀略活動の訓練を積んだ者にとって、そんなことは造作もない。入校した時から髪の毛を伸ばし、七三に分けて整髪料で固め、スーツを着慣れているから、その辺りのサラリーマンと見分けがつかないはずだ。

台北に着くと、飛行機に乗り換えて海南島に向かった。海南島は、インドシナ半島のトンキン湾に浮かぶ、九州より少し小さな島だ。その南端にある海軍の三亜基地で飛行機を降りて、トラックに乗り替えた。基地の周囲には水田もあったが、すぐに鬱蒼とした密林に入り、昼なお暗いジャングルを走り続ける。日暮れが近づき、今夜は野宿かと思い始めた頃、ようやく切り開かれた空き地に出た。

そこには、バラックが三棟立っていた。エンジン音を聞きつけたのだろう、人影が現れた。一見して日本人ではない。民族独立を目指して武装蜂起するため、軍事技術を身につけようとイギリスの弾圧と監視を逃れて亡命してきた、ミャンマーの若者たちだ。その中に、ひときわ目立つ屈強な青年がいた。後のミャンマー国防軍初代司令官で、独立の父と呼ばれることになるアウンサンだ。

訓練は、三班に分かれて行われた。

第一班は、中隊以下の兵士を指揮・訓練する現場指揮官

第二班は、ゲリラ戦、謀略破壊活動などの非正規戦を行う指揮官
第三班は、大隊、連隊から師団までの作戦を担う幹部指揮官
坂上少尉は、第一班の副長として、班長の百地中尉を補佐することになった。
ミャンマーの活動家たちは、年齢こそ若いが、イギリス植民地政府の過酷な弾圧の下、非合法の独立運動を戦い抜いてきた猛者ばかりで、政治闘争に関しては百戦錬磨の実力者揃いだ。ところが、こと軍事に関しては、日本なら中学校で身につける程度の軍事教練も受けておらず、誰一人として銃を撃ったことすらない。イギリスは、民族や宗教、階級で社会が分断されているインドでは、一部の現地住民を訓練して軍隊を編成したが、ビルマ族が過半を占め、独立志向が強いミャンマーでは、一切武器を持たせなかったからだ。
そんな素人以下の若者に、陸軍士官学校で三年かけて教える軍事教程を、二か月で学ばせるというのだから、無茶を通り越して言葉も出ない。しかも訓練に使う兵器は、ドイツ製の拳銃、チェコ製の機関銃、フランス製の迫撃砲など、様々な国のものが入り乱れていた。日本が宣戦を布告する前に、日本製の武器で武装蜂起させるわけにはいかない、というのがその理由だ。そのため、教わる方はもちろん、教える方も慣れるまでに時間を要した。
もっとも、いかにも小役人的なこの方針にも、意外なメリットがあった。蔣介石政権が各国から輸入した最新鋭の武器弾薬を、中国戦線で大量に鹵獲したため、それをミャンマーの若者たちに惜しみなく与え、日本軍では考えられないほど、ふんだんに実弾を使った訓練ができたからだ。

八か月後の十二月二十八日、海南島の訓練所を卒業した二十七名と、現地の独立運動メンバー二百名がタイのバンコクに集合し、ミャンマー独立義勇軍の結成式が行われた。ミャンマーの伝統的な儀式の作法に則り、腕の血を啜って同志の忠誠を誓い、白地に緑の孔雀を描いた、独立旗を高々と掲げる。

独立義勇軍の司令官は、秘匿名ボーモージョー大将こと、特務機関の穂積大佐、ミャンマー人将兵の最上位は司令部高級参謀のアウンサン少将だ。もっとも、指揮官ばかりが何人集まっても、兵士がいなければ武装蜂起はできない。ミャンマーでは、兵士もゼロから育てなければならず、まずは志願者を集めて訓練するのが先決だった。要員の募集と訓練を担当する、先遣隊のリーダーはネ・ウィン中佐、後にミャンマー首相、大統領を歴任することになる若者だ。

ネ・ウィンは、アウンサンたちに二か月ほど遅れて三亜訓練所に入った。筋骨たくましいアウンサンとは対照的に華奢な体格で、武力闘争の先頭に立つタイプにはとても見えず、過酷な軍事訓練に耐えられるのか心配だったが、自ら率先して筋力トレーニングに取り組み、短期間で強靭な肉体を備えた戦士に変貌し、坂上少尉を驚かせた。実技についても、学科についても、ずば抜けて理解力が高く、たちまち諸先輩に追いつき追い越して、逆に解説や助言を求められるようになる。気晴らしをする場所もないジャングルの中で、血の気の有り余る若い男たちが毎日顔を突き合わせていれば、些細なことでトラブルになることもしばしばだったが、そういった時に仲裁してことを収めるのも決まってネ・ウィンで、若手の中からすぐに頭角を現した。

ネ・ウィン中佐をリーダーとする六名の先遣隊は、翌年の一月十四日、拳銃四十丁と缶詰に偽装した爆弾を持ってバンコクを出発した。船でメーピン川を三日間遡行し、密林の生い茂るインドシナ山脈に分け入り、足を置くのもやっとという狭い獣道を八〇キロにわたって踏破、四日後にようやく国境の川に達する。タイではモエイ川、ミャンマーではタウンジン川と呼ばれる、山岳を縫って走る急流だ。流れが速い上に両岸は断崖絶壁で、船がなければとても渡れない。だが、この辺りで船というと、タイ警察の保有するものが一隻あるだけだ。日タイ軍事協定があるので、頼もうと思えば頼めないことはないものの、それでは対岸のイギリス軍の注意を引いてしまう。やむを得ず、川沿いの山道を五時間ほど下り、ようやく流れが比較的穏やかな淵を見つけた。川を渡るのは日が落ちてからにして、付近に自生している直径三〇センチもある象竹を切り倒し、筏を作りながら夜を待った。

周囲が闇に沈むと、一人が川に飛び込んだ。ミャンマー兵には泳げる者がいないので、その役目は坂上少尉に回ってきた。淵とはいっても、水面下の流れは思ったより速く、二度流されかけたが、三度目にやっと対岸へ這い上がった。腰に巻いた細い綱に太いロープを結んで引っ張り、巨木にしっかりと巻きつける。準備が終わり、一人ずつ竹の筏に乗せてロープを伝って対岸に渡し、夜が明ける頃には全員の渡河を終えた。

ミャンマー兵は三班に分かれてジャングルへと消えた。ネ・ウィン中佐は国境を越えるとすぐに各地の拠点と連絡を取り、ゲリラ戦要員を選抜し、ヤンゴンの地下組織へ送るように指示する。二月二日にヤンゴンに入り、集まったメンバーと顔を合わせたネ・ウィンは、七〇キロ離れたペグーへ移動して秘密拠点を開設、早速軍事訓練を始めた。

ミャンマーは、東西九〇〇キロ、南北二〇〇〇キロ、日本の一・七倍にもおよぶ広大な面積を誇る。だが、イギリス軍がそこに配置したのは、ビルマ第一師団とインド第十七師団の二個師団で、しかもその実数たるや、イギリス兵が四千、インド兵が七千、残りは様々な山岳民族の寄せ集めに過ぎなかった。マレー半島の南部に、十三万もの大兵力を展開したことに比べると、驚くほど貧弱だ。兵力が極端に少ないのは、国境が天然の要害をなしているからで、険しい山脈が連なり、渓谷は急流が岩を噛み、人跡未踏の密林がどこまでも続く。

イギリス軍が想定した日本軍の侵攻ルートは、タイのバンコクからマレー半島の東海岸を七〇〇キロ南下し、最も狭く踏破しやすいクラ地峡で国境を越え、西海岸のコータウンへ出て、海沿いに一三〇〇キロ北上し、モーラミャインを経て首都ヤンゴンに至るというもので、総延長は二〇〇〇キロに達する。道路が整備された北アフリカですら、ロンメル将軍が兵站線の二〇〇〇キロの長さに悩まされ、補給に四苦八苦したことを思えば、マレー半島の未整備な道路でこのような長距離の補給を行うことがいかに困難か、容易に予想できる。イギリス軍は、兵站線が延びきったところで日本軍を撃破すべく、首都ヤンゴンとモーラミャインに兵力を集中し、待ち構えていた。

しかし日本軍は、イギリスの予想を覆し、タイ北部国境の険しい山岳地帯を横断することを選んだ。このルートは、移動距離こそ短いものの、峩々たる山々と鬱蒼としたジャングルを踏破するもので、そのため日本軍は、補給を武器弾薬に限定し、食糧は現地調達に頼るという、無謀ともいえる作戦をとった。それでも兵站が破綻しなかったのは、ミャンマーの地下組織が食糧を事前に手配していたからだ。イギリス植民地政府の激しい弾圧により、長い間休眠状態を余儀なくされていたミャンマー独立運動の地下組織は、一九四一年二月、アウンサンが一時帰国し、主要都市に武装蜂起の拠点を築いたことで、生気を取り戻した。それから十か月、地下組織は急速に成長し、十二月に日本軍がマレー半島に上陸する頃には、各地の拠点が独自に資金や食糧を調達し、宣伝活動や後方攪乱を行うまでに力をつけていたのだ。

日本軍が国境を越えてミャンマーに進攻すると、各地で歓呼の声に迎えられた。行く先々で現地住民が道案内を買って出て、ヤシの実や板砂糖、湯茶を提供してくれる。川に達すると、百人乗りの大きな舟が何艘も待機していて、住民総出で渡してくれる。深夜に行軍すれば、水の入ったコップや、火のついたタバコが、次々と差し出された。

一九四二年一月十九日、マレー半島西海岸の付け根にあるダウェイが、第五五師団の一個大隊の速攻により陥落する。特務機関はすぐに臨時自治政府を樹立し、二週間後には市場が再開、定期バスの運行も始まって、市民生活は平穏を取り戻した。

一月二十日、タイ北部から国境を越えた第三三師団と第五五師団主力は、三十日にモーラミャインを攻略、二月二十日、首都ヤンゴンの北東八〇キロのシッタン川東岸に達した。乾季のため水量は減っていたが、それでも川幅は五〇〇メートルあり、対岸にはイギリス軍一万が首都を守る最終防衛線を敷いている。両軍は決戦を期して睨み合った。

その北側を、ミャンマー独立義勇軍本隊二千がこっそりと渡河した。ゲリラ戦でイギリス軍の後方を攪乱するためだ。指揮する穂積司令官は、兵士たちに厳しく言い聞かせていた。

「隠れて機会を待ち、圧倒的に有利な時にだけ不意打ちをかけろ。

それ以外は、さっさと逃げるんだ。

五回勝てば自信がつく。

十回勝てば日本軍並みの強兵に変わる。

それがゲリラ戦の鉄則だ」

一方、小野中尉率いる独立義勇軍水上支隊二百は、三月四日、漁船八隻に分乗してヤンゴンの南西七〇キロのデルタ地帯を目指した。もっとも、エンジンを備えた船は五隻しか調達できず、残りの三隻は風頼りの帆走だ。速度が遅く、夜の闇に紛れて一気に警戒線を突破するというわけにはいかない。そこで、全員がミャンマーの民族衣装であるロンジーに着替え、難民のふりをして白昼堂々船を進めることにした。すれ違うイギリスの貨物船は、ちらりとこちらを眺めただけでヤンゴンへと去っていく。ところが、それと入れ替わるように、イギリス軍の警備艇が近づいてきた。水上支隊の漁船に停船を命じ、臨検のボートを下ろしはじめる。

「もはやこれまでか」

小野中尉は、ロンジーの下に隠し持った拳銃の安全装置を外した。その時突然、最後尾の漁船が警備艇めがけて急発進した。それを見た他の船も、四方八方へ散り散りに走り出す。イギリス兵にしてみれば、漁船の臨検など日常の退屈なルーティンワークに過ぎず、現地住民は指示に従うものと決め込んでいたのだろう。漁船の想定外の動きに意表を突かれた。ボートを降ろす手も止めて、走り去る漁船を唖然と眺めている。どんな天の配剤か、信じられないような幸運だが、全員無事にデルタ地帯の水路へ逃げ込むことができた。

水上支隊は、謀略ビラを用意していた。「日本軍一千と、ミャンマー独立義勇軍二千が、デルタ地帯に上陸して西方からヤンゴンを攻撃しようとしている」というものだ。もちろん嘘で、市民の不安を煽り、イギリス軍の足を引っ張るのが狙いだ。三月五日の夜半、水上支隊は、現地の独立運動のメンバーに案内され、入り組んだ細い水路を辿ってヤンゴンに忍び込み、市中にビラをまき散らした。

意外なことに、イギリス軍自身がこのビラを真に受ける。独立義勇軍本隊の神出鬼没のゲリラ戦に苛立っていた、司令官の陸軍大将ハロルド・アレグザンダー卿は、水路が複雑に入り組んだデルタ地帯の南端に位置するヤンゴンに、いつまでも留まっていては、日本軍に退路を塞がれ孤立しかねないと判断、首都防衛を諦め、撤退を決意した。七日午後に石油施設や発電所、港湾施設などの爆破を開始、夕刻には最後の列車がターミナル駅を出るという手際の良さだった。

三月八日、第三三師団二一五連隊の先遣隊がヤンゴン市街に突入した時には、イギリス軍の兵士は一人も残っていなかった。十二日、穂積大佐と独立義勇軍本隊もヤンゴンに入る。志願者が続々と集まり、義勇軍の兵士の数は一万二千に達していた。

三月二十五日、ヤンゴン駅前のサッカー場で、ミャンマー独立記念式典が開催された。タキン・ミヤ行政府長官が、高らかに独立を宣言、アウンサン少将率いる独立義勇軍の精鋭四千五百が観兵式を挙行し、ヤンゴン市民は総出でそれを祝った。彼らは、祖国をイギリスの植民地支配から解放した英雄として、民衆の絶大な人気を集めた。

四月八日、ミャンマー独立義勇軍は、先行する日本軍に続き、アウンサン少将の陣頭指揮のもと、ピイ街道に沿って北上を開始した。大勢のヤンゴン市民が、歓声を上げて彼らの出撃を見送った。独立義勇軍が町や村に着くと、そのたびに少将は付近の住民を集め、「この進軍は、イギリスからの独立と、民族解放の戦いである」と演説し、聴衆を熱狂させた。

四月十二日、ミャンマーの正月行事である水祭りが始まる日に、ピイに入城する。水祭りは、雨季の初めに雨を呼ぶ祭りだ。ピイ市民は、様々な容器に水を入れて入城する兵士に振りかけ、兵士たちはずぶ濡れになってはしゃぎ、華やいだ喧騒が町を覆った。

ピイを発った独立義勇軍は、二〇〇キロ北上したイェナンジャウン付近でエーヤワディー川を渡河、一〇〇キロ進んだパコックー近郊で、マンダレーから敗走してきたイギリス軍部隊と遭遇する。それまでの戦いで自信を深めていたアウンサン少将は、直ちに攻撃を命じてそれを撃破、さらに七〇キロ追撃して敗残兵を追い散らした。マンダレーの北八〇キロのシュエボーで別働隊七百を分離、本隊はそのまま北東へ四〇〇キロ進んでバモーに入城し、イギリス軍が武器を与えた山岳民族のゲリラを掃討しながら北上を続け、フーコン渓谷に臨むミッチーナーとモガウンに陣を構えた。

他方、本隊を離れた別動隊七百は、インド国境に近いチンドウィン河畔のホマリンを目指した。ホマリンは水運の要衝で、白亜の洋館やバンガローが建ち並ぶ瀟洒（しょうしゃ）な町だ。マンダレー北方三五〇キロのマウハンまでは鉄道を使い、そこから先は道らしい道のないジャングルを切り開きながら、西へ二〇〇キロを踏破し、ようやくホマリンに到着した。しかしそこは、焼け焦げた柱と崩れた壁だけが残る廃墟と化していた。戦禍で水運が途絶えたため、住民が一人残らず逃げ去り、無人となった館が何者かに略奪、放火されてしまったのだ。とても駐屯できる状態ではなく、チンドウィン川をさらに八〇キロ遡り、五月二十五日、タマンティに入る。タマンティは、地元のミャンマー人もめったに近寄らない奥地で、首狩り族が出るという噂すらあったが、密林に隠れて山岳地帯へ逃げ込もうとする英軍の退路を断つには絶好の地勢だ。

別動隊には、特務機関の福沢少佐と坂上少尉が同行していた。インド侵攻作戦に備え、現地の情報を収集するためだ。そんなある日、福沢少佐が意外なことを言い出して、坂上少尉を面食らわせた。捕虜にした三名のグルカ兵を、後方の収容所へは送らずに、当地で引き取れと言うのだ。最初は恐怖に顔を引きつらせていたグルカ兵だったが、福沢少佐が笑顔を浮かべて英語で話しかけると、徐々に落ち着きを取り戻し、役に立つ情報をもたらしてくれた。それで気が変わったらしい。

坂上少尉は、慌てて説得を試みた。

「ここにはまだ、自分たちが寝起きする場所もないんです。彼らをどこに収容すればいいんですか。私を除けば、現地住民の通訳の少年が一人いるだけで、監視も困難です。しかも川の対岸には、彼らの本隊が駐屯しているんです。すぐに逃亡されてしまいます」

だが福沢少佐の返答は、あっさりしたものだった。

「逃げられても構わないよ。気にするな」

そして、チンドウィン川を偵察すると言い残し、川を下って行ってしまった。

残された坂上少尉は、附近の地形を検討し、チンドウィン川支流のウユ川に面する、クンダン村を根拠地に定めた。十戸足らずの小さな集落だ。とりあえず、村はずれの荒れ果てた寺院に入り、村長を呼んで協力を要請した。すると、いつのまにか野次馬が集まってきた。ふと見れば、足の爛（ただ）れた村人が多い。早速、消毒して薬を塗り、塩を渡した。この辺りの地域は、塩を川の上流で産出される岩塩に頼っており、戦争で水運が途絶したため、塩不足に陥っていたのだ。この噂は瞬く間に近隣の村々に伝わり、ウユ川流域のみならず、チンドウィン川周辺からも、様々な村の村長がバナナ、パパイア、鶏、卵などを土産にして挨拶に訪れるようになる。食糧が心細い坂上中尉にとっては、どんな山海の珍味よりも有難い贈り物だった。

上機嫌になったクンダン村の村長は、すぐに資材の手配をしてくれた。用意が整うと、村人たちが総出で事務所や倉庫の建築に取りかかる。木と竹を組み合わせ、竹を薄く削った紐のようなもので縛り、屋根は椰子の葉で葺く。床には割った竹を敷き、壁も竹を編んで作る。小振りに編んで枠に入れたものは、入り口の上から吊り下げて、扉になった。建物はどれも高床式で、地面から一メートルほどの高さがある。台所や食卓などの家具を含めて、わずか一日で完成した。

さて、捕虜のグルカ兵をどうしたものか。福沢少佐に言った通り、監禁する場所などあるはずもない。坂上少尉は、少佐の真似をするしかないと腹をくくり、グルカ兵を呼んで言った。

「イギリスは、これまでアジアの諸民族を抑圧して来た。ミャンマー独立義勇軍は、独立を果たすために戦っている。インド国民軍も、祖国の独立のために立ち上がろうとしている。今こそ、イギリス人を追い出して、君たちの手で君たちの国を取り戻す時だ。だから君たちは、もはや捕虜ではない。自由だ。逃げたければ、逃げてよい」

グルカ兵は、目を白黒させたまま、絶句していた。あまりにも突然の話で、どう理解していいのかわからないのだろう。坂上少尉は、「すぐに逃げないのなら、とりあえず今夜は通訳の少年と一緒に事務所で寝るように」と言って、寝具を渡した。三人のグルカ兵は、素直に従った。やがて彼らは、自ら朝早く起き、近所の川で水を汲み、料理の手伝いをするようになる。

坂上少尉は、陸軍中野学校でグルカの文化も学んでいた。日本の武士が日本刀に誇りを持つように、グルカの男はグルカ刀にプライドを持っている。そこで坂上少尉は、没収したグルカ刀を彼らに返し、常時携帯することを許した。一緒に釣りに出かける時には、坂上少尉自身は釣り竿一本の丸腰で、彼らはグルカ刀を腰に下げていたが、魚が釣れるたびに嬉々として針から外し、餌の付け替えを手伝うだけで、いつまで経っても逃げる気配がない。ほどなく夜間の警備も任せることにして、銃を渡した。

ホマリンからチンドウィン川を十キロほど遡上したところに、カウヤという村がある。川沿いの丘陵地帯に五十戸ほどが並んでいた。一面に茶畑が広がり、水田はあまり見かけない。他方、チンドウィン川の対岸には水田に囲まれたナンパン村があり、そちらは十軒くらいの小さな集落だ。長閑な山村に見えるが、奥のチン丘陵には英軍が駐屯し、ナンパン村にも巡視隊が定期的に訪れる。チン丘陵からアラカン山脈を越えれば、インド北東部の要衝インパール、ここは最前線なのだ。

カウヤ村では、米が少ししかとれない。これまでは、茶葉を売った金でナンパン村から米を買っていたが、イギリス軍が渡河を禁じたため、米が不足していた。他方、ナンパン村では米が余っている。日本軍とは違い、イギリス軍は米を食べないので、売り先がないのだ。カウヤ村とナンパン村は古くから交流が盛んで、親戚同士の家も多い。そこで、密かにナンパン村から知り合いを呼び、米を買い付けることにした。

その村人が、坂上少尉に貴重な情報をもたらしてくれた。イギリス軍が駐屯しているのは、チン丘陵のコールタンサカン村で、ナンパン村を訪れる巡視隊の人数は二十名程度、指揮官はイギリス人将校だが、それ以外は全員インド兵らしい。イギリス肝いりの民間防衛組織「Vフォース」を設け、村ごとに要員を雇って銃を渡し、他の村人を監視させるとともに、日本軍の情報を入手次第、直ちに報告するよう命じていた。ナンパン村の「Vフォース」要員は、カウヤ村の村長の親戚だということだ。

坂上少尉は、村長に頼んで、彼と話をすることにした。翌日やってきたのは、二十代後半の青年で、ポーカンと名乗った。缶詰の牛肉と唐辛子、塩を肴に、茶碗で地酒を酌み交わす。イギリス軍の将校と一緒に食事をしたことなど、一度もないポーカンは喜んだ。坂上少尉がミャンマーの独立を語り、イギリス軍が「Vフォース」の要員に渡すアヘンの害を説くと、明け方、村に戻る頃には、ポーカンはすっかり心を許し、仲間となっていた。

もっともイギリス軍は、ポーカンにもチン丘陵に立ち入ることを禁じていたので、チン丘陵やインパールに関して、彼が持っている情報は乏しかった。しかし、ある日ポーカンが、五十歳くらいの痩せた背の高い男を連れてきた。コールタンサカン近郊の村の住民で、偶々、ナンパン村に雑貨を買いに来たらしい。坂上少尉が話を聞いてみると、コールタンサカンの村人たちは、ナンパン村との交流を禁止されたため、日用品を求めてインパールに通っているとのことだ。その男が、コールタンサカンの村長と顔見知りだというので、伝言を頼んだ。

「資金を出すので、インパールまで行って買物をしてきてほしい。買ったものは全部、村長にプレゼントする。その代わり、インパールに行った者の話を聞かせてもらいたい」

そして、資金と贈り物を渡した。コールタンサカンの村長は喜び、村人全員の協力を約束してくれた。しばらくすると、袋に毛糸や布を詰め込んだ村人たちが次々と訪れ、坂上少尉にウクルル、コヒマ、インパールへの道路や周辺の情報を事細かに報告してくれるようになった。シャングシャックには工兵隊がいて、住民が工事に駆り出されていることも判明した。

チン丘陵には、ミャンマー側にクキ族、インド側にはタウングホール族が住んでいる。いずれも純朴にして剽悍、狩猟が得意な山岳民族で、肉と唐辛子、酒を好み、畑では陸稲を栽培し、牛を最も大切な財産とする。彼らの村の多くは、三〇〇〇メートル級の山々の中腹や山頂にあった。標高の低い所には、マラリアを媒介する蚊が多いからだ。このことは、水が豊富な低地では、食糧が調達できない上に伝染病の危険があり、逆に食糧が手に入る高地の村には、水がないことを意味する。インパールへの進軍は、急峻な山道の登り下りを覚悟しなければならない。また、乾季ならば、女性や子供が牛車に乗って気軽に通る谷間の道も、雨季には濁流が渦を巻き、屈強な男性でも命懸けの難所に変わる。乾季と雨季では天国と地獄、全く別の世界なのだ。

その頃、首都ヤンゴンでは、穏健派のバー・モウ博士を首相とするミャンマー政府が正式に発足し、独立義勇軍は国防軍と名を改めた。司令官兼第一師団長はアウンサン少将、第二師団長には大佐に昇進したネ・ウィンが就任した。

第8章 インパール

1942年8月13日

インド独立を目指す急進派のリーダー、スバス・チャンドラ・ボースが、東京からシンガポールに到着した。インド独立運動の指導者としては、「マハトマ（偉大なる魂）」の尊称で知られるガンジーが有名だが、非暴力主義を説く穏健派のガンジーとは対照的に、チャンドラ・ボースは武力闘争による独立を唱え、「ネタージ（導く者）」の異名を持つ。亡命先のドイツで、アフリカ戦線で捕虜となったインド兵を集め、連隊規模の「自由インド軍団」を編成し、インドに上陸して武装蜂起しようとしたが、ロシアとの死闘を繰り広げるドイツにその余裕はなく、焦燥の日々を送っていた。

そうこうするうちに日本が参戦すると、瞬く間にイギリス軍を撃破、マレーシア、シンガポール、ミャンマーを席巻してインド国境に迫る。さらに、ドイツ駐在武官の日下部大佐から、二個師団の「インド国民軍」が創設されたと聞かされ、居ても立ってもいられなくなったチャンドラ・ボースは、急ぎベルリンから東京へ飛び、東條首相や杉山陸軍大臣らと直談判におよんだ。そしてインド独立への賛同と協力をとりつけ、シンガポールに乗り込んできたのだ。

空港で出迎えた一団の中に白石大佐の姿もあった。杉山陸相はインドに駐在武官として赴任したことがあり、国民会議派にも知己が多く、インドの政治家と意気投合しても驚くには当たらない。だが東條首相は、インド独立など夢物語にすぎないとして、チャンドラ・ボースとの面会に消極的だったにもかかわらず、一度顔を合わせただけですっかり虜になったらしい。

東條首相は、施政方針演説で「大東亜共栄圏建設」を打ち出したことから、大言壮語の人と思われがちだが、実は大風呂敷を嫌う実務家タイプの軍事官僚だ。「大東亜共栄圏建設」にしても、構想を描いたのは他ならぬ白石大佐で、それを聞いた東條首相は、当初、「また白石が大口を叩きおって」と鼻で笑っていた。

ところが、いざ米英に宣戦を布告する段になってみると、それまでの政府声明や施政方針は、中国における権益を守ることに終始し、両大国に世界大戦を挑む大義名分としては、いかにも視野が狭く底が浅い。何かそれらしいスローガンをと探し、「東アジアの植民地解放」を掲げることにしたが、日本の軍事力をもってすれば、植民地政府の打倒自体はさして難しくないにせよ、それだけでは宗主国に経済という生殺与奪の権を握られたままで、独立など絵に描いた餅だ。

真の独立を達成するためには、経済的基盤の裏付けが欠かせない。そこで、白石大佐の「大東亜共栄圏建設」構想を思い出し、木に竹を接ぐように書き加えたのだ。泥縄もいいところだ。あの土壇場でそこまで頭が回るくらいだから能吏ではあるが、それ以上の人ではない。そんな東條首相を、一度会っただけでインド独立などという雲をつかむような話に乗せるとは、チャンドラ・ボースこそ只者ではあるまい。白石大佐は、彼がどれほどの人物か、見極めようとした。

チャンドラ・ボースは、ガンジーやネルーと並び称される、インド政界の大物中の大物だ。四年前、インド最大の政治勢力、国民会議派の議長に就任している。てっきり重厚な政治家が現れるものと思っていたら、実際の彼は、大佐と同い年の四十五歳と意外に若く、彫りの深いインド・アーリア系の顔立ちに、ムガール帝国時代のモンゴルの面影がほのかに匂う、端正な容貌の男だった。

英国が最初に植民地としたベンガル地方の出身で、弾圧と抵抗の長い歴史を通して絶え間なく燃え続けた怒りと、最上流階級のバラモンという育ちの良さが醸し出す品位を併せ持ち、瞳には幾度もの投獄に耐え、砂漠を徒歩で越えて亡命した、鋼鉄の意思が底光りしている。力強く張りのある声で語る言葉は理路整然として澱みがなく、気宇壮大な話をする時でも現実感を損なうことがない。宗教対立が激しいインドで、ヒンズー教徒のリーダーでありながら、副官にイスラム教徒を選ぶという懐の深さもある。

在日活動家の長老、ラース・ビハリ・ボースは、日本側にこそ重宝されているものの、亡命生活が長く、インド本国では知る人も絶え、独立運動の現場からは「終わった人」とみなされていたが、あえて連盟の最高顧問の席を用意するなど、気配りも行き届いている。白石大佐は、これまでにも米国のルーズベルト大統領やハル国務長官をはじめ、各国の要人と渡り合ってきたが、チャンドラ・ボースには、彼らとは隔絶したカリスマ性を見た。

大本営陸軍部は、ミャンマーの第十五軍に対し、二十一号作戦ならびに三十一号作戦の発動を下令した。攻略目標は、ベンガル湾の港湾都市チッタゴンと、インド北東部の要衝インパールだ。雨季がまだ明けきらないうちに、第三航空軍がチッタゴン、コルカタ、パレル、インパールへの空襲を開始した。チッタゴン攻略には、第三三師団、インパールには、第五五師団、第十八師団、第十五師団、第三一師団が投入されることになった。

第三三師団は、ベンガル湾に臨む、ミャンマー有数の港湾都市シットウェに陣を張る。

第五五師団は、ガダルカナル島に南海支隊として分遣していた第一四四連隊の復帰を待ち、南方からインパールへ突入すべく、マンダレーを発ってカレーワに移動した。

皇室の紋章「菊」を兵団名に冠する第十八師団は、タムーからインパールへと続く、最も整備された軍用道路の攻略を任された。だが、師団長の牟田口廉也中将がインパール攻略は時期尚早と強硬に反対したために更迭され、後任の田中新一中将の着任を待って進撃を開始する。

中国戦線から、別命を帯びて派遣された第十五師団は、北方からインパールを襲うルートを担当することになり、ヤンゴンに上陸すると、荷ほどきもそこそこにパウンビンへ急いだ。別命とは、作戦終了後、第十五軍の他の師団と別れて北上し、アッサム地方のティンスキアを攻略、ヒマラヤ山脈を越えて中国の昆明へ軍需物資を空輸する、援蔣ルートを覆滅すべしというものだった。

第三一師団は、この作戦のために新設された師団だ。第十八師団から西太平洋のパラオへ分遣されていた第一二四連隊と、中国戦線の第十三師団から抽出された第五八連隊、第一一六師団から抽出された第一三八連隊という編成で、特務機関が拠点を置くクンダン村に近いタマンティに集結した。この師団の攻略目標はインパールではなく、チン丘陵からナガ山地に連なる険しい山岳地帯を越えた先にある、イギリス軍の補給拠点、コヒマだ。

「進撃ルート」という言葉は同じでも、その実態には雲泥の差があった。インパールは国際的な交通の要衝で、ミャンマーからも大小様々な道路が通じている。第五五師団は、イギリス軍の戦車が守る堅牢な道路を、第十八師団は、雨季の豪雨にも耐える排水路を備えた、幅二〇メートルの軍用舗装道路を進む。そして第十五師団が入る道は、それらに比べればはるかに貧弱とはいえ、それでも工兵の拡幅工事でトラックが通行可能と見込まれていた。

他方、インパールの北方、コヒマへのルートに道らしい道はない。第三一師団が辿るのは、三〇〇〇メートル級の山々が連なる中に点在する、山岳民族の村々をつなぐ岨道だ。

道路事情の違いは、砲兵に現れる。第五五師団は九四式山砲や九一式一〇センチ榴弾砲などの師団砲を備え、第十八師団はそれに加え、九六式十五センチ榴弾砲を擁する野戦重砲兵を帯同する。他方、第十五師団や第三一師団は、悪路のため師団砲を途中のフミネに残置せざるを得ず、軽量の四一式山砲が頼りだ。

第三一師団は、特務機関長の宮崎少将が、師団長心得として指揮を執ることになった。この抜擢は、インド国民軍とミャンマー国防軍を、大東亜共栄圏の多国籍軍、通称「フリーダム・フレンドシップ・ファイターズ（自由友愛同盟軍）」として育て上げた功績によるもので、同盟軍の総司令官を兼務する。参謀長はインド国民軍のモハン・シン少将、参謀副長は「Fの旗」の生みの親である福沢中佐だ。チャンドラ・ボースは、インド国民軍最高司令官に就任、ギル大佐率いる第一師団は、第一八師団とともにタムーからインパールを目指し、ボンスレー大佐率いる第二師団は、第三三師団とシットウェからチッタゴンへ進む。ミャンマー国防軍は、ミッチーナーを出撃し、フーコン渓谷に出没する山岳民族のゲリラ討伐に向かった。

特務機関の坂上少尉は、第三三師団の右翼、第一三八連隊とともにチンドウィン川を渡った。チン丘陵の岩だらけの山道を登り、コールタンサカン村に到着する。駐留するイギリス軍は、とうに撤退していた。早速、村人と食糧の買い付け交渉に入る。山岳地帯の山道を踏破する第三一師団は、荷を軽くするため三週間分の食糧しか携行しておらず、行く先々で購入して補う必要があった。買い付けを終え、村長に会いたいと伝えると、村人が家まで案内してくれた。村長の家は、小高い丘の上に建つ、竹の塀で囲まれた二棟の高床式の建物で、一棟が住居、もう一棟は倉庫だ。焼畑農法らしく、焼け焦げた土地には陸稲が植えられている。村長に挨拶し、インパール周辺の調査に協力してくれたことに感謝して、土産物を贈った。

情報収集をかねてあれこれ話をしていると、怪我をした男の子が連れられてきた。傷口を診た軍医は、すぐに切開した方がいいと言う。早速、親の了解をとり、麻酔をかけてメスで患部を切除し、縫合した。そんな一連の処置に見入っていた村人たちは、軍医の鮮やかな手際に感嘆の声を上げる。手術が無事に終わり、喜んだ村長はお礼を受け取って欲しいと言い出した。そして、人垣をかき分けるようにして、一頭の黒い牛が引き出された。水牛と似ているが、ひと回り図体が大きく、肩から背にかけて隆々と筋骨が盛り上がったインドヤギュウだ。標高二〇〇〇メートル前後の高地に棲む牛で、山岳民族にとって最も価値の高い大切な財産だ。最上級の感謝の証で、ありがたいが、連れて行くわけにもいかない。

「もし生きて帰れたら、その時にあらためて受け取るから」と丁重にお断りした。

村長との話を終え、隣村のソムラに向かった。隣といっても、標高三〇〇〇メートルの山頂にあり、そこまで険しい山道を登らなければならない。尾根伝いのなだらかな上り坂は、村へ近づくにつれて急勾配になり、それを越えると竹林があった。ミャンマーで竹といえば、直径三〇センチもある巨大な象竹の印象が強いが、高地のものは日本で見慣れたものに近い。十数人の少女たちが、それぞれに何本も竹筒を入れた籠を背負って、山道を登ってきた。谷底で水を汲み、山頂の村まで運び上げるのを日課にしているらしい。

この村も倉庫は高床式だが、住居は平屋の土間だった。コールタンサカン村に比べて標高が高い分、湿気が少ないのか。その夜は村に泊まることにして、焚火を囲んで村人の話を聞いた。近隣の村との連絡には、主としてたいまつを用いるようだ。ここは三〇〇〇メートル級の山々がそびえる山岳地帯、隣村は深い谷を渡った向こう側、訪ねようとすれば近い村でも半日、遠ければ一日がかりの行程になる。よほどの重大事でもなければ、そうそう顔を合わせるわけにはいかないのだろう。

翌日は、山道を西へ向かった。なだらかな坂を数時間下り、軍用道路に出る。イギリス軍が建設した、インドとの国境に向かう東西横断道路だ。さらに進むと、今度は南北を縦断する道路に出くわした。どの道も、戦車や装甲車など重量のある車両の走行に耐える強度があり、山間僻地のジャングルに急造したとは思えない、本格的な軍用道路だ。日本軍が造成する道は、人や駄馬が標準で、トラックがなんとか通れたら上出来というものばかりだから、彼我の差を痛感する。

突然、前方から銃声がした。何事かと先を急ぐと、先遣隊の兵士が道端の岩陰に身を潜めていた。水と食糧を求めて村に入ろうとして、イギリス軍の銃撃を受けたとのことだ。まず敵情を知る必要がある。制高点に直行したいところだが、あいにく最短ルートは敵が塞いでいた。一旦谷底に降り、大きく迂回し二時間ほど登って、再び道路に出る。急坂を這い上がり、日暮れが迫る頃、やっと丘の頂上に辿り着いた。先遣隊の中隊長がいたので戦況を尋ねると、自信満々の答えが返ってきた。

「敵は小人数だ。本隊の到着を待つまでもない。暗くなり次第、夜襲をかけて撃退する」

だが、その判断は誤りだということが、すぐに明らかとなった。攻撃を開始するやいなや、待ち構えていた敵から猛烈な反撃を受け、攻撃開始からわずか一時間で中隊長が戦死、小隊長も全員死傷し、中隊は全滅してしまったのだ。

夜が明けて、陽の光の下で敵陣の様子を確認すると、規模こそ小さいが、塹壕が縦横に掘られ、要所に掩蓋（えんがい）が築かれた、想像以上に堅固な陣地だった。掩蓋は、直径三〇センチの丸太を二段に敷き、厚く土を盛った頑丈なもので、銃座と銃眼を備え、相互に死角をカバーするように配置され、交通壕で連結されている。まず火砲で掩蓋を潰さなければならない。ようやく連隊の本隊が到着し、山砲、重機関銃で一斉射撃を浴びせた。それを待っていたかのように、イギリス軍は谷間へ撤退していく。陣地に残されていたのは、戦死したグルカ兵の遺体だった。ネパール出身の彼らは、顔立ちも体付きも日本人とよく似ていた。

ベンガル湾に面する、シットウェに布陣した第三三師団の桜井中将は、第二一三連隊の熊野大佐に、国境に近いマウンドーとブティダウンに前哨陣地を築くよう命じた。熊野大佐は、第一大隊をマウンドーに、第二大隊をブティダウンに向かわせる。第二大隊の岩井少佐が、マユ川を船で渡り、ブティダウンに入ると、偶然にも、チッタゴンのインド第十四師団から同様の命令を受けて出撃してきた、イギリス軍の大隊と鉢合わせした。突然の遭遇戦となり、即座に攻撃を命じる。

予想外の敵襲に驚いた英大隊は、ブティダウンを諦め、マウンドーへ転進した。だが、そこでも梨木少佐率いる第一大隊の反撃を受け、ほうほうの体で退散する。この戦いは、大隊同士の小競り合いの域を出るものではなかったが、意外に重要な意味を持つことになった。鹵獲品の中から作戦地図が見つかり、そこにはインパールからチッタゴンにかけての詳細な地形と、イギリス軍の配置が記されていたからだ。

やがて、インド第十四師団の本隊が現れた。ブティダウン＝マウンドー防衛線の前面、シンゼイワ盆地に陣を敷く。盆地は、東西一三〇〇メートル、南北二〇〇〇メートル、日本の関ヶ原古戦場に近い広さがある。最前線のブティダウンに進出した熊野大佐は、師団司令部から、敵正面を迂回し補給拠点のタウンバザーを突くよう命令を受けた。しかし、地図の上では妥当に思えるその作戦には、重大な難点があった。ブティダウンからタウンバザーまで、平坦な農地が延々と続き、身を隠す遮蔽物が何一つ無いのだ。敵が布陣する丘の稜線から丸見えで、移動中に発見されたら全滅しかねない。

そんなことになるくらいなら、敵に正面から挑む方がまだましだった。ミャンマーでの戦いや、ブティダウン＝マウンドー戦の経験からいって、熊野連隊単独でも敵の防衛線を突破する自信がある。とはいえ命令は命令だ。熊野大佐は、新月の闇に賭けることにした。夜半を待ち、決死の覚悟で声を殺し音を消して、暗闇の中を進んだ。案に相違して道中何事もなく、夜明け前に待機地点に到着する。

黎明を期して開始した攻撃は、拍子抜けするほどあっけなく終わった。敵兵は抵抗らしい抵抗もなく、蜘蛛の子を散らすように四散したのだ。意外に思って捕虜を尋問すると、ブティダウンで対峙するインド第一二三旅団が、側面と後方から兵力を抽出し、正面に全戦力を集中していたことが分かった。日本軍が、敵から丸見えのルートを通るなどという、素人じみた策を選ぶはずがなく、必ず正面突破を狙ってくると考えたらしい。熊野大佐は、苦笑するしかなかった。倉庫に入ってみると、そこには大量の食糧や武器、弾薬が溢れていた。

タウンバザーを制圧した二一三連隊は、翌々日、敵を求めてシンゼイワ盆地へ南下した。まず手始めに、盆地の制高点である北東の丘を狙う。守っているのは射弾観測の小部隊くらいだろうと、軽い気持ちで攻撃を開始したが、なんとそこにいたのは、インド第十四師団の司令部そのものだった。突然、背後から襲われた司令部要員は、参謀から書記、伝令、通信兵にいたるまで、全員が武器を取って激しく抵抗した。だが、迫撃砲による集中攻撃で死傷者が続出、抗戦を断念して丘を下る。

これまで相手にしたイギリス軍は、退路を断たれると、すぐに敗走するか、降伏するかのどちらかだった。しかし、今回は違っていた。盆地周辺の山襞や密林を利用して死角を作り、戦力の消耗を避けながら機を見て反撃に転じるという、見違えるように巧みな戦い方を展開する。日本軍に出血を強いつつ時間を稼ぎ、チッタゴンからの増援部隊を待つ作戦に違いない。漫然と包囲戦を続けていると、逆包囲されるおそれがある。熊野連隊は、シンゼイワ盆地を第二一四連隊に任せ、チッタゴンに向かって北上を開始した。マウンドーでインド第四七旅団を撃破した、第二一五連隊とインド国民軍第二師団も、それに続く。

イギリス軍が当初計画していたのは、インド第十四師団が囮になり、日本軍を引きつけている間に、本国編成の精鋭部隊、イギリス第六旅団が輸送船でシットウェの港に乗り付け、挟み撃ちにする作戦だった。そのため、イギリス第六旅団はチッタゴンで待機していたが、インド第十四師団が退路を絶たれ、助けを求めているとの通報を受け、陸路シンゼイワへ急行する。

北上する日本軍と、南下するイギリス軍は、チャカリア近郊で激突した。壮絶な遭遇戦となったものの、熊野連隊が盾となって進撃を阻止している間に、第二一五連隊とインド国民軍が側背を衝き、イギリス第六旅団を潰走させる。

もはやチッタゴンへの道に、立ち塞がる者はいない。インド国民軍が、「インド独立運動の旗」を先頭にチッタゴンへ入城すると、市民は拍手喝采して迎えた。第三三師団とインド国民軍第二師団は、小高い丘の上にあるインド・ゴシック様式の裁判所を当面の拠点と定め、「インド独立運動の旗」と日章旗を高々と掲げた。

チッタゴンは、かつてイギリス植民地の首都だった大都市コルカタまで三五〇キロ、東京と京都ほどしか離れていない。幕末の鳥羽伏見の戦いで、幕府軍敗北という凶報を受け、衝撃に震えた江戸の町にも似て、驚愕と狼狽がコルカタに広がった。チャーチル首相は、市民の動揺を抑えようと、コルカタ死守を命じる。だが現地に駐屯するのは、治安維持が主な任務で、実戦経験に乏しいインド第二六師団だ。百戦錬磨の日本軍を相手にするには力不足と見て、インド東部軍はイギリス本国編成の第七〇師団を急ぎコルカタへ送った。とはいえ、インパールも放置はできない。ビハール州のインド第五〇戦車旅団をインパールへ、アッサム州の北アッサム旅団をコヒマへと向かわせた。

インパール攻略部隊の中で最も南のルートを進む第五五師団は、カレーワから西へと進み、ミッタ川の渡河点に達した。両岸に生い茂る葦をかき分けて川を渡り、チークの原生林に入る。アラカン山脈へ向かう道は、幅が一車線程度と狭く、傾斜も急な上り坂だった。木陰に泉の湧く涼やかな窪地は、喬木が上空からの視界を遮るためか、物資集積所として使われていたようで、撤退する際に焼き払ったらしい黒焦げの残骸が残されている。山岳地帯に入ると樹木は次第に疎らとなり、赤いラテライトがむき出しの山肌に変わった。急坂を深く削り取った、つづら折れの道が続く。

第五五師団は、イギリス軍の前哨拠点まで二〇キロに迫るカレーミョで主力を集結し戦闘態勢を整え、まず第一四三連隊にフォートホワイトを襲わせた。それに続き第一四四連隊が、南方のファラム、ハカを落とす。第五五師団の速攻に、軍司令部は大いに沸いた。

とはいえ、フォートホワイトとハカは一五〇キロも離れている。フォートホワイトの北方四〇キロのトンザンに布陣していたインド第十七師団は、日本軍が長大な戦線に戦力を分散したと見て、その隙を突きフォートホワイトを奪還すべく、反撃に出た。しかしそれは、第五五師団の思う壺だった。東方へ迂回し、山岳地帯を踏破した第一一二連隊が、密かにインド第十七師団の背後に迫っていたのだ。危うく挟み撃ちにされそうになったイギリス軍は、慌ててインパールへ後退しようとした。すると今度は、ファラム、ハカからマニプル川西岸を長駆北上した第一四四連隊が、北方のトイトムで退路を断つ。正面の第一四三連隊も、フォートホワイトを出撃、イギリス軍が前哨拠点のテディム前面に設けた地雷原を突破し、トンザンに入った。

北のトイトムに第一四四連隊、南のトンザンに第一四三連隊、東の山側には第一一二連隊、西はマニプル川の深い渓谷に挟まれ、インド第十七師団は完全に包囲された。周りは赤土の禿山で、身を隠すすべはない。追い詰められた英軍は、インド第五〇戦車旅団のバレンタイン歩兵戦車を先頭に、強行突破を図った。この戦車は、重量こそ十六トンと九七式中戦車と変わらないが、砲塔六五ミリ、車体全周六〇ミリの重装甲を誇る。ドイツと死闘を繰り広げるロシアが、軍事援助に要請したほど強靭な防御力を備え、日本に対抗できる戦車はない。

だがその時、稜線をかすめて双発の戦闘機が現れた。陸軍飛行第二一戦隊の、一式複座戦闘機「屠龍（とりゅう）」だ。搭載するホ3二〇ミリ機関砲は、ノモンハンでロシア軍戦車を撃破した、九八式二〇ミリ高射機関砲と基本メカニズムが共通する航空機関砲で、三〇ミリの装甲を貫通する。重装甲のバレンタイン戦車だが、エンジンの出力は一三〇馬力と、装甲十六ミリの九八式軽戦車と同水準だ。総重量を抑えるため車体上面の装甲は薄く、車体後面傾斜部は一七ミリ、機関室上面は一〇ミリしかない。「屠龍」は、野兎を狩る狗鷲のように戦車へ襲いかかり、次々と擱座させた。

「屠龍」の機関砲を逃れ、なおも谷間の道を進む戦車には、山襞に隠された九四式山砲と九一式一〇センチ榴弾砲が待ち構えていた。九四式山砲は一三〇〇メートル、一〇センチ榴弾砲は二〇〇〇メートルの至近距離から徹甲弾を発射すれば、七五ミリの装甲を貫通する。ノモンハンで、近距離から山砲を放ち、ロシア戦車部隊を撃破した、宮崎繁三郎少将の戦法の応用だった。徹甲弾が戦車を貫き、重機関銃が歩兵を薙ぎ倒す。さらに第三航空軍の爆撃機が爆弾の雨を降らせるにおよんで、インド第十七師団は白旗を掲げて降伏した。鹵獲した戦利品は、車両千二百台、食糧二か月分に達し、日本軍にとってまさに干天の慈雨となった。

第五五師団は、包囲を逃れた敗残兵をシンゲルで撃破、散り散りになって敗走する敵兵を追って、インパール平野に突入する。この平野は、山々に囲まれた南北に細長い盆地で、大阪平野ほどの広さがあり、北側に市街、南側にロクタク湖、その西側をインパール街道が走る。第五五師団は、ロクタク湖の北西の要衝、ビシェンプールを占領した。日が落ちて北を望むと、インパールの灯火が煌々と輝いていた。

第五五師団の北を進む、第十八師団とインド国民軍第一師団は、タムーに達した。ミャンマーからインパールへ向かう道路はいくつかあるが、その中でもこのタムーからのルートが最も短く、一〇〇キロしかない。しかも、雨季の豪雨に耐える大容量の排水路を備えた、幅二〇メートルの軍用舗装道路が延びる。それだけにイギリス軍は、堡塁のみならず、宿舎、倉庫に至るまで、全てが分厚いコンクリートに覆われた、要塞のような防衛陣地をタムーに築いていた。それを見て、歩兵では歯が立たないと判断した第十八師団の田中師団長は、野戦砲兵と師団砲兵に集中砲火を浴びせるよう命じる。

砲撃が終わり、歩兵部隊が突撃すると、イギリス軍守備隊はあっさり後退した。しかも、第二次防衛線と予想されたモレーではなく、一気にシボンまで下がる。日本軍がシボン周辺の高地を占領すると、今度は西のシェナムへと撤退した。戦意を喪失し、ずるずると後退しているようにも見えるが、実はそうやって日本軍を誘い込むのが作戦だった。

シボンとシェナムの間にはテグノパールという村があり、周囲の高地や稜線に、五〇〇メートルから一キロ間隔で陣地や銃座が構築されていた。主たる兵器は迫撃砲だ。道路の反対側の斜面に配置し、弾道は大きく弧を描いて稜線を越え、真上から落下して広範囲の兵士を殺傷する。反撃しようにも、山砲などの平射砲では射線が稜線で遮られ、九二式歩兵砲や九七式曲射歩兵砲では高低差が災いして届かない。日本軍を反撃困難な死地におびき寄せ、一方的に砲弾を浴びせて殲滅する狙いだ。野戦重砲兵や師団砲兵の榴弾砲が頼みの綱で、それらを失えば袋叩きにされかねない。虎の子の榴弾砲を闇に紛れて運び込み、道路脇の飯場小屋に隠した。

テグノパールを守るインド第二三師団は、南北四キロに七つの主要陣地を構築していた。第十八師団は、野戦重砲兵第三連隊の九六式一五センチ榴弾砲と、師団砲兵の九一式一〇センチ榴弾砲で準備射撃を行い、それが終わるやいなや、第五五連隊と第五六連隊が敵正面に突撃を開始した。同時に、第一一四連隊第三大隊が大きく迂回し、南西高地の陣地を奇襲する。

敵の意表を突いた攻撃はまんまと成功したが、作戦正面のイギリス軍の抵抗は激しく、正面北側の石切山陣地の攻略に三日を要した。その翌日には正面南側の稜線の三角山陣地、二日後に擂鉢山陣地と掩蓋山陣地を奪取する。ところが、そこから先は、イギリス軍の反撃も苛烈を極め、テグノパールの真北に当たる、一軒家陣地一つを攻略するのに、さらに一週間を費やしてしまった。

道路事情に恵まれた第十八師団は、軍司令部より、必要なものは随時補給するから、迅速な進撃を優先し、極力身軽にせよと指示されていた。そのため、食糧は三週間分しか携行していない。ところが、その補給が途絶えていた。軍司令部に矢の催促をしても、送ったという返事が来るだけで、肝心の食糧はいつまでたっても届かない。このままでは、インパールどころか、その手前のパレルにすら到達できずに、食糧が底をついてしまう。

インパールを守るイギリス第四軍団司令官ジェフリー・スクーンズ中将が、ジャングル戦に長けた特殊部隊を日本軍の後方深く送り込み、食糧を運ぶ輜重隊を襲わせていたのだ。なかなかの着眼点だった。同じ輜重隊でも、武器弾薬を輸送する部隊に比べて、食糧を運ぶ部隊の戦闘力は劣る。しかも峨々たる山岳地帯、輜重隊が進むルートは限られる一方、攻撃する側が待ち伏せに潜む場所には事欠かない。携行食糧が少ない日本軍は、たちまち飢えはじめた。


第十八師団は、再び敵正面を迂回することにして、第一一四連隊第二大隊の川合少佐に、シェナムとテグノパールの中間にある、ライマトルヒル攻略を命じた。一個大隊が、単独で敵陣深く侵入するという決死の作戦だ。行軍は困難を極めると予想されたが、夜を待ち、暗闇の中を英軍の敷設した電話線を辿って進むという判断が功を奏した。夜が明ける前に攻撃待機地点に到達する。

ライマトルヒルは、イギリス軍が築いた陣地群の中でも最高峰だ。塹壕がひな壇のように重なり、至る所に掩蓋が設けられている。川合大隊は、日の高い間は、物陰から敵陣を偵察して攻略ルートを検討し、暗くなるのを待って前進を開始した。

第三中隊の佐々木少尉も、暗闇の中、匍匐前進で敵陣に近づいた。最前線というのに、周囲は静寂に包まれ、木の葉が風にそよぐ音さえ聞き取れる。そのしじまを破り、師団砲兵と野戦重砲兵の砲撃が始まった。イギリス軍の陣地に砲弾が次々と落下して炸裂し、工兵隊が鉄条網を切り開く。砲撃が止むやいなや、「突っ込め！」という号令とともに、第一中隊が突入した。続いて第二中隊が右隣の陣地を襲い、佐々木少尉の第三中隊は、左側にある南西の角の掩蓋を攻撃する。敵陣から照明弾が上がり、重機関銃や小銃の弾丸が辺りを飛び交う。それをかいくぐって、先鋒が掩蓋に取り付いた。

佐々木少尉がイギリス兵を追って塹壕から掩蓋に入ると、そこには武器弾薬だけではなく、缶詰やタバコも大量に残されていた。缶詰の山からミルクとコンビーフを選び、むさぼるように食べる。空腹を満たし、人心地ついたところでタバコを吸った。腹が一杯になったのは久しぶりだし、満腹した後のタバコの味は格別だ。逆襲に備えて陣地を補修し、兵士を配置した。

夜が明けてみると、ライマトルヒルからの眺めは絶景だった。東にテグノパールの陣地群、南西にインド第二三師団主力が集結するシェナム、北西の軍用道路の脇にはサイボンの砲兵陣地、その奥にはインパールの最終防衛線となるパレル、全てが一望のもとに見渡せる。射弾観測にはこれ以上ない、もってこいの場所だ。ここから指示すれば、敵陣に正確な砲撃を加えることができる。

イギリス軍の反撃が始まった。砲撃が三十分ほど続き、その間に陣地の近くまでにじり寄ったグルカ兵が、砲声が止むと同時に手榴弾を投げ込んでくる。それを迎え撃っていると、イギリス軍が砲撃を再開した。砲弾が集中豪雨のように降りそそぎ、山容すら変わっていく。窪地に伏せていた川合大隊長が、爆風に吹き飛ばされ、地面に叩きつけられて、斜面を転がり落ちていった。砲撃があまりにも激しく、塹壕の中でも顔を上げることができない。

やっと静かになったかと思うと、グルカ兵の喚声が響いてきた。敵の白兵突撃だ。機関銃を唸らせ、手榴弾を投げて応戦する。押し寄せる波のように敵兵が迫り、こちらの兵士は次々と倒れた。

「このままでは、全滅する」

かねてからの打ち合わせ通り、日章旗を振って、味方の砲兵に援護射撃を要請した。ところが、待てど暮らせど一向に始まる気配がない。隣の小隊の少尉が、壕から身を乗り出して、双眼鏡で日本軍の砲兵陣地を覗いた。

「敵機が砲兵陣地の上を飛んでいる！　爆撃されているぞ！」

次の瞬間、敵の機関銃の弾丸が少尉の胸を貫いた。もんどりうって倒れる。即死だった。北側陣地を守る中隊長は、迫ってくる敵に自ら手榴弾を投げて応戦していたが、迫撃砲弾の直撃を受けて戦死した。機関銃中隊では、銃手も弾薬手も戦死、中隊長が銃把を握り、小隊長が弾薬を装塡して撃ち続けたものの、やがて力尽きた。第三中隊の中隊長、阿久津中尉のもとに、次々と悲報が届いた。

「大隊長、瀕死の重傷、動けず」

「大隊副官、戦死」

「第一中隊長、戦死」

「第二中隊長、戦死」

「機関銃中隊長、戦死」

第三中隊の阿久津中尉が、第二大隊に残る、最後の中隊長となった。

「これより大隊の指揮をとる。各自、現在地を死守せよ。一歩も引くな」

だが、傍の佐々木少尉には、小声でささやいた。

「いよいよかもしれないな。最後の一兵までだ」

「そうです。最後の一兵までです」


その時、雲間から二十機余りの一式戦闘機「隼」が現れた。たちまちイギリス軍機を追い散らし、逃げ遅れた機が煙の尾を引いて落ちていく。戦闘機の後方から現れた九七式軽爆撃機と九九式双発軽爆撃機が、高射砲の対空砲火をかいくぐり、急降下爆撃を敢行した。対空砲火が沈黙すると、九七式重爆撃機の編隊がサイボンとシェナムの敵陣地に爆弾の雨を降らせる。その間に、工兵隊がイギリス軍と日本軍の電話線を接続し、ライマトルヒルから砲兵隊への電話回線を開いた。野戦重砲と師団砲が、猛然と反撃を開始する。イギリス軍の後方陣地に、次々と爆炎が上がった。

砲撃が終わるや否や、第十八師団が総攻撃に転じた。インド第二三師団は動揺し、潮が引くようにパレルへ向かって後退を始める。インド国民軍第一師団を率いるギル大佐は、その時を待っていた。テグノパールの激戦を横目に、その南を迂回、昼なお暗い密林を縫い、マラリア蚊の棲む沼地を這って、パレルに先回りしていたのだ。イギリス軍が崩れたことを知るやいなや、飛行場と物資集積所に襲いかかった。一気に防衛線を突破し、輸送機を次々と爆破、燃料庫と弾薬倉庫に火を放つ。巨大な火柱が何本も立ち、空高く舞い上がったきのこ雲は、シェナムのインド第二三師団からも、インパールのイギリス第四軍団司令部からもよく見えた。

パレル飛行場は、インパール南飛行場と並び、雨季の豪雨に耐える全天候型の飛行場で、イギリス軍の兵站を支える物資輸送の一大拠点だ。それが失われた。シンゼイワで第十四師団が壊滅し、トンザンで第十七師団が降伏した今、第二三師団までもが退路を断たれては、インパールは丸裸になってしまう。英第四軍団司令官のスクーンズ中将は、パレル防衛を断念し、インド第二三師団をインパールへ後退させた。

野戦重砲兵はそれを追い、九六式十五センチ榴弾砲をインパール平野に展開した。この榴弾砲は、距離九〇〇メートルから一〇〇ミリの装甲を貫通する。この作戦に投入された兵器の中で、実用的な距離からバレンタイン歩兵戦車を撃破できる唯一の火砲だった。

第十八師団の北を進む、第十五師団の右翼、第六〇連隊は、ホマリンとタウンダットの中間でチンドウィン川を渡った。新月に近い暗夜の闇の中を、九五式折畳舟やゴムボート、さらには近隣に自生する直径三〇センチの巨大な象竹で組み上げた筏が、一斉に押し出される。折畳舟に乗った兵士は、軽快なエンジン音を聞きながら川を渡り、ゴムボートの兵士も、水飛沫が多少かかる程度ですんだが、竹の筏は完全武装の兵士が乗ると七〇センチも沈み込み、全員がずぶ濡れになった。兵士の渡河が終ると、折畳舟を横に並べて橋板を乗せ、門橋を作って火砲を渡す。馬は舟や筏の側を泳がせた。最後に渡った部隊は筏を密林に隠し、河原に残る足跡を消して後を追う。

その先は、人跡未踏のジャングルだ。密生する草木を山刀で斬りはらい、道なき道を進む。兵士は密林で道に迷わないように、前を行く兵士の背嚢に手を当て、一列となって歩いた。列から逸れたら遭難しかねない難路で、行軍するだけでも命懸けだ。谷間の川辺で露営すれば、水には不自由しないが、蒸し暑い上にマラリアや赤痢の危険があり、山岳民族の集落があるような、高度一〇〇〇メートル以上の高地なら、涼風が頬を撫で、伝染病も避けられるものの、水を手に入れるには長い山道を上り下りしなければならない。そんな日々が七日も続いた頃、前方のシャングシャックで砲声が響いた。

シャングシャック攻略の担当は、他ならぬ第六〇連隊だ。しかし連隊はまだ行軍中で、一兵も到着していないのだから、戦闘になるはずがない。北隣を進む第三一師団の左翼、第五八連隊が迷い込んだのだろう。遭遇戦になって敗残兵を追ううちに、隣の区域まで入ってきたのか。連隊長の阿部大佐が尾根に上がり、双眼鏡で前方を偵察すると、二キロほど先の高地に敵の陣地があった。麓から山頂まで鉄条網を何重にも張り巡らせ、かなり急な傾斜を二〇〇メートルほど登った先に塹壕が掘られ、掩蓋も築かれている。特務機関から、この辺りで多くの現地住民が工事に駆り出されたと聞いたが、こんな陣地を作っていたのか。

「死守するほどの拠点とも思えないが、妙に手の込んだ造りだ。囮の小兵力をわざと敗走させ、勢いに乗って追撃してくる敵を誘い込む罠かもしれない。ここは慎重に攻めないと、痛い目に合うぞ」

だが第五八連隊は、さっさと片付けて自分たちの担当区域に戻ろうと考えたのか、暗くなるとすぐに夜襲を敢行した。砲弾や銃弾が飛び交い、山全体が燃え上がる。大隊長が阿部大佐に進言した。

「ここは我々、第十五師団の担当区域です。部外者の第三一師団に手柄を横取りされるわけにはいきません。我々も夜襲をかけましょう」

阿部大佐は諭した。

「勇猛果敢なのはいいが、戦況をよく見ろ。掩蓋に籠って迫撃砲を放つイギリス軍に対して、第五八連隊の方は、身を隠す遮蔽物も無い急坂を小銃だけで突撃している。あの陣地を砲兵の協力なしに攻撃するのは無謀だ。甚大な損害を出しかねない。それより、夜の間に山砲を準備しておけ」

阿部大佐の見立て通り、第五八連隊の夜襲は失敗に終わった。

夜が明けると、第六〇連隊の山砲が砲撃を始めた。数時間後、第五八連隊の砲兵も到着し、二日間にわたって集中砲火を浴びせる。敵の反撃が衰えてきた頃合いを見計らい、翌未明を期して第五八連隊が西から、第六〇連隊が東と南から、総攻撃をかけることになった。その夜半、突如としてイギリス軍が猛烈な射撃を開始した。照明弾がひっきりなしに上がり、周囲が昼のように明るくなったかと思うと、銃弾が雨あられと降り注ぐ。阿部大佐は、けげんな顔の大隊長に説明した。

「敵は、狙いもつけず、闇雲に撃っている。こういう撃ち方は、中国戦線でも何度か経験した。この陣地の使命は、死守することではなく、我々に出血を強いて進撃を遅らせ、時間を稼ぐことだ。一定期間持ち堪えたら、後退せよと指示されているはずだ。守り通す気だったら、いくら弾薬が豊富にあっても、こんな撃ち方はしない。撤退した後に弾薬を残すと、我々に利用されるから、運び切れない在庫を処分しているだけだ。まもなく終わる」

四十分ほど続くと猛射は突然止み、一切の音がしなくなった。そして人の気配が消えた。

「敵は逃げたぞ！　突入！」

全員が一斉に登り始めた。切り倒された木の根元を摑み、急坂を這うように進む。山頂に辿り着くと、敵味方の兵士の遺体が累々と横たわっていた。敵兵のものは、頭にターバンを巻いたシク教徒のインド兵か、幅広の帽子をかぶったグルカ兵がほとんどだ。夥しい量の薬莢に埋もれている。

多くの掩蓋が砲撃で崩れていたものの、中にある機関銃や迫撃砲は使えそうだ。周囲が明るくなり、陣地の全貌が見えてきた。尾根続きの五つの丘に塹壕が縦横に走り、掩蓋陣地が多数構築されている。周囲は遮る物が何一つ無く、麓の動きは兵士一人一人まで丸見えだ。砲兵の支援を欠いたまま歩兵が突撃を続けていたら、一個大隊が全滅しても不思議ではないほど、よくできた陣地だった。

第十五師団は、シャングシャックから、西方のコヒマ＝インパール街道へ向かう。ラムまでの五キロの道路は整備されていたが、そこから先は標高一五〇〇メートル前後の山々が連なる、山岳地帯の細い山道を辿らなければならない。現地住民の集落は、酷暑とマラリアを避けて、山頂に集まっていた。村の周囲は開墾され、中腹には水田もあり、日本の軍票を渡せば食糧を売ってくれた。いくつかの集落を経て、タングクル西方に達する。付近の高地を守っていた四十名ほどのイギリス兵は、夜襲をかけて追い払った。そこからは、南に広がるインパール平野が一望のもとに見渡せた。

コヒマ＝インパール街道沿いの平野の入り口にカングラトングビ輜重隊陣地、その南にはインパールの最後の砦、セックマイ高地陣地がある。高地は、八合目あたりから急勾配の上りとなる一方、頂上は平坦に整地され、守るに易く攻めるに難い地形だ。重なり合う三つの山塊を利用し、前哨陣地、外郭陣地、中核陣地と縦深配置されている。無数の掩蓋が並び、それぞれが互いに交通壕で結ばれ、陣地というより野戦要塞と呼ぶ方がふさわしい。山内師団長は、参謀長の川久保少将に言った。

「シャングシャックは二個連隊の山砲で潰せたが、今回はそうもいくまい」

「フミネに残してきた師団砲を、前送しましょう」

川久保参謀長はそう答えると、兵器部の諏訪大尉を呼んだ。

「残置してきた榴弾砲を、急いで運んで来い。工兵連隊からは、トラックが通行できるように道路を整備したと報告が上がっている。しかし輜重兵連隊は、こんな貧弱な道路ではトラックで榴弾砲を運ぶのは無理だと言う。その点も確認して、両連隊を督励してもらいたい。必要な人員は、いくらでも連れて行っていいぞ」

諏訪大尉は、取る物も取り敢えず、フミネへ急行することにした。

他方、街道に面したカングラトングビ輜重隊陣地の攻略を命じられた第六〇連隊の阿部大佐は、敵陣が平地にあり、防備も手薄なことから、師団砲の到着を待たず、速やかに奪取して、セックマイ高地陣地を孤立させるべきだと判断した。精鋭部隊がジャングルに身を隠して忍び寄り、奇襲するという作戦だ。

ところがイギリス軍は、ここにも罠をしかけていた。バレンタイン戦車を木の枝でカモフラージュし、待ち構えていたのだ。阿部連隊の大隊が、防衛線を突破し陣地内の広場に侵入すると、戦車がカタピラを高鳴らせて反撃に転じた。歩兵同士の戦いでは無類の強さを誇る日本軍の突撃戦法も、戦車が相手では蟷螂(とうろう)の斧だ。攻守の様相は一変し、部隊は蹂躙されて四分五裂となり、退路を失った一個中隊が全滅してしまった。

予想外の戦況に驚いた阿部大佐は、連隊砲の四一式山砲に砲撃を命じる。だが、ノモンハンでは、ロシア軍の主力戦車、BT－5やBT－7の二〇ミリに満たない装甲を撃ち抜いた山砲も、六〇ミリの装甲を誇るバレンタイン戦車には歯が立たない。やむを得ず、ありったけの砲で集中砲火を浴びせ、衝撃と轟音で戦車兵が怯んだところに火炎瓶を投げつけ、開けたハッチに手榴弾を投げ込むという、決死の肉弾戦でなんとか仕留めた。しかし、損害も甚大だった。阿部連隊の仇を討とうと、暗くなるや否や、第六七連隊がセックマイ高地陣地への夜襲を試みたものの、こちらも死傷者が続出して失敗した。第十五師団の第一次攻撃は、惨憺たる結果に終わった。

兵器部の諏訪大尉は、山岳地帯の曲がりくねり、登り下りする道を急いだ。峠道には、空襲で焼け焦げた輜重兵連隊のトラックが何台も残骸を晒し、ジャングルに入れば、一歩踏み外しただけで谷底に滑落しかねないような急坂を、道が蛇行しながら延びている。険しい山道を何日もかけて踏破し、ようやく砲兵隊と兵器勤務隊に辿り着いた。榴弾砲がどこにあるのか尋ねると、谷川を越せないので対岸に置いてきたとの返事だ。確かに砲架の車輪では難しいだろうが、それほど深い川ではなく、トラックなら浅瀬を渡れそうだった。渡河地点に見張りの二名を残し、五名の兵士が二台のトラックに分乗して浅瀬を走り抜け、二時間ほどで榴弾砲を持ち帰ってきた。

こうして、荷台に一門ずつ榴弾砲を載せた二台のトラックが、ジープの先導で帰路につくことになった。急坂を登り、鞍部を越えては下り、それを気が遠くなるほど繰り返す。三日目には、これまでにない険しい坂に差し掛かった。四輪駆動のジープは登坂できるが、トラックはスリップして登ることができない。ジープは、一トンまでなら貨物を載せられる。榴弾砲の重量は一・五トンあり、そのままでは無理だが、砲身だけなら〇・四トンなので、分解してジープに積み替えることにした。砲身で一回、砲架と車軸で一回、前車と両脚で一回、空いた場所に砲弾を積んで登る。急勾配を乗り越えて平らな地点に達すると、積み荷を降ろして再度組み立てた。トラックは荷台を空にしても坂を登りきれないので、ジープで牽引して引っ張り上げる。登り終えた二台のトラックに榴弾砲を積み直すまで、三時間を要した。

翌日には、また別の難所が待ち構えていた。道が狭く、ぎりぎりまで路肩に寄せても、谷底がのぞく道の端まで一〇センチしかない。しかも道路の三分の一はむき出しの丸太で、清水寺の舞台のように空中に突き出ている。その下は断崖絶壁だから、運転する武田上等兵だけを残して全員が降車し、トラックを慎重に進めた。前輪が無事通過して、後輪もあと一息というところだった。突然、一本の丸太が音を立てて外れた。周囲の丸太も次々と外れ、トラックはゆっくりと傾き、横転しながら谷底へ落ちて行く。木の幹に当たる音、折れた枝が弾け飛ぶ音、重量物の転がり落ちる音がしばらく続き、やがて何も聞こえなくなった。

「武田上等兵！」

諏訪大尉は、運転手の名前を叫んだ。しかし、ただ木霊が返るだけで、何の応答もない。暗然としていると、谷底からかすかに、「大尉どのー」という声が聞こえてきた。諏訪大尉は、ほっとして呼びかけた。

「大丈夫かー」

「大丈夫ですー」

「今、助けに行く。それまで、そこにじっとしているんだ。動くんじゃないぞ!」

武田上等兵の声は、それほど遠くからではなかった。

「命に別状はないようだ。運よく、途中で止まったんだろう」

つるはしやスコップ、ロープを集め、崖を降りる。トラックは、八〇メートルほど転げ落ちたところで、幸運にも二本の大木に引っかかり、車輪を下にした姿で静止していた。

「武田、怪我はないか?」

諏訪大尉が運転席に声をかけると、左側のドアが開いて顔が覗いた。

「はい、大丈夫です」

「谷が深いから、しばらくそこにいろ」


荷台を確認すると、砲弾こそ谷底に消えていたが、幸い、榴弾砲に損傷はなかった。さて次は、どうやって大砲を運び上げるかだ。崖を調べて、二〇〇メートル先の路肩から斜めに階段を掘ることにした。崖の傾斜が急なため、大勢による作業は危険と判断し、身が軽く、この種の作業を得意とする数名に絞り込んだ。

「急がば回れだ。慎重に、安全を確認しながら掘るんだ。重い榴弾砲を運び上げるんだから、時間はかかってもかまわない。しっかりした頑丈な階段を作れ」

藪を切り開いては、一段一段、丁寧に掘り進む。直線距離ならわずか八〇メートルだが、斜面に掘った階段の長さは二五〇メートルに達し、完成するまで二時間を要した。

武田上等兵は、トラックが横転を始めるやいなやエンジンを切り、天井と床に両手両足を突っ張って、側転の要領で車と一緒に回転したらしい。回転が単純な横転だったことが幸いし、どこにも怪我をしていなかった。トラックは二本の大木にしっかりと支えられ、荷台に人が乗ってもびくともしない。榴弾砲を分解し、谷底に落ちないように、部品一つ一つにロープをかけ、大木に結びつけた。天秤棒を使って、四人がかり、六人がかりで部品を運び上げ、半日かけて組み上げる。その間に道の補修も進めたので、二台目のトラックは無事に通過できた。トラック一台と砲弾の三分の一は失ったが、負傷者を出さずにすんだのは不幸中の幸いだった。

運搬するトラックがなくなった榴弾砲は、ジープで牽引することにした。もっとも、それができるのは上り坂だけで、下り坂はジープから外し、手動でブレーキをかけながらゆっくりと降ろすしかなく、人が歩くよりも時間がかかった。それでも七日目には、師団司令部に到着した。これを皮切りに、残置した火砲十門が砲兵陣地に勢揃いする。師団砲兵隊は、日が昇るやいなや、砲撃を開始した。それに続いて全火砲が、砲弾をセックマイ高地陣地に撃ち込む。砲撃は三日三晩続き、掩蓋陣地の大半と、交通壕の相当数を崩落させた。第六七連隊と第六〇連隊による第二次夜襲で、高地陣地はついに陥落した。山頂から望むインパールの市街は、手を伸ばせば届きそうなほど近くに見えた。

第三一師団の右翼、一三八連隊と特務機関の坂上少尉は、コヒマの北方を迂回し歩みを進めていた。峠にさしかかると、南西の方角にコヒマの街が現れた。手前に見えるのは、小高い丘にへばりつく先住民の集落だ。そこから数キロ南へ下ったところに、大きな丘陵がある。西のディマプールから来た街道は、その麓で南に折れてインパールへと向かう。幅十五メートルの幹線道路、コヒマ＝インパール街道だ。

イギリス軍は、その丘陵に強力な防衛線を築いていた。標高が最も高く急峻な坂に囲まれた北側の峰は、ギャリソンヒルと呼ばれる中核陣地で、何重にも塹壕が掘られ、多数の掩蓋を備え、街道に睨みを利かせている。先住民の話では、イギリス軍がコヒマに入ったのはわずか一週間前、ギャリソンヒル陣地が完成してからも、ほんの数日しか経っていないらしい。シャングシャックでイギリス軍が時間を稼いでいたのは、このためだったようだ。

ギャリソンヒルを攻略するには、街道に沿って伸びる尾根を伝って北上するルートと、北東の中腹にある台地から急坂を駆け上がるルートがある。尾根には、イギリス軍が四つの陣地を縦深に配置していた。南から順に、ジェイルヒル陣地、輜重隊陣地、野戦補給陣地、クキピケ陣地だ。他方、中腹の台地には、州政府副長官の瀟洒なバンガローとテニスコートがある。テニスコートは掘り返されて塹壕が縦横に走り、バンガローは土嚢が積み上げられ、それぞれの周囲には鉄条網とバリケードが張り巡らされていた。武骨な野戦陣地から目を転じると、街道から少し下ったところに、八百戸、三千人が住む、ヨーロッパ風のコヒマ新市街がある。家々の白壁は、朝日を浴びて茜色に輝いていた。

シャングシャックで予想外の苦戦を強いられた第三一師団の左翼、第五八連隊は、コヒマの南方を迂回し、コヒマ＝インパール街道に出た。第二大隊重機関銃中隊の広田上等兵が、コヒマへ向かって歩みを進めていると、山陰にイギリス軍の監視哨が見えてきた。近づくにつれ、喚声が聞こえる。先行する歩兵部隊が、後続を待たず、攻撃を始めたらしい。機関銃の射撃音に、手榴弾の炸裂音が重なる。しばらくして、山の向こうから太鼓を叩くような音が響いてきた。重砲を発射する音だ。イギリス軍は、コヒマの西方七キロのズブザに榴弾砲を一門配置していた。広田上等兵は、慌てて待避壕へ飛び込んだ。次の瞬間、大量の砲弾が降り注ぐ。無数の雷が一度に落ちたかのような衝撃に、大地が揺れ動いた。頭の中が真っ白になり、時間の感覚も失われる。どれだけ時間が経ったのか、ふと気がつくと、夕闇が迫り、周囲は静まり返っていた。イギリス軍が、監視哨から撤退したらしい。歩兵に続いて塹壕を辿り、敵の陣地に入る。監視哨は、突角陣地に重機関銃の側防火点を備えていた。

翌日、ジェイルヒル陣地の攻略にかかった。今度は夜襲で、まず狙うのは陣地西方の倉庫群だ。小部隊が被服倉庫の前にいたが、すぐに追い払う。続いて、食糧倉庫、弾薬庫、駐車場を制圧した。歩兵中隊に、機関銃小隊が続く。重機関銃の重量は六〇キロもあり、二人がかりで担がなければ運べない。食糧倉庫から小麦粉の袋を運び出して、土嚢の代わりに積み上げ、即席の銃座とした。設置したばかりの重機関銃で敵陣を掃射し、それを合図に歩兵が突撃を開始する。だが、イギリス軍の抵抗も激しく、なかなか前に進めない。膠着状態のまま、やがて、日の出が近づいてきた。

　周囲が明るくなるにつれ、敵の砲撃の精度が増してくる。弾薬庫に命中し、次々と誘爆して、炎が渦を巻いた。積み上がったドラム缶が、巨大な火柱を上げる。砲撃が終わると、今度はイギリス軍の反撃が始まった。敵の歩兵がわずか三〇メートルまで迫り、手榴弾を投げ込んでくる。遠投自慢の兵が拾って投げ返し、炸裂音に続いて悲鳴が上がった。押されながらも、なんとか踏みとどまっているうちに、また日が暮れた。英軍は想像以上に頑強で、このままではこちらの方が全滅しかねない。


　夜の間に陣地を下げることになった。焼け落ちた倉庫群に静寂が訪れるのを待ち、負傷者を後方に移送して戦死者を運び出す。広田上等兵は、重機関銃を担いで一〇〇メートルほど後退し、待避壕を新たな防衛線とした。重機関銃中隊が掩体を補強する傍らで、歩兵部隊が続々と到着し壕に身を隠す。

　突然、監視兵が叫んだ。

「砲弾が来るぞ！」

　夜襲を警戒したイギリス軍が、暗闇に向かって公算射撃をしかけてきたのだ。たちまち周囲一帯が轟音と振動に襲われる。後退せずにいたら、壊滅したかもしれない。しばらくすると着弾点が移動し、徐々に静けさが戻ってきた。定刻になり、今度は日本軍の火砲が火を噴いた。山砲や擲弾筒の榴弾が宙を飛び、敵陣で次々と炸裂する。重機関銃や軽機関銃の銃弾が、撃ち込まれた。最後に曳光弾が発射され、歩兵部隊が突撃する。五〇メートルも進まないうちに両軍が激突した。広田上等兵の目の前で怒号が上がり、機関銃や小銃が乱射され、手榴弾が投げ込まれる。やがて銃声はしだいにまばらとなり、青い信号弾が上がった。ジェイルヒル陣地の奪取に成功したのだ。


「機関銃隊、前進！」

敵の塹壕に入ると、機関銃、小銃、サブマシンガンや手榴弾が散乱していた。奥まで進み、北隣の輜重隊陣地を窺う。丘陵の東側を通るコヒマ＝インパール街道は、輜重隊陣地を過ぎた辺りで西に折れ、ジェイルヒル陣地との間の鞍部を抜けて再び南に方向を転じ、インパールへと向かう。陣地と陣地の距離は、一〇〇メートルほどだ。こちらからの斜面はなだらかな下りだが、敵陣の前面には高さ三メートルの崖があり、その上には鉄条網が張られている。

イギリス軍の陣地のいたるところから小銃と機関銃の発射光が煌めき、照明弾があたりを照らし出す。日本軍も、山砲、重機関銃、軽機関銃、擲弾筒で応戦した。イギリス軍は、砲口炎から日本軍の砲座、銃座の位置を特定し、迫撃砲弾を集中させる。砲兵隊、重機関銃隊で、死傷者が続出した。それにかまわず、歩兵部隊が斜面を駆け下りる。崖に梯子をかけ、鉄条網に手榴弾を投げ込んで破砕した。崖を這い上がると、その先には塹壕が何重にも掘られていたが、突撃を繰り返して制圧、日が昇っても攻撃を続け、ついに輜重隊陣地を攻略した。

翌々日に行われた野戦補給陣地への攻撃も夜襲だった。日が落ちてから、密かに大隊砲、山砲、重機関銃を運び込み、イギリス軍が寝静まるのを待って深夜に攻撃を開始する。寝込みを襲われたイギリス兵が右往左往する間に、工兵が鉄条網を切断し、歩兵が梯子を押し倒して急坂を登る。敵陣まであと四〇メートルに迫ったところで、稜線上の夜空に黒い影が次々と現れ、反対側の斜面へと消えていった。敵兵が退却を始めたのだ。それを見た中隊長が軍刀を振り上げ、「追撃!」と叫び、先頭を切って駆け上がった。敗走するイギリス兵に、第二大隊が襲いかかる。隣のクキピケ陣地へ算を乱して逃げ込む英兵に、折り重なるように日本兵が迫った。イギリス軍は、同士討ちを避けようと、攻撃を躊躇う。それが命取りとなった。勢いに任せて突入した第二大隊は、野戦補給陣地のみならず、クキピケ陣地まで一気に制圧した。

日が昇り、重機関銃中隊は占領した陣地の北端に進出した。足元の斜面は、樹木が砲撃で根こそぎ吹き飛ばされ焼き尽くされて、赤茶けた山肌が露わになっている。それに比べて、わずか八〇メートル先のイギリス軍の最後の砦、ギャリソンヒルは、瑞々しい緑に覆われて眩しいほどだ。

再び、敵の砲兵陣地から祭り太鼓を敲くような音が聞こえてきた。数秒後、落雷のような轟音とともに、凄まじい振動が襲う。それが終わると、イギリス軍の反撃が始まった。横一線に展開した歩兵が、四、五人ごとに集まり、先頭の兵の投げる手榴弾を合図に喚声を上げ、小銃を乱射しながら突撃してくる。重機関銃で掃射し、瞬時に薙ぎ倒した。だが、倒しても、倒しても、次から次へと突っ込んでくる。日本軍さながらの肉弾突撃だ。

クキピケ陣地の第二大隊は死傷者が続出し、戦闘可能な兵員がついに二〇％を切った。死傷率六〇％で「全滅」とするのが世界の常識だから、既にその水準を超えている。日本軍の突撃を受けて退却したイギリス兵の気持ちが、今更ながらよくわかった。残った首の皮一枚で戦闘を続けているものの、防衛線の崩壊は時間の問題だ。広田上等兵も、死を覚悟した。

その時、第三一師団の砲兵陣地が咆哮した。山岳地帯の山道を踏破した第三一師団が運ぶことのできた最大の砲は、連隊砲の四一式山砲だ。英軍の榴弾砲に砲撃戦を挑むなど、誰も期待していなかった。しかし、宮崎少将は、第十五師団の師団砲前送成功の報を聞き、フミネからカングラトングビまでは第十五師団の進攻ルートを借り、そこから先はコヒマ＝インパール街道を北上するという、長大な迂回ルートを辿って、師団砲を前送するよう命じた。そしてついに、九一式一〇センチ榴弾砲が到着したのだ。しかも、第十五師団からの増援が加わった。第十五師団は、セックマイ高地陣地を砲撃した際に弾薬が不足し、第三一師団に頼み込んでフミネに残置した在庫を借用したことがあり、その返礼として応援に駆けつけた。二個師団分の砲弾が、イギリス軍陣地に降り注ぐ。砲撃が止むやいなや、第五八連隊が総攻撃に転じた。

イギリス軍の兵士は、日本兵は身長が低く、体格も貧弱で、武器は旧式、弾薬も充分とはいえず、その上食糧が不足して飢えていると聞かされていた。捕虜の尋問でそれを知った宮崎少将は、各大隊の第一陣に背が高く筋骨たくましい兵士を集め、最新鋭の武器と弾薬をふんだんに渡し、コヒマの新市街で鹵獲した食糧を腹一杯食べさせた。

第一大隊がバンガロー陣地に、第三大隊がテニスコートの塹壕陣地へ突入する。第一陣の猛攻を受けた英軍は、新たな精鋭部隊が投入されたと思い込み、浮足立った。テニスコート陣地とバンガロー陣地を突破した第一陣の兵士たちは、ギャリソンヒルの急坂を駆け上がる。工兵がバリケードを爆破、手榴弾が炸裂し銃剣が火花を散らす白兵戦の末、第一陣が最初の塹壕を制圧した。第二陣がそれを乗り越えて次の塹壕に殺到し、第三陣がさらにその先へ突入する。連続攻撃で、イギリス軍に立ち直る暇を与えない。

実際には、第一陣の戦闘力こそ破格だったものの、第二陣の兵士の体格や武器はイギリス軍が予想した通りだったし、第三陣となるとさらに小柄で、武器は旧式、携帯する弾量も少なかったのだが、敵の防衛線を突破したという勢いが、弱兵をも強兵に変えた。それに呼応し、コヒマ北方を迂回した第一三八連隊がジョットソマの北アッサム旅団本隊に、第一二四連隊がズブザの榴弾砲陣地に襲いかかる。守備隊は潰走し、ギャリソンヒルから青い信号弾が上がった。コヒマは陥落した。

第十五軍司令官の飯田中将は、第三一師団に対し、敗走するイギリス軍を追撃し、西方の大都市、ディマプールへ突入するよう命じた。宮崎少将は、大東亜共栄圏の多国籍軍、フリーダム・フレンドシップ・ファイターズ（自由友愛同盟軍）総司令部に同行していたチャンドラ・ボースに、インド国民軍を率いてディマプールへ入るよう促す。インドの民衆に絶大な人気を誇る、独立運動の闘士を先頭に入城することで、この戦いを日英の争いではなく、インド独立戦争と位置付けるためだ。

インド国民軍最高司令官にして、自由インド政府首班であるチャンドラ・ボースが、「インド独立運動の旗」を掲げてディマプールに入ると、市民は欣喜雀躍して出迎えた。集まった大勢の市民を前に、チャンドラ・ボースがインド全土へ向けて獅子吼する。

「親愛なる我らがインドの民よ。

私は今、母なる大地に立っている。

今日のこの日は、私の生涯を通じて、最も誇りとする日になるだろう。

世界に向かって、自由インド政府樹立を宣言する、栄えある日だからだ。

私の終生の希望の一つが、今、かなえられた。

心から、神に感謝したい。

だが、インドの全ての人々が、自由を手に入れるその日まで、私たちは歩みを止めてはならない。

ここに私は、これまでも、これからも、インドのあらゆる民と常に共にあることを誓う。

暗闇の時も、光明の時も、悲しみの時も、喜びの時も、受難の時も、そして勝利の時も。

我々の歩みは、イギリスの圧制の象徴、古都デリーのレッドフォート、あの赤壁の城塞に入城する日まで、決して終わることはない。

インドに自由を！

ジャイヒン！（インド万歳！）、
チェロ　デリー！（進撃せよ　デリーへ！）」

チャンドラ・ボースの演説は、ラジオ放送の電波に乗ってインド全土に響き渡った。

「ジャイヒン！」

「チェロ　デリー！」

民衆の叫びが津波のように押し寄せ、インドは荒れ狂う巨象と化した。信仰や民族、階級や言語、政党や会派、官僚や民間人の壁を越え、四億の民が一つになった。デモが、デリー、コルカタ、ラホール、チェンナイで、次々と烽火を挙げ、警官隊と衝突し、流血の惨事となり、多数の死傷者を出す。それが民衆の怒りに油を注ぎ、デモはゼネストへ、そして暴動へエスカレートしていった。

デリーでは、イギリス軍が駐屯するレッドフォート（赤壁の城塞）が数万の群衆に包囲され、天空を劃する赤い城壁に喚声がどよめいた。デモ隊が検問ゲートに迫った時、銃声が轟く。喚声が悲鳴に、そして怒号に変わった。郵便局が、警察署が、やがて英軍の軍用車両までもが群衆に襲われ、炎に包まれる。暴動は何日も続き、国民会議派のネルーが説得に乗り出して、ようやく鎮静化した。

イギリス植民地政府は、すでに事態をコントロールする力を失い、国民会議派はイギリス軍による民衆への武力弾圧を糾弾し、インド人将兵の間にさえ動揺が広がり始めた。インドにおける英国の権益が脅かされ、イギリス人の生命・財産すら危殆（きたい）に瀕する事態となり、チャーチル首相は、中東に駐留するイギリス本国編成の部隊に、至急インドへ向かうよう命じる。しかし、海路の制海権は日本に奪われ、陸路は道という道が避難民に埋め尽くされ、援軍は進むこともままならなかった。

第9章 南太平洋

1942年10月26日

連合国は、これまで枢軸国の攻勢に押され、主導権を取れずにいた。ミッドウェー海戦など、局地戦では戦果を挙げる場面もあったが、全般的な戦況を覆すには至らなかったのだ。しかし、ついに反転攻勢の機会が訪れる。太平洋、大西洋、ロシアの全戦線において、一斉に反撃に転ずるという壮大な戦略だ。そしてその劈頭を飾るのは、アメリカ軍によるガダルカナル島上陸作戦だった。

とはいえ、太平洋方面で作戦行動可能な空母が、第十七任務部隊の「ホーネット」ただ一隻となると、勇猛果敢で知られるハルゼー中将もさすがに頭が痛い。さらに気にかかるのは、ミッドウェー海戦において、たった一隻でアメリカ空母三隻に殴り込みをかけ、「ヨークタウン」を屠った恐るべき空母、「飛龍」のコールサインが久しぶりに傍受されたことだ。ただでさえ劣勢な航空戦力の格差が、さらに開いたことになる。未確認ながら、日本の空母機動部隊が南下中という情報もあった。

寡をもって衆を制するには、ミッドウェー海戦と同様、こちらの存在を知られる前に敵を発見し先制攻撃するしかない。そこで、まずはできる限り多くの偵察機を放ち、敵空母を発見次第、総力を挙げて攻撃することにした。出撃準備を整えた対艦装備の攻撃隊主力を格納庫で待機させ、ガダルカナル島へ向かう対地装備の第一次攻撃隊は、少数精鋭に絞り込んだ。ウィリアム・ウッドヘルム少佐指揮するＳＢＤドーントレス艦上爆撃機十五機、エドウィン・パーカー大尉率いるＴＢＦアベンジャー艦上雷撃機六機、直掩はヘンリー・サンチェス少佐をリーダーとするＦ４Ｆ八機だ。

第9章

南太平洋　1942年10月26日

「ホーネット」を発進した攻撃隊は、上空で編隊を組み直し、ガダルカナル島のルンガ飛行場を目指した。目標まであと八〇キロという辺りで、折悪しく積乱雲に遭遇する。乱気流を迂回しようと、ジョン・ボウワー中尉がＦ４Ｆの機首を転じた、その瞬間だった。敵機が後上方から襲いかかってきた。

「日本機だ！　ゼロファイターだ！　急降下で逃げろ！　ゼロは急降下に弱い！」

ボウワー中尉は、無線電話のマイクにそう叫ぶと、一気に操縦桿を倒した。

これには前日譚がある。発端は、連合艦隊司令長官山本五十六大将だ。開戦に当たり山本大将は、大英帝国が軍事力の多くをインドやオーストラリア、ニュージーランドなど植民地の兵士に頼っていることに着目、セイロン島やハワイ諸島を攻略し、連合国の反撃を封じるとともに、英本国と植民地を分断して、植民地兵の戦意を削ぐことを考えた。そして窮地に陥った英国に、戦争の継続を断念するよう米国を説得させるという戦略だ。そのため、セイロン攻略の足掛かりとなるアッズ作戦に着手するとすぐに、ハワイ上陸作戦のさきがけとして、ミッドウェー作戦の準備を命じた。

セイロン占領には陸軍一個師団、ハワイには三個師団を投入する必要があり、ロシア侵攻を諦めていない陸軍は、戦力を割くことに難色を示したが、連合艦隊の方では、ミッドウェーに上陸して既成事実を作ってしまえば、陸軍も無視できなくなると強気の意見が支配的だった。

それに対し軍令部は、たとえミッドウェーを占領しても、陸軍と押し問答をしている間に海上封鎖されたら、上陸部隊は干上がってしまうと反対し、それよりも米国へのクロム鉱の輸出を遮断して軍需生産を滞らせる方が打撃は大きいとして、主要産地であるニューカレドニアを襲うフィージー・サモア作戦を主張する。

議論は平行線を辿り、これでは埒が明かないと痺れを切らした連合艦隊が、ミッドウェーの後であればフィージー・サモア作戦を受け入れてもよいと譲歩すると、今度は軍令部が、そうまでしてミッドウェーをやりたいなら、アリューシャンも加えるのが条件だとハードルを上げる。アメリカが開発中の新型爆撃機B－29の試作機の初飛行が迫っており、それが実戦に投入されたなら、アリューシャン列島から東京を爆撃することが可能とみられるためだ。こうして、北はアラスカのアリューシャンから、南はオーストラリアに近いニューカレドニアまで、太平洋を八〇〇〇キロ縦断しながら敵前上陸を繰り返すという、気宇壮大にして空前絶後の作戦が決まった。

もちろん、アリューシャンも、ミッドウェーも、ニューカレドニアも、それぞれ戦略的な価値があり、それらを攻略する構想も、なかったわけではない。例えば、真珠湾攻撃後の第二段作戦として、当時、第一航空艦隊第二航空戦隊司令官だった山口多聞少将が作成させた、「二航戦参謀鈴木中佐小官の趣旨を体して提案せるものの件」では、半年かけて順次占領する作戦が提案されている。だが実際に決まった作戦は、ミッドウェーとアリューシャンを同時に攻撃し、その後直ちに八〇〇〇キロ離れたニューカレドニアへ向かうという乱暴なものになった。

八〇〇〇キロといえば、東京から東へ向かえばサンフランシスコ、欧州に向かえばスウェーデンのストックホルム、中東へ向かえばイラクのバグダッドという、途方もない距離だ。船舶が不足し、兵站を支える輸送船のやりくりにも苦労する中、長大な戦線へ兵力を分散することになる。この兵站軽視の姿勢は、「食糧が残り少なくなったら、撤退すればいいじゃないか」という連合艦隊の意見に沿ったものだが、船に乗る水兵にとってはたやすいことでも、絶海の孤島に上陸した陸兵は、敵に反撃されたら補給も撤退もままならないという観点が抜け落ちていた。こうも杜撰な作戦を承認するとは、軍令部も、連合艦隊も、そして山本大将も、何かに酔っていたのだろう。

ちなみに、最後に追加されたアリューシャン作戦とは、第一航空艦隊の空母「龍驤」と「隼鷹」を、別動隊としてアリューシャン列島に派遣、アマクナック島のダッチハーバーにある米軍基地を空襲し、アッツとキスカの二島を占領するというものだ。もしもこの二隻を分派せず、第一航空艦隊が正規の戦力でミッドウェー海戦を戦っていたら、第二次攻撃隊が直掩機の払底で足止めされることもなく、母艦が被弾する前に離艦し敵空母に向かっていた可能性があり、海戦の様相は一変したかもしれない。

ともあれこのアリューシャン作戦で、一機の零式艦上戦闘機が潤滑油の冷却装置に被弾した。エンジンの油圧が低下し、母艦まで帰ることが難しくなった被弾機は、救助に当たる潜水艦が待つ無人島を目指した。新庄飛行兵曹の操縦する被弾機と二機の僚機が、アクタン島の着陸予定地点に達すると、そこには緑に覆われたのどかな草原が広がっていた。しかし、僚機のパイロットは、葉陰に光るものが気になった。

「水たまりが日光を反射しているのではないか。下が固い地面ならよいが、水の浮いた湿地帯だとしたら、主脚を出して着陸すると泥濘に嵌るおそれがある。胴体着陸する方が安全だ」

だが、まだ十九歳と若く、飛行経験に乏しい新庄飛曹は、湿地帯の可能性に気付かないのか、あるいは胴体着陸に自信がないのか、普段通り主脚を下ろして着陸態勢に入った。警告したくても、零戦の無線電話は雑音がひどく、危険を知らせることができない。欧米の戦闘機のように、エンジンの点火プラグが発する電磁ノイズを低減、シールドする対策がとられていないため、高速回転するエンジンの電波雑音で、音声がかき消されてしまうのだ。はらはらしながら見ていると、最初こそうまく着地したものの、しばらく滑走するうちに主脚がぬかるみにとられ、機体は横転して裏返しになった。

敵地に不時着した機体は、機密保持のため、パイロット自身が焼却する規定となっている。パイロットが戦死した場合は、僚機が銃撃で破壊しなければならない。二機の僚機はしばらく旋回していたが、新庄飛曹が出てくる気配はなかった。燃料も残り少なくなり、これ以上待つ余裕はない。といって、まだ生きているかもしれない二十歳前の若者の身体に、銃弾を撃ち込む気にはどうしてもなれない。新庄飛曹が脱出することを信じて、僚機は母艦に帰投した。

日本軍が、米軍基地のあるダッチハーバーから五〇キロしか離れていないアクタン島を緊急避難場所に選んだのは、米軍の哨戒線から外れていたからだ。しかし、ある日、偶々強風に流された哨戒機が、新庄機を発見する。米軍が上陸して機体を調べると、新庄飛曹はシートベルトを締めたままの姿で絶命していた。米軍は、遺体を現地に埋葬し、機体は米国本土へ運び、詳しく調べることにした。

その結果、機体には損傷がなく、保存状態も良好で、修理すれば飛べることが判明する。そして、米軍の標識をつけ、見違えるような姿になった「アクタン・ゼロ」は、テスト飛行を繰り返し、詳細なデータが収集され、徹底的に分析された。米軍機に比べて構造部材の強度が低く、時速六〇〇キロ以上の速度で急降下するとトラブルが多発すること、高速では操縦性能が低下すること、横転のスピードは左方向に比べて右方向が遅いことなど、「ゼロ」の弱点が次々と明らかになる。結論自体は、太平洋戦線で「ゼロ」と渡り合うベテランパイロットの経験知とさして違いはなかったが、客観的なデータに基づいた詳細な分析結果が、新人を含めて、あらゆる米軍パイロットに広く共有されていった。ボウワー中尉は、それを聞かされていたのだ。

華奢な「ゼロ」とは対照的に、「鉄工所」の渾名があるほど堅牢なＦ４Ｆは、急降下に滅法強い。機首を下げると、速度はみるみるうちに上がった。時速が六〇〇キロに近づいたところで、後方を振り向く。まだついてくる。操縦技術に自信のあるベテランなのか。

六五〇キロを超えた。まだ、いる。新型の「ゼロ」かもしれない。

七〇〇キロに達したが、依然として背後をとられたままだ。

何度も後方を確認するうちに、速度計の針は七五〇キロを超えた。Ｆ４Ｆは頑丈で空中分解の心配はないものの、大柄なため空気抵抗が大きく、このあたりが速度の限界だ。

「話が違うじゃないか。どうも様子がおかしい。とはいえ、ここで一気に急上昇すれば、強烈な負荷が機体にかかる。さすがに追いかけては来られないだろう」

ボウワー中尉は、操縦桿を引いた。その瞬間、銃弾がＦ４Ｆに降り注いだ。主翼が穴だらけになったかと思うと、コックピットの風防が砕け散り、激しくロールして錐揉み状態になった機体は、そのまま海面に激突した。

ボウワー中尉機を撃墜した日本機は、時速八〇〇キロをゆうに超えるスピードで急降下から急上昇に転じると、次の獲物へと飛びかかっていった。この戦闘機は、「ゼロ」こと、零式艦上戦闘機ではない。陸軍二式単座戦闘機「鍾馗（しょうき）」だ。坂川敏雄少佐率いる独立飛行第四七中隊で、陸軍がガダルカナル島の西部に急造した、戦闘機専用のティナ飛行場から飛来した。この飛行場は、規模こそ小さいものの、敵の空襲から戦闘機を守る掩体壕を備え、密林で巧みにカモフラージュされた陸軍仕様の基地で、飛行機がむき出しのまま無防備に並ぶ、海軍のルンガ飛行場とは対照的だ。

他の陸軍機のパイロットにとっても、「鍾馗」は見慣れない機体だった。といって、これが初の実戦投入という訳ではない。開戦早々、マレーシアやミャンマーの戦場に送られてはいる。だが「鍾馗」は、航続距離が九〇〇キロと、三〇〇〇キロ前後の海軍零式艦上戦闘機や陸軍一式戦闘機「隼」の三分の一以下しかないため、地上部隊の進撃が速く、飛行場から戦場が遠く離れてしまったマレーシアやミャンマーでは、ほとんど戦闘に参加できなかった。

そうこうするうちに、一九四二年四月十八日、アメリカ軍が奇策に出る。太平洋上の空母から、陸軍の長距離爆撃機B－25を発進させ、東京や名古屋、神戸など、日本の主要都市を爆撃し、そのまま東シナ海を飛び越えて中国蔣介石政権の飛行場に着陸するという、ドーリットル空襲作戦だ。その狙いは、日本本土の軍事基地と軍需工場に打撃を与えるとともに、蔣介石政権に長距離爆撃機を届けることにあったが、緒戦から連戦連敗が続き、新聞にこっぴどく叩かれた米軍が、世論対策のためにひねり出した、多分にパフォーマンス的な色彩のある作戦だった。

実際にも、軍事的に意味のある戦果は、爆弾一発が小型空母「龍鳳」へ改装中の潜水母艦「大鯨（たいげい）」に命中し、工期を四か月遅らせたくらいのもので、爆撃による日本側の死者八十四名は逸れた爆弾に運悪く当たった民間人ばかり、それに対し米軍側は、投入した爆撃機十六機全機喪失、三名戦死、八名捕虜という結果に終わる。指揮官のドーリットル中佐は、爆撃機を一機も蔣介石政権に引き渡すことができず、軍法会議で作戦失敗の責任を問われることを覚悟した。しかし、米国の新聞が「米軍機日本を空襲」と報じると、「日本に一矢報いた」と世論が沸き立ち、機を見るに敏なルーズベルト大統領がそれに便乗、搭乗員たちに勲章を授与すると言い出して、失敗を成功と取り繕ったのだ。

ドーリットル空襲は軍事作戦としては失敗だったが、日本本土防空を担う陸軍防衛総司令部を混乱に陥れることには成功した。米空母の本土接近を知った総司令部は、艦載機の大編隊による、高高度からの空襲を想定し待ち構えたが、陸軍の大型爆撃機が単機低空から侵入するという、予想外の戦法に戸惑い、対応が後手後手に回った。遅ればせながら出撃した陸軍九七式戦闘機や一式戦闘機「隼」は、迎撃どころか追いつくことすらできず、まんまと逃走を許してしまう。さらに、なんと東條英機首相その人を乗せた輸送機が、水戸上空で二機のB—25と鉢合わせし、あろうことかその時周囲に味方機の姿は影も形もなく、あわや撃墜の危険に曝されるという、前代未聞の椿事まで起きた。

あまりのお粗末ぶりに、防衛総司令官の任にある東久邇宮（ひがしくにのみや）が、天皇から直々に詰問を受ける事態となり、面目丸潰れとなった陸軍は、迎撃機としての性能なら欧州の戦闘機にも引けを取らない「鍾馗」を日本本土に呼び戻す。その結果、最前線の陸軍航空隊にとって「鍾馗」は、ごく限られた者しか見たことのない「幻の戦闘機」となったのだ。

ガダルカナル島上空を哨戒中だった陸軍飛行第八五戦隊第二中隊長、岩城大尉は、初めて見る「鍾馗」の戦法に唖然としていた。自身が乗る九七式戦闘機は、主脚が固定式のため空気抵抗が大きく、とてもあんな速度を出すことはできない。飛行第五九戦隊第二中隊長、北里大尉も驚きを隠せなかった。彼の愛機の一式戦闘機「隼」は、九七式戦闘機とは違い主脚が引込式で、空気抵抗こそ小さいものの、零戦よりもさらに機体の強度が低く、降下速度は時速五五〇キロが限度だ。「鍾馗」と同じことをすれば、確実に空中分解してしまう。

他方、ＳＢＤドーントレス艦上爆撃機は、「鍾馗」とＦ４Ｆの激しい空中戦を尻目に、無傷のまま進撃を続けていた。北里大尉は、それに気がつくと、「隼」戦闘機隊を率いて前上方から攻撃をかけた。まず一番機を狙った。主翼の付け根に、吸い込まれるように銃弾が集まり、炎を吹き出したドーントレスは、急角度で降下し、そのまま海面へ突っ込む。続けて攻撃した二番機は、しばらく燃料の白い筋を引いていたが、やがて炎に包まれて視界から消え、翼が吹き飛んだ三番機は、木の葉のように揺れながら落ちて、海面で飛沫を上げた。続けざまに三機を撃墜した北里大尉は、高度が下がりすぎたことに気が付き、慌てて上昇した。

次の攻撃目標には、ＴＢＦアベンジャー艦上雷撃機を選んだ。回避運動が拙く、容易に撃墜できそうに思えたからだ。しかし、動きが鈍いのは機種更改の直後のため操縦に不慣れなだけで、先代のＴＢＤデバステーターに比べ、格段に強靭な防弾装甲と防火装置を備えた最新鋭機だった。九七式戦闘機の八九式七・七ミリ機関銃はもちろん、「隼」のホ１０３一式一二・七ミリ機関砲でも容易にとどめを刺せない。ツラギの水上機基地からおっとり刀で飛来した、海軍二式水上戦闘機の九九式一号二〇ミリ機銃が、ようやくアベンジャーを捉えた。空にはいく筋もの黒煙が交錯し、海には無数の波紋が幾何学模様を描いていた。

荒木田中佐率いる第二航空隊の十六機の九九式艦上爆撃機と十三機の零戦が、ガダルカナル島のルンガ飛行場を飛び立った。高度五〇〇〇メートルに達したところで、水平飛行に入る。

「左前方に敵機動部隊！」

戦艦二隻、巡洋艦二隻、駆逐艦六隻が空母を囲む、輪形陣だ。直掩の零戦がＦ４Ｆの群れに向かう。

「突撃準備隊形作れ」

編隊を解き、横一列の単横陣となって緩降下に入った。高度三五〇〇メートルで両端が前方に出て、半円を描く。

「全軍突撃せよ」

空母を包囲するように四方八方から一斉に急降下した。敵艦隊から無数の閃光が放たれる。砲弾が炸裂し、爆煙が視界を覆った。航跡が紺碧の海にうねり、白く幼い蛇と見えたものが、たちまち巨大な龍と化す。

「ヨーイ、テー！」

高度四五〇メートルで、爆弾を投下した。一気に操縦桿を引くと、強烈なＧに身体が押さえつけられ、血の気が引いていく。

「命中！」

空母「ホーネット」の飛行甲板を貫通した徹甲爆弾は、前部兵員室で炸裂した。海面すれすれから後方を振り返ると、後続機が次々と弾幕に飛び込んでいくのが見えた。瞬発信管の爆弾が飛行甲板の兵士を薙ぎ倒し、徹甲爆弾が船体を貫く。四発目が前部エレベーターを直撃し、

第9章

南太平洋 1942年10月26日

最後の命中弾は右舷後部の主タービン軸受を破壊した。

同じ頃、第四航空隊の一式陸上攻撃機二十七機が、高度三〇〇〇メートルを進撃していた。迎撃機の姿は見当たらない。艦爆隊との高度差が大きいので敵がまだ気付かないのか、それとも直掩の台南航空隊の零戦が引きつけてくれているのか。攻撃開始位置に達して、緩降下に移った。那須飛行兵曹の耳に、電信員の菅原飛曹が叫ぶ声が聞こえた。

「ト連送！　全軍突撃せよ！」

重い魚雷を抱いているので、緩降下でも瞬く間に速度が上がる。巡洋艦からの火線が放物線を描く。突然、爆発音とともに機体が激しく揺れた。

「被弾した！」

那須飛曹は、慌てて機体の状況を確認した。幸い、エンジンも主翼も無事のようだ。ほっとして座席の周囲を見渡すと、側壁に穴が空き、爆撃照準器が粉々になっていた。砲弾が至近距離で炸裂して、破片が貫通したらしい。飛行服の左足のふくらはぎ辺りにかぎ裂きができていたが、痛みは感じない。

五〇メートル下の海面は、降り注ぐ銃弾で白く泡立っていた。ついさっきまで隣を飛んでいた僚機が、次の瞬間に姿を消す。空を覆う爆煙の狭間に、敵の空母が見えた。大きく回頭している。さらに高度を二〇メートルに下げた。

「距離一二〇〇」

「魚雷投下用意！」

空母の船腹を狙う絶好の射点だ。

「距離一〇〇〇」

「まだまだ」

「九〇〇」

「まだまだ」

「八〇〇」

「七五〇」

「てえーっ！」

機体がすっと浮き上がった。空母の舷側がのしかかり、断崖絶壁のように立ち塞がる。左翼が接触しそうになり、機首を海面へ向けて突っ込んだ。

「高度五メートル！」

ガンガンと音をたてて銃弾が機体を叩き、対空砲の閃光が機内を染める。巡洋艦を過ぎたかと思うと、駆逐艦の対空機関砲が待ち構え、そこを抜けても主砲の砲弾が炸裂する弾幕に行く手を阻まれる。やっと射程を抜け、ほっとして時計を見ると、攻撃開始から六分しか経っていなかった。

あらためて機体を点検する。主翼には直径八〇センチの大穴が、二つも空いていた。フラップは左右とも跡形もなく吹き飛び、補助翼も半分千切れている。

那須飛曹は、搭乗員たちに声をかけた。

「みんな大丈夫か？」

搭乗員が口々に答える。

「負傷なし」

「問題なし」

「そういえば、俺が負傷しているんだった」

那須飛曹は指揮官席に座り直して、飛行服のかぎ裂きを広げた。血で真赤に染まっている。足を動かせるか、試してみた。動くことは動くが、まるでプールに足を突っ込んだような感触だ。飛行靴に血が溜まっているようだ。破れ目から飛行服を引き裂いた。左のふくらはぎがえぐり取られ、直径五センチもありそうな大きな傷口が開いている。それを目にしたとたん、激痛が襲ってきた。

ありったけのガーゼと脱脂綿を傷口に詰め、その上から包帯を巻く。白い包帯がたちまち真紅に染まり、血が滴り落ちた。首のマフラーで膝の上を縛ってみたが、出血は止まらない。このままでは失血死してしまう。必死になって太腿の付け根を縛り上げ、ようやく出血が止まった。しかし、今度は足の色が紫に変わりはじめる。止血を続ければ、左足全体が壊死しかねない。やむをえず、五分毎に締めたり緩めたりを繰り返すことにした。

とはいえ、那須機は飛んでいるだけ幸いだった。第四航空隊は出撃機数二十七に対し、帰還できたのはわずか五機、壊滅と言っても過言ではない。刺し違える形で三本の魚雷を「ホーネット」に命中させ、航行不能に陥らせたことがせめてもの慰めだった。動力を失い十四度に傾いて、総員退去となった「ホーネット」は、駆逐艦の雷撃で海中へと没し、太平洋から米海軍の空母が消えた。

ハルゼー中将が警戒した通り、日本の空母部隊がトラック島から南下しつつあった。ただし、それは第三艦隊ではなく、第四航空戦隊だ。「飛龍」、「雲鷹（うんよう）」、「大鷹（たいよう）」の三隻の空母を擁し、遠目には空母機動部隊に見えなくもないものの、内実はそれには程遠い。「雲鷹」と「大鷹」は、日本郵船の貨客船だった「八幡丸」と「春日丸」を改造した輸送用小型空母で、搭載機数が少ない上に速度が遅く、無風状態では魚雷を抱き燃料を満載した攻撃機は離艦が困難とあって、空母対空母の戦いにはとても参加できない。「大鷹」にいたっては、ほんの一か月前、任務を終えてトラック島に帰投する途中、米潜水艦「トラウト」の待ち伏せにあい、あやうく撃沈されかけた。「雲鷹」にならい、飛行甲板の左舷外側に二式一号一〇型カタパルトを設置し、対潜哨戒訓練中だったため、艦爆が潜水艦を発見して事なきを得たものの、他の船を護衛するどころか自分自身を守るのが精一杯という体たらくだ。唯一の正規空母である「飛龍」にしたところで、修理に合わせて対空レーダーを搭載し、防空能力が格段に強化されたとはいえ、飛行機の搭乗員は、ミッドウェー海戦当時のような百戦錬磨のベテランはほんのひと握り、やっと離艦と着艦をこなせるようになったひな鳥たちばかりだ。戦力としては、ほとんど期待されていなかった。

他方、ガダルカナル島のティナ飛行場では、陸軍第八五飛行隊と第八七飛行隊が機種更改することになり、最新型の「鍾馗」が到着した。エンジンを一二五〇馬力のハ四一から、一四五〇馬力のハ一〇九に換装し、最高速度を五八〇キロから六〇五キロに引き上げた「鍾馗二型」だ。海面高度から高度五〇〇〇メートルに達するまでの所要時間がわずか四分十五秒という、傑出した上昇力を誇る。

だが、従来の戦闘機に慣れた岩城大尉らにとって、「鍾馗」はあまりにも異質な機体だった。これまでの日本機は、パイロットが意識を失い操縦不能となっても、機体は水平姿勢を保ったまま滑空を続け、不時着して生還した例があるほど、安定性が高いのが特長だ。ところが「鍾馗」は、欧米の最新鋭戦闘機と同様、高速性能を優先し、低速時の安定性は二の次という設計で、離着陸時には従来とは異なるスキルが求められる。ベテランの中には、人身事故を起こしかねない「殺人機」と毛嫌いする者も多かった。

岩城大尉をはじめ、ティナ基地のパイロットたちが幸いだったのは、「鍾馗」の扱いに慣れた坂川少佐から直接特訓を受けられたことだ。例えば、操縦席の防弾鋼板だ。敵の銃弾や砲弾の破片からパイロットを守ってくれる重要な装備だが、日本陸軍の一二・七ミリ弾の弾頭は、米軍の一二・七ミリ弾に比べて全長が短く軽量なため貫通力が劣り、それを反映して防弾鋼板も米軍のものより薄く設計されていた。米軍の機関銃に真後ろから至近距離で撃たれると、貫通するおそれがある。そこで、敵に背後をとられたら、機体をひねり射線に角度をつけて防ぐなど、実戦的な指導を受けた。

ちなみに、厚い防弾鋼板に守られていたとされる米軍機だが、Ｆ４Ｆのエンジンは一二〇〇馬力で、鍾馗より非力だ。闇雲に装甲を厚くすると機体が重くなり、性能が劣化してしまう。そこで、最も危険な箇所の装甲を重点的に強化することにして、機体に残った弾痕の位置と数のデータを集めて統計をとった。そして、銃弾が集中し穴だらけになった箇所ではなく、それがほとんど無い、空白域の装甲を強化したのだ。データはすべて帰還した機体のものだから、最も必要な撃墜された機体の情報は、空白域から推定しなければならないという発想だった。

他方、日本軍には、日夜、命がけの死闘を続ける最前線で、データを集め統計をとるために人手を割くなどという、悠長な趣味は無い。防弾鋼板は薄いまま改善されることはなく、身を守るためには、先輩パイロットの口伝えで操縦術を身に着ける必要があった。

慣熟が進むにしたがい、「鍾馗」は連合国の戦闘機を圧倒し始める。「鍾馗」に撃墜されたある米軍パイロットは、司令官にこんな報告をした。

「小太りの新型ゼロに、またやられてしまいました。我々の戦闘機では、もはや太刀打ちできないかもしれません。あいつらと出会ったら、逃げていいと指示する隊長までいます」

司令官は、苦虫を噛み潰したような顔で、そっけなく応えた。

「空中で勝てないなら、地上にいる間に破壊しろ」

「鍾馗」のキルレシオ（撃墜数と被撃墜数の比率）や生還率の高さ、そして何よりも航空先進国である欧州諸国の戦闘機と比べても、勝るとも劣らない上昇力が海軍を驚かせた。不時着しても歩いて帰ってこられる陸軍とは違い、海上での燃料切れが死を意味する海軍には、「鍾馗」のように割り切った仕様の戦闘機はないが、基地防空をいつまでも陸軍に頼ったままでは海軍航空の沽券にかかわる。

そこで、海軍版の「鍾馗」を中島飛行機に発注することになった。翼内機銃を海軍の九九式一号二〇ミリ機銃に換装した上で、一四試局地戦闘機改（後の雷電）の研究成果に基づき、集合排気管を推力式単排気管に変更することで空気抵抗を低減し、最高速度を六二〇キロに引き上げた、局地戦闘機「蒼電」である。

第10章 カサブランカ沖

1942年11月8日

連合国が反攻の第二弾として選んだ舞台は、北アフリカのモロッコだった。ドイツ・アフリカ軍団の背後を衝き、海上封鎖されているジブラルタルを解放する作戦で、十万を超える上陸部隊と五百隻の輸送船団、四隻の戦艦、五隻の空母という大兵力が投入された。上陸部隊を率いるのは、後にアメリカ大統領を務めることになる、ドワイト・アイゼンハワー大将、護衛艦隊を指揮するのは、ヘンリー・ヒューイット少将だ。

旗艦、重巡洋艦「オーガスタ」の艦橋に、ロンドンの連合参謀本部から情報が続々と届いていた。

「日本の空母機動部隊によるセイロン島への空襲が、連日にわたって続いている。インパールに続き、セイロン島への上陸が間近に迫る公算大」

「巡洋艦に護衛された日本の大型タンカーの船団が、スエズ運河から地中海に入った。燃料不足に苦しむドイツ軍に、インドネシアから石油を届けるものとみられる」

ヒューイット少将は参謀たちに告げた。

「地中海を、いつまでも枢軸国の自由にさせてなるものか。ようやくドイツ軍の勢いに陰りが見えてきたというのに、またぞろ息を吹き返してしまう。ジブラルタルも、このままでは風前の燈火だ。モロッコ上陸は、プロローグでしかない。速やかに北アフリカと地中海を奪還すること、それこそが我々の果たすべき使命だ」

その時、艦橋に声が響いた。

カサブランカ沖　1942年11月8日

「距離一万五〇〇〇メートル、敵機多数接近中」

「Ｊu87スツーカと思われます。ドイツ軍戦闘機の航続距離からして、直掩はないでしょう」

　ヒューイット少将は命じた。

「爆撃機だけで空母に挑んだらどうなるか、思い知らせてやろう。ジブラルタルに向かったP-40が、ちょうどいい位置にいる。行き掛けの駄賃に迎撃させよ」

　実をいえば、護衛艦隊の五隻の空母、「レンジャー」、「サンガモン」、「スワニー」、「シェナンゴ」、「サンティー」には、気がかりな点があった。「レンジャー」は、いまや連合国が保有する唯一の正規空母だが、太平洋で空母対空母の激闘が続いているにもかかわらず、大西洋に残置されたままとなっていたのには、それなりの理由がある。対空兵装が手動旋回砲座のMk10五インチ砲八門のみと貧弱で装甲も薄く、日本の空母機動部隊を相手にするには力不足とみなされていたのだ。

　残りの四隻の空母、「サンガモン」、「スワニー」、「シェナンゴ」、「サンティー」は、珊瑚海海戦で日本軍の急降下爆撃を受け、大破炎上し沈没したシマロン級タンカー「ネオショー」の姉妹艦を改造した護衛空母で、排水量は日本の正規空母に匹敵し、対空兵装も水力旋回砲座のMk14五インチ砲二門、二〇ミリ単装機関砲十二基、四〇ミリ四連装機関砲二基と充実しているものの、装甲は無いに等しい。加えて、元がタンカーで油槽に余裕があるのをいいことに、他の艦艇に補給するための燃料を満載している。下手に攻撃を受けると、思わぬ災厄を招きかねない。

しばらくして、Ｐ－40戦闘機隊からの無線電話が、スピーカーから流れはじめた。

「敵機発見。これより上昇し、上空を占位する」

「やつらは、まだこちらに気がついていない」

「敵が降下に入った！　今頃気づいて逃げようとしても、もう遅い。一網打尽にしてやる」

「おや、逃げないぞ？　こちらに向かってくる！」

「急降下爆撃機は、そこそこ運動性があるからな。逃げきれないとわかると、歯向かって来る奴が時々いるんだ。窮鼠、猫を嚙むというやつだ」

「変だな？　爆撃機にしては、動きがやけに軽くないか？」

「スツーカじゃない！　なんてこった。戦闘機だ。敵は戦闘機！」

「こいつら何者だ？　いったい、どこから来たんだ？」

「機体に赤い丸！　日本機だ！　ゼロファイターだ！　なぜゼロがここにいる！」

欧州戦線で戦うＰ－40のパイロットが受けた訓練は、高速を誇るドイツ空軍機の一撃離脱戦法をかわして、低空の格闘戦に誘い込むというものだった。Ｐ－40は、最高速度こそドイツ機に劣るものの、旋回性能では優位に立つからだ。しかし今回、Ｐ－40が格闘戦に入ろうとすると、敵機は瞬時に視界から消え、気が付けば背後を取られていた。旋回して逃げようとしても、振り切ることができない。そういえば緒戦のフィリピンで、ゼロファイターに格闘戦を挑んだ米軍機が、散々な目に遭わされたという話を思い出した。

「しまった！　こいつらと格闘戦で組み合うんじゃなかった！」

Ｐ－40は、零戦に対しては速度で優位に立つ一方、旋回性能では劣る。零戦と戦うなら、ドイツ機とは逆に、高速を生かした一撃離脱戦法を採るべきで、決して低空格闘戦に応じてはならない。気が付いた時には、もう手遅れだった。

時を少し遡る。軍令部総長と連合艦隊司令長官を兼任する、米内光政大将が体調を崩した。高齢を押して、激務を続けたためだ。そこで、連合艦隊司令長官のポストを、小沢治三郎中将に譲ることになる。第三艦隊の新たな司令長官には、第一航空戦隊司令官の山口多聞少将が抜擢された。

海軍省三階の連合艦隊司令部に入った小沢中将は、さっそく、海軍の諮問機関である「ブレーン・トラスト」の大学教授から、今次大戦の現況についてブリーフィングを受けることになった。教授は陸軍省の「戦争経済研究班」のメンバーでもあり、陸海軍双方の戦況分析に通じている。

「連合国の弱点はイギリスです。戦争継続に必要な物資が十五％不足し、それをアメリカからの支援物資でなんとかしのいでいるのが実情で、大西洋の補給線を断たれたら力尽きます。ドイツもそれは十分承知しており、Ｕボートが毎月六十五万トンの輸送船を沈めていますが、敵もさるもの新造船を続々と竣工させ、船腹量の増減は拮抗し、顕著な影響が出るにはいたっておりません。このままでは膠着状態が続きますし、今後、イギリスが独航船方式から、護送船団方式に切り替えた場合、Uボートだけでは対処しきれなくなる懸念もあります。ドイツ軍のイギリス本土上陸作戦に期待する向きもありますが、ロシアとの戦いが正念場を迎えている今、その余力はないでしょう。

それに対してアメリカは、不景気で遊休設備と失業者が有り余っており、それを稼働させるだけで生産を大幅に増やすことができます。来年になれば、米国の造船所から新型輸送船が続々と進水すると見込まれ、そうなってしまっては、もはや手の施しようがありません。速やかにイギリスの戦意を挫き、講和のテーブルに着かせる必要があります。そのためには、有力な水上艦をもって大西洋に進出し、膠着状態のバランスを崩すというのも、一案ではありますまいか。そうなれば、英国は選択の余地を失うと思われます」

連合艦隊司令長官を拝命するに当たり、天皇から「年内に戦争を終結せよ」との厳命を受けた小沢中将は、熟慮の末、水上部隊による大西洋通商破壊戦を決意した。小沢自身、インド洋で水上部隊を率い、通商破壊戦に従事した経験もある。だが問題は、誰に任せるかだ。インド洋で痛感したのは、海軍の指揮官の多くが、艦隊決戦こそ武人の本懐と信じ、輸送船への攻撃など命を懸けるには値しないと思い込んでいることだ。そんな連中に委ねたりしたら、通商破壊の任務をそっちのけにして、主力艦を血眼になって追い回しかねない。自ら陣頭指揮を執れるならまだしも、連合艦隊司令長官が太平洋を留守にして大西洋まで出張るわけにもいかないとなると、戦略眼、戦術眼ともに全幅の信頼を置ける司令官を選び、気心の知れた参謀にサポートさせる必要がある。

そう考えると、その条件を満たすのは、第三艦隊しかなかった。小沢中将の後任の山口多聞少将は、海軍兵学校では一期先輩に当たる角田覚治少将をして、「彼の指揮下でなら、喜んで一武将として戦ってみたい」と言わしめるほどの逸材だ。とはいえ、第三艦隊は日本海軍の切り札だ。大西洋進出を敵に悟られてはならない。小沢中将は、連合艦隊首席参謀の竹内大佐に対策を命じた。

竹内大佐は、大掛かりな謀略を立案する。まずインド方面に、日本軍がインパールに続いて、セイロン島へ上陸するというデマを流し、第四航空戦隊の空母「飛龍」、「雲鷹」、「大鷹」に、コロンボやトリンコマリーなど、主要都市への空襲を繰り返させる。

スエズ運河方面には、燃料不足に苦しむドイツ軍を助けるため、インドネシアの石油を満載した大型タンカーの船団が地中海に向かっているという偽情報を拡散する。その上で、第三艦隊の空母「翔鶴」、「瑞鶴」、「隼鷹」、「飛鷹」、「瑞鳳」に、遠目にはタンカーに見えるような擬装を施す。珊瑚海海戦で、日本の艦爆隊が米国のタンカー「ネオショー」を空母と誤認したことからヒントを得た、逆転の発想だ。ロンドンの連合参謀本部の情報にあった、「巡洋艦に護衛された大型タンカーの船団」とは、実は第三艦隊の仮の姿だったのだ。

この大遠征は、瓢箪から駒のような幸運にも恵まれる。第三艦隊が地中海に入ると、独伊の海軍から空母機動部隊を見学させてほしいという要請があり、最新鋭空母「飛鷹」の視察を許可したが、ドイツの技術将校がコンデンサーの不調箇所を発見し、火災を未然に防ぐことができたからだ。

第三艦隊第二航空戦隊旗艦、空母「隼鷹」の搭乗員室で、谷飛行兵曹はうたた寝をしていた。搭乗員整列の発令も知らずに眠り込んでいて、探しに来た整備員に起こされ、やっと目を覚ます。慌てて飛行服をつかみ、袖を通しながら階段を駆け上った。飛行甲板に出た頃には、他の機の搭乗員たちは皆、もう飛行機に乗り込んでいた。

九九式艦上爆撃機の側で谷飛曹を待っていた偵察員の清原飛曹は、思わず声を荒らげた。

「こんな時に、一体どこで何をしてたんだ！」

「搭乗員室で休んでたら、つい、うとうとしてしまったんだ。ところで、どこへ行くんだ？」

「敵機動部隊だ」

「それなら、指揮所に行って位置を聞かなきゃ」

「もう聞いてあるよ。敵と味方の位置を書いておいた」

清原飛曹は、そう言って図板を谷飛曹の手に押しつけた。

攻撃隊の出撃を前にした「隼鷹」艦長の訓示は、異例なものになった。

「この戦いは、今次世界大戦における空母対空母の最後の決戦になる。戦史に残る海戦に参加できることは、本官の誇りとするところだ。珊瑚海海戦をはじめとして、ミッドウェー海戦、ソロモン海戦、幾多の戦いで、歴戦の勇士が次々と斃(たお)れていった。そして、彼等を継ぐべき諸君の訓練期間は、戦局の逼迫により大幅に短縮され、限られた時間に多くの課程を詰め込む、過酷なものとなった。しかし諸君は、よくそれに堪えた。同じ条件の相手なら、間違いなく世界最強だ。この隼鷹もまた、たとえ最後の一艦となっても敵艦隊に突入し、刺し違える覚悟だ。諸君の武運を祈る」

谷飛曹は、普段なら勇壮な言葉を連ねる訓示の中で、あえて訓練の不足に触れた、艦長の苦衷がよくわかった。実戦に初めて参加する若い搭乗員たちは、連戦連勝だった先輩たちのような輝かしい戦果を、自分たちも挙げられると無邪気に思い込んでいる。だが空母航空戦は、そんなにたやすいものではない。編隊飛行も覚束ないありさまで、そもそも敵艦隊上空まで辿りつけるのか。戦闘機の迎撃や艦艇の対空砲火を突破できるか。運良くそれを潜り抜け、攻撃を果たしたとしても、むしろそこからが難関だ。激戦の最中でも機位を失わず、何の目印もない海の上を、風の影響も考慮しながら、コースを外れることなく長時間飛び続けなければならない。母艦までたどり着けずに海に落ちれば、それはすなわち死を意味する。せめてあと数か月あれば、最低限の技量は身につけられただろう。だが、切迫する戦局がそれを許さない。彼らのうちの何人が生還できるか、谷飛曹にもその答えは見つからなかった。

空母「隼鷹」を飛び立った艦爆隊は、「飛鷹」の部隊と合流し大西洋を一路南へ向かう。偵察機から報告のあった海域に入ったが、あいにくそこは厚い雲に覆われていた。わずかな雲の切れ間を探し、そこから下を覗き込む。なんと、真下に敵の輪形陣が見えた。大きく迂回し、敵艦隊の進路や速度を確認する。清原飛曹が、受信した命令を読み上げた。

「突撃準備隊形作れ」

編隊を解き、縦一列の単縦陣となった。同じ方向から一列になって突入すれば、最近やけに正確になってきた敵の対空砲火に狙い撃ちにされる危険があるが、前方の機についていくのがやっとという、ひな鳥たちと一緒では、この戦法以外に選択肢はない。谷飛曹は、膝頭の武者震いが止まらなくなった。大きく深呼吸し、気を落ち着かせる。

「清原飛曹、目標を頼む」

「よし、行こう」

濃紺の海に、白い航跡がのたうち、うねっていた。

清原飛曹が叫ぶ。

「ト連送！　全軍突撃せよ！」

指揮官機が機首を下げて急降下に入る。それと同時に、敵艦隊が対空砲を撃ち上げてきた。鳥の大群が、物音に驚いて一斉に飛び立つようだ。

「清原飛曹、我々も急降下に入るぞ」

「高度五〇〇〇」

「四〇〇〇」

「三〇〇〇」

爆撃照準器の中心に、空母の飛行甲板を捉えた。

第10章
カサブランカ沖　1942年11月8日

「二〇〇〇」

転舵しようとする動きに合わせて、修正を加える。

「一〇〇〇」

「六〇〇、ヨーイ」

「四〇〇、テーッ！」


第三艦隊第一航空戦隊の空母「瑞鶴」飛行隊長、大宅大尉は、愛機の九九式艦上爆撃機を駆って、米空母「サンガモン」に接近していた。爆撃コースに入ろうかというその瞬間、曳光弾が機体の脇をかすめる。Ｆ４Ｆだ。いつの間に現れたのか、不覚にも全く気付かなかった。慌てて逃走を試みるが、相手もしつこく喰い下がってきて、なかなか離れない。こうなると、いくら歴戦のベテランパイロットといえど、重い爆弾を抱いたままでは、身軽な戦闘機を振り切ることは難しい。戦闘機が照準を合わせる瞬間を見極め、紙一重でかわしながら、雲の中に逃げ込むしかない。後方席に座る偵察員の小野飛行兵曹長が、敵機の軸線がほんの少し右にずれているのを見て叫んだ。

「左！」

大宅大尉は、素早く機体を左に滑らせた。しかし敵も、百戦錬磨のエースパイロットだったのだろう。右に撃つと見せたのはフェイントで、銃弾を左に集中してきた。撃ち抜かれた主翼から、ガソリンが細い霧となって迸り出る。幸い、すぐに引火する気配はない。命中したのは、徹甲弾か。曳光弾だったら、今頃火だるまだ。

ほっとしたのもつかの間、次の弾丸が操縦席を襲った。九九式艦上爆撃機の操縦席に防弾鋼板はない。銃弾は大宅大尉の右肩を貫通し、計器盤を粉砕した。飛び散った鋭利な破片が左膝を抉る。操縦桿から手応えが消え、次の瞬間、高温の排気ガスが奔流となって操縦席に吹き込んできた。敵弾が操舵索を切断し、エンジンの排気管を突き破ったらしい。熱風で喉を火傷して、呼吸ができない。必死に風防を開き、喘ぎながら新鮮な空気を吸い込んだ。

なんとか一息はつけたが、舵の効かない機体では、攻撃を続行するのは不可能だ。振り向くと、大宅大尉の鍛え上げた「瑞鶴」艦爆隊が、敵空母を包み込むように急降下していくのが見えた。

「あとは、頼んだぞ！」


いつのまにか、F4Fはいなくなっていた。大宅機がコントロールを失い、煙の尾を引いて落ちていくのを見て、撃墜と判断したのだろう。まずは機体を水平に戻して揚力を回復しなければ、本当に墜落してしまう。操縦桿を動かしてみると、昇降舵は利かないが、方向舵と補助翼は生きているようだ。負傷した右肩と左膝をかばい、左手と右足だけでなんとか機体を水平に戻す。投下レバーを引いて爆弾を投棄した。

飛行服を引きちぎって左膝を縛り上げ、右肩はマフラーを固く巻いて止血した。エンジンは異音を発し、不規則に振動を続けている。プロペラはかろうじて回っているが、計器盤は全て破壊され、方角も速度も、燃料の残量すらわからない。さて、どうする？　背後の偵察席で、小野飛曹長の叫び声がした。焼け爛れた真っ黒な顔に目だけを光らせて、なにかを伝えようとしている。大宅大尉は、大きく頷いた。何としても生きて帰るんだ！

太陽の角度で大まかな見当をつけて、ひたすら飛び続けた。しかし、友軍も陸地も何も見つけられないうちに、燃料が尽きる。プロペラが回転を止めた。飛行スピードが落ち、揚力が減り機首が下がって降下する。するとわずかに速度が上がり、揚力が回復して機体が水平に戻った。グライダーと同じ飛行方法だが、艦上爆撃機の翼面荷重では、そういつまでも続けられるものではない。

やがて海面が迫ってきた。目測で時速一〇〇キロ程度か。両足を上げて飛行靴の底を計器盤に押し付け、両肩に首を埋めるようにして衝撃に備える。左翼の端が波頭に触れ、左に旋回しながら海面に突っ込んだ。機体は水中で裏返しになり、青い洞窟にでも迷い込んだような光景が目の前に広がる。風防の縁をつかみ、操縦席を蹴って飛び出す。

なんとか水面に出ると、小野飛曹長も浮き上がってきた。着水の衝撃で首に負傷している。救命胴衣を折りたたみ、首の後ろに当ててマフラーで固定した。上腕部にも銃創があったので、腕の付け根を縛り止血する。どうやら、銃弾は小野飛曹長の腕をかすめ、大宅大尉の肩を貫通して操縦索を切断し、計器盤と排気管を破壊したものらしい。もし二人の座席に防弾鋼板があれば、不時着することもなく、攻撃を続行できたかもしれない。

一段落したところで、周りを見渡してみた。だが、海と空がどこまでも広がっているだけで、それ以外目に入るものは何もない。南国の灼熱の太陽が、容赦なく照りつける。しばらくして、なんの前触れもなくスコールが降り出した。猛烈な雨で、数メートル先も見えない。

「しっかり水を飲め！」

二人で飛行帽に雨を貯め、真水でのどを潤した。飲める時に飲んでおかなければ、次がいつあるのかわからない。スコールが唐突に止み、灼熱の太陽がまた戻ってきた。あまりの眩しさに目を細めていると、今度は何かが波間を横切った。海面を切り裂くようにして、近づいてくるものがある。

鮫だ。体長は、ゆうに三メートルはある。海戦が始まると、餌を求めてどこからともなく鮫が集まってくるという小話は、一種の怪談としてよく耳にするものの、自分自身が獲物として狙われるとなれば話は別だ。大宅大尉は救命バッグから銀粉を取り出して、周囲にばら撒いた。銀粉は、本来、友軍機が救助に飛来した際、発見しやすいように目印にするものだが、海面に広がって太陽の光を遮り、海中からは大きな影のように見えるので、鮫がそれを巨大な海洋生物と勘違いして、襲撃を諦めてくれないかと期待したのだ。

しかし、血の匂いを嗅いだ鮫は、獲物が手負いであることを見透かして、大宅大尉たちに狙いを定めたらしい。半径一〇メートルの円を描きながら、こちらの隙をうかがっている。一分ほども過ぎた頃、突然襲いかかってきた。巨大な顎が、わずか二メートルに迫る。南部一四年式拳銃を抜き、水中で構えていた大宅大尉は、その顎に向かって引き金を引いた。空中での発射とは比較にならない、強烈な反動と衝撃が襲う。右肩に激痛が走り、右手首は捻挫し、右耳の鼓膜も破れた。弾倉は吹き飛び、遊底も破損して、二発目はもう撃てない。幸い鮫は姿を消して、二度と現れることはなかった。


それからどれだけ時間が経ったのか、意識が朦朧として、よくわからなくなっていた。

「隊長！　船です。船が見えます！」

小野飛曹長が叫んだ。たしかに、水平線に何か見えるような気がする。混濁した意識と生への妄執が生み出した幻ではないのか。だが本物だった。距離は五〇〇〇メートル、八〇〇〇トン級のタンカーが三〇度の角度で近づいてくる。

「うねりの頂点で、海水を高く放り上げろ。声を上げるな。体力を消耗して、死ぬぞ」

最後の力を振り絞り、立ち泳ぎをしながら、頭上で手を振り回す。船は刻々と近づくが、船上に人の気配はない。もし、通り過ぎてしまえば、あとは死を待つばかりだ。一縷の望みも失い、絶望とともに沈んでいくのか。心が折れそうになった時、甲板から日焼けした船員の顔がのぞいた。

「おーい、おーい」と呼びかける声がする。

「助かった」

ほっとした瞬間、力が抜けて溺れそうになる。危うく救命胴衣にしがみついた。船に八〇メートルまで近づいたところで、泳ぎのペースを落とす。急いで泳ぎつこうとして体力を使い果たし、目の前に差し出されたロープをつかむ力も失って、目を見開いたまま沈んでいく戦友を何人も見てきた。最後の体力を温存しておかなければ、救助されることもおぼつかない。発見してくれたのは民間の徴用船で、この航路を通ったのは全くの偶然だった。

「空腹でしょう。でも、急に食べると死にますから」

体調に配慮して、まずスープ、それから柔らかい粥を出してくれた。一刻も早く母艦に無事を知らせたかったが、無線封止中ということで、丁重に断られる。二人が空母「瑞鶴」にたどり着いたのは、第三艦隊がマルタ島を離れる直前だった。

「瑞鶴」艦上爆撃機隊が、四方八方から空母「サンガモン」を包囲するように急降下した。徹甲爆弾が後部エレベーターを打ち砕く。二発目と三発目は飛行甲板中央部を貫通して船体の最深部で爆発し、四発目がガソリン庫に火災を発生させた。タンカーを護衛空母に改造した「サンガモン」は、装甲が無いに等しい上、他艦に補給するための重油を大量に積載している。重油は発火しにくいが、一旦燃え出すと燃焼温度が高く、消火が難しい。ガソリン庫が燃え上がり、加熱された重油に引火した「サンガモン」は、弾薬庫への注水も間に合わず、大爆発を起こして轟沈した。

残る三隻の護衛空母「スワニー」、「シェナンゴ」、「サンティー」も、「サンガモン」の同型艦で、燃料を満載している。日本海軍がこれまで相手にした米海軍の空母は、二五〇キロ爆弾ではなかなかとどめを刺せなかったが、今回の護衛空母群はたちまち猛火に包まれ、やがて海中へと没した。

しかし、一隻だけ離れた位置にいた正規空母「レンジャー」は無傷だった。重巡「オーガスタ」艦上の護衛艦隊司令長官ヒューイット少将は、戦艦「ニューヨーク」、「アーカンソー」、「テキサス」、防空軽巡「シリアス」、「シラ」、小型護衛空母「ダッシャー」、「バイター」に輸送船団の護衛を命じると、戦艦「マサチューセッツ」、重巡「ウイチタ」、「タスカルーサ」、軽巡「ブルックリン」、「クリーブランド」を率い、空母「レンジャー」とともに日本艦隊へ向かって突進した。

だが、連合国海軍司令長官のイギリス海軍大将カニンガム卿が待ったをかける。

「連合国の主力空母は、今やレンジャー一隻となった。万一、アイゼンハワー大将率いる上陸部隊が、日本の空母機動部隊に捕捉され失われたならば、西部戦線の反攻戦略が根本から崩壊する。今は自重する時だ。直ちに反転して輸送船団と合流し、撤退を援護せよ」

他方、第三艦隊司令長官の山口多聞少将も、苦悶していた。第一次攻撃隊の戦死者が、戦慄せざるを得ないほど、夥しい数に達していたのだ。新型戦艦「マサチューセッツ」をはじめとする、敵艦隊の対空火力は格段に密度と精度を増し、雷撃隊は射点につく前に全滅、戦果を挙げた急降下爆撃隊も、復讐に燃えるF４Fの反撃に遭い、一部のベテランを除いて、ほとんどが未帰還となった。世界最強の空母機動部隊と肩を怒らせたところで、飛行機とその搭乗員がいなければ、海に浮かぶただの箱、人材も資材も乏しい日本がこんな消耗戦を続けていては、破綻するのも時間の問題だ。

第二航空戦隊司令官の角田少将は、「見敵必殺」と追撃を進言したが、第三艦隊の使命はイギリスの継戦意欲を打ち砕き、戦争を終結させることで、たとえこの海戦に完勝したとしても、本来の任務が果たせなくなっては元も子もない。山口少将は第三艦隊にマルタ島へ戻るように命じた。両軍は大きく距離をとって離れ、大西洋は束の間の平穏を取り戻した。

第11章 ロシア

1942年11月19日

その日の朝、ドン川河畔のクレツカヤには雪が舞っていた。それが止むと、白い霧氷が全てを包み込み、数メートル先さえ朧に霞ませる。これまでロシア軍は、霧の中で砲撃することを避けてきた。火砲を撃っても、着弾点から射角や方位角を修正することができず、命中弾を得ることが難しいためだ。だから今日だけは静かな朝を迎えられると、ドイツ軍は誰もが緊張をわずかに緩めていた。その時、轟き渡る雷鳴が白い緞帳を引き裂いた。ロシア軍の三千五百門の重砲とカチューシャ・ロケット砲が、一斉に火を吹いた。兵員百万、戦車九百両を投入した、天王星作戦の発動だった。連合国の反攻の第三弾の始まりだ。

わずか四か月前の七月三日、ドン川上流のヴォロネジでロシア軍の防衛線を突破し、東岸を進撃したドイツ第二軍は、西岸を南下した第六軍とともに、ボルゴグラード近郊でロシア南西方面軍を包囲した。ヘルマン・ホート上級大将率いるドイツ第四装甲軍は、ロシア軍の退路を絶ち、補給ルートを遮断すべく、コーカサスの大平原を長駆し、ボルガ川がカスピ海に注ぐ河口の要衝、アストラハンを攻略する。装甲軍本隊を離れたドイツ第十四装甲師団は、東へ敗走するロシア軍を追撃してカスピ海北岸をさらに疾走、アティラウにまで達した。

しかし、勝利の女神がドイツ軍に微笑んだのは、そこまでだった。十一月、例年より早く訪れた寒波がカスピ海を厚い氷で覆いつくし、兵站を支える水運を閉ざしたのだ。さらにまずいことに、寒気がわずかに緩み凍結した地表が融けると、ロシアの未整備な道路はぬかるみと化し、トラックのタイヤがスリップして走行不能となり、陸路の輸送まで途絶した。戦車すら、カタピラが泥にはまって悪戦苦闘する始末だ。一個装甲師団がアティラウで遊兵と化したのみならず、アストラハンの第四装甲軍本隊まで、身動きがままならなくなった。それに対して、ロシア軍の戦車のカタピラは、自国の気候に合わせて幅を広く設計してあり、この程度の泥濘で作戦行動が妨げられることはない。

ロシア全軍に号令する最高司令官代理のゲオルギー・ジューコフは、この時四十六歳、山口多聞少将や宮崎繁三郎少将の四歳下、白石大佐やチャンドラ・ボースの一歳上という若さだ。三年前の一九三九年、ノモンハンで第五七特別軍団を率いて日本軍を撃破、日露戦争以来の雪辱を果たして一躍名を揚げ、それからわずか一年半で参謀総長にまで昇り詰めた。

一九四一年六月二十二日、ドイツがロシアへ向けて侵攻を開始すると、敵に出血を強いつつ後退し、ドイツ軍を引き寄せるだけ引き寄せて決戦することを主張する。ドイツとロシアでは鉄道のレールの幅が異なり、列車を直接乗り入れることができず、積み替え駅で輸送が滞ると読み、ドイツ軍の兵站線が伸びきった所を叩こうとしたのだ。それには格好の場所があった。ドニエプル川とダウガヴァ川は、どちらも北ロシアを源流とするが、スモレンスクの西方で最も接近して幅五〇キロの地峡を作り、その後ドニエプル川は南に流れて黒海に、ダウガヴァ川は北に流れてバルト海に注ぐ。それを上空から見ると、北はバルト海から南は黒海まで、大陸を縦断する巨大な漏斗状をなし、注ぎ口に当たる地峡地帯で待ち構えていれば、大河に行く手を遮られたドイツ軍を次々と各個撃破することができる。

壮大な構想だが、この作戦案には、決戦場が首都モスクワから四〇〇キロしか離れていないという難点があった。緒戦の連戦連敗で動揺した首脳部は、ロシア国境に達する前にドイツ軍を食い止めるべく、決戦の場をウクライナとし、キエフを死守することに固執する。ジューコフは、キエフではドイツ軍が兵站を維持できるため、最終防衛線を置くことは得策ではないと反論を試みた。しかしロシアでは、首脳部の意向を忖度できない者に居場所は無い。ジューコフは辞任を余儀なくされた。

一九四一年九月二十六日、キエフは陥落し、包囲されたロシア軍の精鋭六十万が失われる。首都防衛に残されたのは、寄せ集めの応召兵だけだ。アメリカのルーズベルト大統領やイギリスのチャーチル首相など、事情に通じた各国首脳は、誰もがモスクワ陥落は時間の問題だと考えた。ロシア首脳自身、モスクワを捨て、臨時首都のサマーラへ移る準備を始める。だが、急遽呼び戻され、西部戦線司令官に就任したジューコフは、水際立った用兵で首都を陥落の瀬戸際から救った。その彼がこのチャンスを見逃すはずはない。直ちに天王星作戦を発動し、総攻撃を開始するよう命じた。

ちなみに、ジューコフが世に出るきっかけを作ったのは、他でもない、関東軍だ。ノモンハン当時のロシア軍の主力戦車、ＢＴ－５やＢＴ－７は、いずれも装甲が二〇ミリ以下と、九七式中戦車の二五ミリより薄く、しかるべき距離から撃てば、日本軍の四一式山砲や九八式二〇ミリ高射機関砲でも貫通できた。十分な量の徹甲弾を揃え、対戦車戦の訓練を積んでいれば、間違いなく関東軍に勝機はあったのだ。敵情把握を怠り、準備不足のまま戦闘に入って大敗を喫し、いたずらに名を成さしめた。

それを機に昇進を重ねたジューコフはモスクワ防衛に成功して世界を驚かせ、勢いづいた米国政府の強硬派が、穏健派の用意した暫定協定案を、強硬なハル・ノートに差し替えることになる。もし彼がノモンハンで敗れて無名のままに終わり、別の凡庸な将軍が首都防衛に当たっていたら？　モスクワは陥落し、民生用の石油輸出再開を認める暫定協定案が日本に示され、日米開戦は避けられたかもしれない。歴史の皮肉で片付けるには、あまりにも重い代償だ。

さらにノモンハンは、ロシアにもう一つの奇跡をもたらした。関東軍との戦いで、投入した四百三十八両の六割に迫る、二百五十三両もの戦車を失い、あまりの損害に愕然となったロシア軍は、防御の抜本的強化を迫られ、重装甲の次期主力戦車の開発に着手した。

T－34だ。ロシアへ向けて侵攻を開始したドイツ軍は、戦場に現れたT－34に驚いた。四五ミリの傾斜装甲を備え、ドイツ軍の対戦車兵器では歯が立たなかったからだ。これを「T－34ショック」という。ロシア軍はノモンハンから学び、ドイツ軍を追い詰めることになる。

他方、学ばなかった日本軍は、軽装甲の戦車を作り続けた。高出力エンジンの製造技術に課題があり、五〇〇馬力のT－34のような戦車の開発は無理だったにせよ、一三〇馬力のエンジンで装甲六〇ミリの車体を駆動した、バレンタイン歩兵戦車の例もある。九七式中戦車の重く嵩張る動力系を、九八式軽戦車の軽量小型の一三〇馬力エンジンにダウングレードし、浮いた重量を装甲の強化に充てれば、「主力戦車にも容易に撃破されない重装甲の歩兵支援戦車」を作れたのではないか。そんな戦車の必要性は、感じていなかったのかもしれないが。

なお、日本軍の名誉のために付け加えておくと、陸軍航空隊は、ノモンハンで戦ったロシア軍の戦闘機I－16の優れた急降下性能に刺激を受け、二式単座戦闘機「鍾馗」を生み出すことになる。


話を戻そう。ロシア軍がこれまで霧の日に砲撃を避けてきたのは、ドイツ軍を油断させるための罠だった。あらかじめ敵陣の位置を精密に測量し、目視に頼らず砲撃する公算射法で奇襲をかけようと、霧がひときわ濃くなる機会を待っていたのだ。砲撃に続いて狙撃兵師団が突入した。矢面に立ったのは、ルーマニア第十三歩兵師団だ。ルーマニア軍は、対戦車砲を一門も装備していなかった。そのためドイツ軍は、ルーマニアの一個軍団をもってしても、ドイツの一個師団に及ばないと酷評していた。しかし、ルーマニア兵は勇猛果敢に戦い、ロシア軍の第一波を撃退、戦車に支援された第二波も跳ね返す。だが、ロシア第四戦車軍団が本格的な攻勢に出ると、もはや持ちこたえることはできなかった。三十分後には五〇キロ西方で、ロシア第一戦車軍団と第二六戦車軍団を基幹とする第五戦車軍が、ルーマニア第二軍団を押し崩した。

ドイツ軍の戦術を徹底的に研究したロシア戦車軍団は、本家を上回る速度で突進した。枢軸軍は敗報を伝える前に連絡網が寸断され、麻痺状態に陥る。ボルゴグラードの西方五〇キロ、ドン川西岸のゴルビンスキーに露営していた、ドイツB軍集団第六軍のフリードリヒ・パウルス大将は、わずか一〇キロしか離れていないグロムキーにロシア軍の戦車が威力偵察に現れたと聞いても、信じようとはしなかった。総攻撃が始まってから、わずか二時間しか経っていなかったからだ。

翌朝も、凍てつく大地から舞い上がる風花をついて、火砲の一斉射撃が口火を切った。ロシア第十三機械化軍団が雪崩を打って進撃する。その三〇キロ南では、第四機械化軍団と第四騎兵軍団が攻撃を開始した。ここでも、ルーマニア第四軍団はよく戦ったが、遅まきながら対戦車砲を一個連隊に一門配備するという程度の弥縫策（びほうさく）では焼け石に水で、ほどなく壊滅する。

三日目には、ロシア第四機械化軍団がドイツ第六軍まで三〇キロに迫った。第六軍は、二個の装甲師団を除いて機械化されておらず、重火器の移動は軍馬が頼りだ。戦車のスピードには対抗すべくもない。パウルス大将は、やむなく塹壕を掘り、守りを固める道を選んだ。

四日目、カラチでドン川を渡ったロシア軍の三個戦車軍団は東へ進み、翌日、第四機械化軍団と合流し包囲を完成させる。第六軍と枢軸軍、三十万の兵士が閉じ込められ、ドイツB軍集団は瓦解した。

ドイツ軍は、B軍集団の残存部隊を再編してドン軍集団とし、エーリヒ・フォン・マンシュタイン元帥を司令官に任命した。元帥は、第四装甲軍に対し、直ちに北上して第六軍の救出に向かうよう命じる。ロシア軍も、いずれドイツ軍が反撃に出ることは想定していたが、バラバラになった部隊を再度集結させ、武器弾薬を補給するにはそれなりの時間を要し、ぬかるんだ道路も装甲師団の機動を妨げると考え、狙撃兵師団に対応を任せた。ところが、第四装甲軍を率いるホート上級大将は、泥濘を脱するやいなや北へと猛進し、後手に回ったロシア軍を次々と撃破、わずか一日で包囲線まで六〇キロのムイシコワ川に達する。

急報を受けたジューコフは、思わず声を荒らげた。第四装甲軍の動きに呼応して、第六軍の二個装甲師団が反転攻勢に出たなら、包囲を突破されかねないからだ。しかし、ロシア戦車軍団の攻撃から第六軍を守るべく、東奔西走してきた彼らの燃料は既に枯渇していた。ドイツ軍の動きが止まったという知らせを受け、ジューコフは胸をなでおろす。だが、このまま放置すれば再び付け入る隙を与えかねない。そこで再度攻勢に出ることにした。

装備の劣るイタリア第八軍に狙いを定め、ロシア第六軍と第一親衛軍に西方のドン川上流から、第三親衛軍にはチル川上流から攻撃を開始し、挟撃するよう命じる。イタリア軍は、二日間は必死に抵抗したものの、ついには潰走して防衛線に巨大な空隙が生まれた。

最前線から二〇〇キロ離れたタツィンスカヤに、ドイツ軍の一大補給拠点があり、飛行場には多数の輸送機がひしめいていた。ドイツ空軍は、空襲に備えて七門の高射砲を設置したが、陸軍はこんな後方に敵が攻めてくるとは夢にも思わず、守備隊を一兵も配置していなかった。

そこに、ロシア軍の戦車部隊が大挙して押し寄せたのだ。防空部隊は、高射砲の水平射撃で応戦したものの、わずか七門では多勢に無勢、飛行場は瞬く間に蹂躙され、逃げ遅れた七十二機もの輸送機が飛び立つ間もなく破壊された。ドイツ空軍の全空輸能力の一割が黒焦げの残骸と化し、補給物資を失ったコーカサスの枢軸軍は孤立した。連合国の反撃は、第一弾と第二弾こそ空振りに終わったものの、この第三弾でついに枢軸国の喉元に迫ろうとしていた。

イギリス領イラクの首都バグダッドから西へ九〇キロのユーフラテス川河畔に、イギリス空軍のハバニヤー基地があった。第二三七ローデシア戦隊の二十機ほどのハリケーン戦闘機と、第二四四戦隊のブレニム爆撃機、カタリナ飛行艇が配備されていた。バグダッドのイギリス中東軍司令部は、西のレバノン、ヨルダンから現れるドイツ空軍機を警戒する一方、インド、アフガニスタン、イランと、大英帝国の植民地や友好国が連なる東側には、ほとんど注意を払っていなかった。

だが、アッズ環礁を出撃し、密かにペルシア湾に侵入した第三艦隊を発進した零式艦上戦闘機が、その東方から現れる。虚を突かれたハリケーン戦闘機隊は、その多くが地上に駐機したまま機銃掃射を受けて炎上し、離陸できた数機も十分な高度を取れないうちに撃墜された。爆撃機や飛行艇まで破壊されると、飛行場には複葉機のビンセントしか残っていなかった。

同じ頃、イランとイラクの国境付近を飛ぶ、陸軍百式輸送機の中で、挺身第二連隊の前原中尉が降下装備を点検していた。中尉が前回、オランダ領インドネシアのパレンバンにパラシュート降下した時には、拳銃とわずかな手榴弾しか身につけておらず、丸腰に近い軽武装だった。日本陸軍空挺部隊にとって初めての実戦で、当時のマニュアルでは、パラシュートに絡みつくリスクを最小限に抑えるため、小銃や擲弾筒は物料箱に入れ、別のパラシュートで投下すると定められていたからだ。しかしその結果、物料箱を回収するまでの間、敵の攻撃に一方的にさらされ、反撃らしい反撃もできないまま、死傷者が続出することになった。それを教訓として今回は、シンガポールで鹵獲したイギリス製のサブマシンガンを脇の下に抱え、予備パラシュートの袋には手榴弾を詰め込んでいた。

対空砲の砲弾が炸裂する中、着陸脚を出してフラップを下げた百式輸送機は、一気に速度を時速二〇〇キロまで落とした。高度二〇〇メートル。機内に、降下準備のブザー音が鳴り響く。降下扉が開き、まず前原中尉が空中に飛び出した。それに続いて、部下の兵士たちも次々に降下する。眼下に広がるのは、シャットルアラブ川とカールーン川に挟まれた、イランのアバダーン島だ。ペルシア湾から五〇キロ遡上したところにあり、世界でも有数の石油精製設備を持つ。

目を転じれば、空のあちこちに、ゴマ粒のような人影が浮かんでいた。猛スピードで落下しているはずだが、同じ速度で落ちている前原中尉からは、左右にゆっくりと滑っているように見える。やがて、蒼い空に純白の絹の大輪が次々と花開いた。それを押しのけるように黒い爆煙が広がる。そして、砲弾の鋭利な破片がパラシュートを切り裂いた。地上に近づけば、今度は敵の機関銃や小銃の銃弾が耳元で唸りを上げ、パラシュートに無数の穴を穿つ。白絹のパラシュートは、瀟洒な見かけによらず、めったなことでは破れないのが頼みの綱だ。

着地すると、すぐに小隊を集結させた。アバダーンを目指し進撃を開始する。しばらくしてわずかな異変を感じ、動きを止め耳を澄ました。微かにエンジン音が聞こえる。アスファルトで舗装された道路を、トラックが五台走ってくる。先回りして、待ち伏せすることにした。至近距離まで接近したところで、飛び出して襲いかかる。不意を突かれて先頭車両が急停止し、それを避けようと慌てて急ハンドルを切った二台目が横転した。残った三台のトラックは、サブマシンガンで威嚇して停止を命じ、乗っていたイギリス兵を捕虜にした。

前原中尉は、これまでの経験から、火力に劣る空挺部隊が地上の守備隊と互角以上に戦うには、相手が戦況を把握できないうちに先手を打つことが肝心だと考えていた。捕虜から指揮所の位置を聞き出すやいなや、鹵獲した四台のトラックに小隊を分乗させ、直ちにアバダーンの港湾施設へ突入を命じる。アバダーン守備隊は、トラックが襲われたことにすら気が付いておらず、イギリス軍のトラックに乗り、正門から入ってきたのが日本軍だとは、想像もしていなかった。真っ先に指揮所を奇襲、制圧されて指揮系統が混乱した守備隊は、続いて降下した挺進第一連隊と第二連隊に防衛拠点を次々と落とされ、早々と降伏に追い込まれた。

時を同じくして、海軍の空挺部隊である横須賀鎮守府第一特別陸戦隊と第三特別陸戦隊も、アバダーンの石油精製所に降下し、占領した。これまで、ドイツ軍との本格的な共同作戦に消極的だった海軍が今回参加に応じたのは、オランダ領インドネシアの油田攻略作戦で、陸軍が世界有数の産出量を誇り、日本全体の需要を賄えるほどの大油田を手中にしたのに比べ、海軍が押さえた油田は、艦隊が一回の海戦で消費する量にも足りない小規模なもので、新たな権益の確保を迫られていたからだ。

イラクのイギリス軍は、本国編成の部隊をインドに抽出され、戦力不足に陥っていた。そのため、主力の五個歩兵師団、すなわちインド第五・第六・第八・第一〇師団とポーランド第三カルパチア・ライフル師団を、ヨルダンのドイツ軍と対峙する西部方面に集め、首都バグダッドにはインド第一〇自動車化旅団を置き、インド第三一機甲師団は戦略予備として南東部のバスラに待機させた。

そこへ、ドイツとイタリアの輸送船団が、掃海艇を先頭にシャットルアラブ川に向かっているという報告が入る。アバダーンに降下した空挺部隊と合流するのが狙いだろう。だが、ドイツ軍もイタリア軍も上陸用舟艇を保有しておらず、港湾設備を利用しなければ部隊を揚陸できない。空挺部隊はそのために港湾を占拠したのだろうが、彼らは火力に乏しく、機甲師団をもってすれば赤子の手をひねるようなもの。イギリス中東軍司令部は、アバダーンまで六〇キロと、至近距離にあるバスラの機甲師団に対し、速やかに空挺部隊を殲滅して港湾施設を奪還するよう命じた。

インド第三一機甲師団を率いるロバート・ワーズワース少将は、命令を受けると直ちにバスラを出撃、ホラムシャハルを経てアバダーン郊外に達し、攻撃態勢を整えた。突入を命じようとした、まさにその瞬間、砂漠に雷鳴が響き渡った。地面が地震のように揺れる。重砲の一斉射撃だ。しかし、誰が？　どこから？　遡上する枢軸国の船団は、まだ五〇キロ以上離れている。それを除けば、茫漠たる砂漠が広がっているだけだ。この辺りで重砲を保有する部隊といえば、イランに駐留するロシア軍しかいない。ロシア軍の誤射なのか？　だとすれば、砲弾は北東から来たことになる。

ワーズワース少将は、少しでも被害を抑えるため、南西への移動を命じるとともに、ロシア軍に抗議し、直ちに砲撃を止めるよう要求した。だが、ロシア側の反応は要領を得ず、時間ばかりが過ぎていく。その間にも、損害が続出した。やがて、驚愕の事実が判明する。砲弾の飛来する方向が、ロシア軍のいる北東ではなく、砂漠しかないはずの南西だったのだ。

砲弾を撃ち込んでいたのは、砂漠の彼方、四〇キロ離れたカウル・アブド・アッラー水路を航行する戦艦「大和」と「武蔵」だった。主砲四六センチ砲の射程は、四〇キロを超える。ただ、これだけ距離があると、砲弾の散布界は直径一キロ以上、半数が着弾する公算誤差でも直径七〇〇メートルだ。砲弾がどこへ落ちるかは神のみぞ知る。中でも三式弾は、見た目のインパクトこそ絶大だが、トラックを炎上させただけで、装甲車両の損害は限定的だった。死傷者の数も意外に少ない。しかし、弾着のばらつきは、かえって何がどこに落ちるかわからないという不安を煽り立てた。西側に広がる湿地帯に嵌るもの、弾着跡のクレーターに落ちて横転するもの、がれきに乗り上げて擱座するもの、果ては味方同士で衝突するものまで出て、インド第三一機甲師団は実質的な戦闘能力を喪失し、後退を余儀なくされた。

日が暮れると、砂漠の気温は一気に下がる。星空の下、陸軍第五師団捜索第五連隊の外山中尉は、「あきつ丸」の飛行甲板から夜のシャットルアラブ川を眺めていた。二列になって進む船団が黒々と見える。第五師団は、第四八師団と並び、敵前上陸作戦において日本を代表する存在で、自動車化が進んでいることでも屈指の部隊だ。この二個師団が、アバダーンに橋頭堡を築く任務を担う。

「あきつ丸」は陸軍の揚陸艦だ。空母のような全通飛行甲板を備え、戦闘機や偵察機を十機余り搭載し、格納庫には上陸用の大発動艇二十七隻が並ぶ。大発動艇は一隻で完全武装の兵士七十名を運べるから、二千名近い兵力をあらかじめ船内で大発に乗り込ませ、一斉に揚陸することができた。後世の強襲揚陸艦を先取りした、世界にその類を見ない革新的な設計の船だ。

当時、上陸用舟艇は輸送船で運ぶことが一般的で、その場合は、空の艇を船舶用の小型クレーンのダビットやデリックで水面に下ろし、兵士たちは船舷から垂らした縄はしごを伝って乗り移る。それだけでも時間を要する上、ロープの長さが短く艇まで届かないこともしばしばで、そうなると最後は飛び降りるしかない。小銃に加え、一週間分の食糧、スコップやツルハシ、鉄線鋏、弾薬、水筒、救命胴衣等、完全武装した兵の装具の重量は四〇キロに達し、飛び降りた衝撃で捻挫したり、脳震盪を起こしたりする者も少なくなかった。それを避け、艇に兵士を乗せて降ろそうとすれば、荒波で船体が揺れて舷側に叩きつけられたり、ロープを外す前に波にさらわれ転覆したりして、兵士が海に投げ出される危険があるのだ。

「あきつ丸」の錨がガラガラと音を立てて下され、船尾の四つのハッチが上に開き、兵士を満載した発動艇が次々とスロープを滑り降り、川面に浮かんだ。発動艇は連隊ごとに纏まり、輸送船の艦尾に集合した。そのまま、息をひそめて待つ。焦る気持ちを抑えながら四十分を数えた頃、「あきつ丸」の檣頭（しょうとう）に白い照明が灯った。連隊長が前進を命じる。発動艇は、赤と青の懐中電灯を信号代わりにして、二列となって進んだ。

河岸が近くなり、左右に散開する。外山中尉の乗った発動艇は、船尾の錨を打ち込み、河岸の砂を噛んで乗り上げた。船首から二人の兵士が錨を抱えて飛び降り、岸に駆け上がって左右に分かれる。「人間錨」となってハの字にロープを張り、艇の動揺を抑えるためだ。

扉のような形状の船首が前方に倒れた。兵士たちは、それを道板にして降りていく。この装備は、後年、各国の上陸用舟艇の定番となるが、大発動艇が世界で初めて実用化したものだ。それ以前に一般的だった、渡し板を舳先から押し出す方式では、歩兵しか上陸できないのに比べ、この方式なら戦車などの車両も利用でき、アメリカ軍やイギリス軍など、その後に開発される上陸用舟艇の先駆者となった。

外山中尉は、自転車を担ぎ上げ、「行くぞ！」と声をかけて道板から浅瀬に飛び込んだ。部下の兵士たちも続いて飛沫を上げる。川の水をかき分けて進み、砂浜に上がり先を急ぐ。舗装された道路に出ると、歩兵部隊がうずくまって待機していた。その先頭には土嚢が積み上げられ、重機関銃が前方を睨む。「先遣隊だ、先に通せ」と声をかけ、兵士と兵士の間を縫って前に出た中尉は、二個小隊の自転車部隊を率い、挺身隊が待つ港湾施設を目指した。

日本陸軍の第五師団と第四八師団が、アバダーン周辺に防御陣地を構築する中、ドイツとイタリアの輸送船団が桟橋に接岸し、装甲部隊が上陸を開始した。まずドイツ第十五装甲師団と第二一装甲師団、それにイタリア第一三二装甲師団「アリエテ」、第一三三装甲師団「リットリオ」が続く。上陸したのはドイツ・イタリア装甲軍で、率いるのは北アフリカのイギリス軍を壊滅に追い込んだ「砂漠の狐」エルヴィン・ロンメル元帥だ。

ペルシア湾の奥のアバダーンに、「砂漠の狐」が上陸したとの急報を受けて、イギリス軍は顔色を失った。しかし、ロシア軍総司令部「スタフカ」は、平然としていた。天王星作戦が順調に進展し、ドン川と黒海の間でドイツ軍を包囲する輪が閉じようとしており、圧倒的な勝利が目前に迫っていたからだ。パウルス元帥、マンシュタイン元帥と、ドイツ軍の元帥を次々に追い詰めて、自信満々の「スタフカ」は、辺境のアフリカ戦線から現れた「狐の元帥」など、歯牙にもかけていなかった。

とはいえ、ドイツ・イタリア装甲軍の矢面に立つのは、イラン駐留の四個狙撃兵師団だ。彼らの主たる任務は治安維持で、装甲軍に立ち向かうには火力が不足する。そこで「スタフカ」は、バクーの第一六五狙撃兵旅団から対戦車砲や重砲を抽出し、第三四狙撃兵旅団と第一六四狙撃兵旅団を増強、ペルシア回廊を通り救援に向かうよう命じた。

ドイツ軍は、それを阻止するため、ヘルマン＝ベルンハルト・ラムケ少将率いる降下猟兵旅団をバクー郊外に空挺降下させたが、待ち構えていたロシア第一六五狙撃兵旅団の反撃を受け、たちまち海岸へ追い詰められた。

勢いに乗って一気に殲滅しようとする旅団長を、「スタフカ」の参謀が押しとどめた。

「まもなく日が暮れる。窮鼠猫を噛むという故事もあるではないか。暗闇の中で不用意に攻撃すれば、逆襲を受けて思わぬ痛手を被るおそれもある。夜の間は包囲を固め、日の出と同時に総攻撃をかけて、一人残らずカスピ海へ追い落とすんだ」

旅団長は、恐る恐る質問した。

「イランから逃げてきたカスピ小艦隊が、海岸のドイツ兵が邪魔になって、上陸した乗組員を船に戻せないと申しておりますが、いかがいたしましょうか」

「スタフカ」の参謀は嘲笑した。

「ろくに戦いもせず、逃げ足だけ早い連中のことなど、放っておけ。明日には掃討戦も終わる。それから船に戻せば十分だ」


その日の朝、アゼルバイジャンのバクーは、乳白色の濃霧に包まれていた。風もなく、ナタリア・シェフチェンコ少尉がいくら目を凝らしても、数メートル先すら見通すことができない。少尉は現役の女子大生だ。綿毛のようなブロンドの髪、ダークブルーの瞳、手足はすらりと伸び、武骨な軍服よりもプリーツスカートやヒールサンダルの方が似合いそうだ。

故郷がドイツ軍の侵攻を受け、家族を守るため志願して兵士となった。女性の応募が多い、衛生兵ではない。女性兵士の募集枠がある、戦闘機パイロットや戦車兵、重機関銃の射手でもなかった。狙撃兵だ。射撃クラブで抜群の成績を挙げ、ボロシーロフ優秀射撃手章と狙撃手資格証明を授与されていた。胸に光るレーニン勲章は、飾りではない。狙撃スコア「三〇三」

は、女性兵士の中では文句なしのトップクラス、並み居る男性の狙撃兵のエースと比較しても遜色のないものだ。


「あいつらを殺して。一人残らず殺して」

そう言ったのは、アンナだ。四か月前のオデッサ攻防戦で、重機関銃陣地への攻撃を命じられた時のこと、敵陣に近い丘の上の農家に入ると、そこに十七歳のアンナがいた。顔や手足のあちこちに真新しい痣があり、眼は泣き腫らして赤く、瞳は深い絶望に沈む。少女が敵兵に何をされたのか、シェフチェンコ少尉には察しがついた。狙撃銃をじっと見つめていたアンナが、小さな声でつぶやいた。

「銃を撃つのが、うまいの?」

「まあね」

底の見えない暗闇に、光が煌めいた。

「私の願いを聞いてくれる?」

「いいよ」

「やつらを殺して。一人残らず殺して!」

「わかった、そうする」

「神があなたをお許しくださいますように」

「あなたもね」

第11章 ロシア 1942年11月19日

真夜中を過ぎた頃、木の葉や小枝を縫い付けたカモフラージュ・ジャケットを羽織り、村はずれの墓地に向かった。あらかじめ下見をして選んでおいた、大木の枝を摑んでよじ登る。手にしたモシン・ナガンM1891/30スナイパーライフルは、各国の同じクラスの狙撃銃と比べても、全長が一〇センチ以上長い。嵩張るので、それ以外に携帯しているのは、銃弾を入れたポーチと、水筒、軍用ナイフくらいだ。ヘルメットは被らない。砲撃で至近弾を受けてから聴力が落ち、微かな音を聴き洩らすおそれがあるからだ。

そうだ、忘れてはいけない、ホルスターのトカレフ自動拳銃。触れるだけで、心が落ち着く。一般の兵士なら、戦闘に敗れても、降伏し捕虜になるという道がある。たとえ、零下二〇度にもなる厳冬のロシアで、荒野を鉄条網で囲っただけの、小屋もテントもない、名ばかりの「捕虜収容所」に押し込められたとしても、生き延びる可能性がなくはない。だが狙撃兵は、捕まれば即座に殺されるというのが、ロシア軍であろうが、ドイツ軍であろうが、戦場に共通する不文律だ。それに、女性兵士にはレイプという別の危険もある。こみあげそうになる恐怖を鎮め、かろうじて平静を保っていられるのは、引き金を引くだけですべてを終わらせてくれるトカレフのおかげだ。

太い枝の上に立ち、ちょうど肩の高さの小枝にライフルを乗せて、夜明けを待った。街道に沿って平屋が軒を連ね、その先には教会や学校の屋根が覗く。MG34機関銃は、ひときわ大きな石造りの家の庭に置かれていた。プリズム望遠照準器を装備し、大型の三脚に載せた重機関銃型で、有効射程距離三〇〇〇メートルという、恐るべき性能を誇る。

日が昇ると、見張りが交代した。一般の兵士は無視し、狙撃にふさわしい目標が現れるのを息をひそめて待つ。やがて、重機関銃隊の兵士が出てきた。三名が分担して機関銃を点検し、ベルト給弾式の弾帯を装填する。作業が一段落すると、兵士たちは銃座の周りに座り込んだ。

ライフルのボルトハンドルを上げて遊底を引き、静かに前へ押し出して薬室に銃弾を入れる。風はなく、気温は十七度くらいだ。照準を調整する必要はない。望遠照準器のスコープに瞳を凝らした。T字型の三本の照準線の中央に、リーダーとおぼしき兵士の頭が重なる。

引き金を引こうとした瞬間、兵士が急に立ち上がった。整列して、直立不動の姿勢をとる。何事かと様子を見ていると、しばらくして数名の将校が現れた。その中に、ひときわ目立つ将校が一人いる。制帽に金の縁取りがあり、肩より下がる参謀飾緒も、朝日を浴びて金色に輝く。乗馬用の長い鞭を弄びながら周囲を睥睨する様子からして、かなりの高官に違いない。

狙撃目標を変更することにした。照準を金の縁取りの下に合わせる。

突然、アンナの声が頭の中に響いた。

「やつらを殺して。一人残らず殺して!」

指をそっと引くと、乾いた音が朝の静かな空気を震わせた。将校が、無言のまま崩れ落ちる。慌てて駆け寄る将校や兵士を、一人、また一人と撃ち倒す。ようやく狙撃されていることに気付いた兵士たちが物陰に隠れ、射界から人影が消えた。ライフルに徹甲弾を装塡し、MG

34機関銃の機関部を撃ち抜く。これでもう、ただの鉄の塊だ。

次の瞬間、怒り狂った獰猛な野獣のように、凄まじい反撃が始まった。迫撃砲の砲弾や、軽機関銃、小銃の銃弾が一斉に墓地を襲い、その破片や銃弾が唸りを上げて頬をかすめる。目の前の葉が弾き飛ばされ、枝が粉々に砕け散った。これまで数え切れないほど目にしてきた、戦友たちが命を落とす瞬間が、ありありとよみがえる。このままここに留まれば、確実に死ぬ。といって、逃げようとしても、背中を蜂の巣にされるだけだ。体中から、血の気が引くのがわかる。

だが、こんな時でも、自分の命より愛用のライフルの無事を優先するのが狙撃手だ。銃が壊れないように、そっと下の枝に掛ける。それから撃たれたふりをして、仰向けになったまま、樹上三メートルから落下した。頭と身体を墓石で強打し、息ができず身動きもならず、やがて意識も遠のいていく。どれだけ時間が経ったのか、ふと気がつくと衛生隊のテントのベッドの上にいた。戦友たちが、危険を冒して救出してくれたのだ。しばらくはベッドから起き上がることもできなかったが、なんとか命は長らえた。後日、射殺した将校が、ルーマニアの国家指導者、アントネスク総統の右腕とされる実力者だったことが判明した。

しかし、幸運はいつまでも続かない。悲劇は、半年後に訪れた。久しぶりに休暇をもらい、自宅のダイニングで、恋人のサーシャとたわいもない話をして笑いころげていると、ドイツ軍の砲撃が始まった。ただその弾着は遠く、話に夢中になった二人はつい油断する。そこに突然、砲弾が降り注いだ。

「伏せろ、ナターシャ！」

そう叫んで、サーシャが覆いかぶさる。次の瞬間、至近弾が炸裂した。鋭利な刃物のような破片が、四方八方に飛び散る。サーシャは右肩を押さえ、うめき声を上げた。

急いで傷を確かめる。傷口が小さいにもかかわらず、出血が激しい。見る間に、顔面が蒼白になっていく。すぐに病院へ運び込み、緊急の外科手術を受けた。だが、背中に食い込んだ破片のうち、外科医が摘出できたのは、半数だけだった。残りの破片は太い血管に突き刺さっていて、抜けば出血多量で即死するからだ。それ以上手の施しようもなく、翌日、サーシャは息を引き取った。

怒りに燃えるシェフチェンコ少尉は、復讐を誓う。しかし、今度は心と身体が悲鳴を上げた。ライフルを持とうとしても、手が震えて持てないのだ。恋人を目の前で死なせたショックから発症した、戦争神経症と診断され、精神科医から二週間の入院を命じられた。

だが幸い、症状は一週間で消える。後追い自殺を心配した上官が、取り上げて保管していた拳銃も返された。一週間ぶりに触れたトカレフは、旧友に再会したように懐かしく、心が安らいだ。すぐに最前線に復帰し、確認戦果（同僚の兵士の目撃証言があり、射殺した敵兵の軍服から切り取った階級章などの物的証拠が揃っているもの）を、二五一から三〇三へ伸ばした。

その後、米国市民に欧州上陸作戦の必要性を訴える訪米使節団の一員に選ばれ、輸送機が発着するバクーまで来たところで、戦況の悪化により足止めされていたのだ。

霧の奥で、何かが動いている。じりじりしながら待つうちに、霧が薄らいできた。幾重にもかさなる白いベールを通して、うっすらと何かが見える。やがて、風が霧を吹き払い、しだいに輪郭が露わになった。見たものが信じられず、目を疑い、もう一度目を凝らす。見間違いではない。ドイツ軍の装甲師団が現れた。


ロシア第一六五狙撃兵旅団長があわてて駆けつけた頃には、濃霧の狭間から陽光も降り注ぎ、眼前に驚愕の光景が広がっていた。数えきれない輸送船が、カスピ海を埋め尽くしている。手前の岸壁には、陸揚げされた戦車や装甲車が並ぶ。だが、旅団長からの急報を受けた、ロシア軍総司令部「スタフカ」の参謀の反応は鈍かった。

「ドイツ軍が現れた？　氷上を渡ってきた特殊部隊なら、空挺部隊もろとも一網打尽にしろ」

「違います。装甲師団です」

「装甲師団？　戦車や装甲車が、氷の上を走ってきたとでも？」

「船で渡ってきたんです。カスピ海北部は水深が浅く、冬は氷に閉ざされますが、水深の深い南部は真冬でも凍りません」

現れたのは、アティラウで遊兵となっていたドイツ第十四装甲師団だった。カスピ海東岸を南下し、親ドイツ派のイラン前皇帝レザー・シャーが密かに手配した輸送船団で、トルクメンバシからカスピ海を渡ってきたのだ。遊兵として忘れ去られていた部隊が亡霊のように現れた。

「スタフカ」の参謀は、旅団長に問いただした。

「カスピ小艦隊はどうした？　輸送船団を襲いもせず、ただ指をくわえて見ていたのか？」

「上陸した乗組員が、海岸のドイツ軍に邪魔されて艦艇に戻ることができず、出撃できなかったと言っています」

しばらく無言だった参謀は、冷たく言い放った。

「夜の間に独軍空挺部隊を掃討せず、カスピ小艦隊の出撃を阻害した貴官の致命的な誤判断は、国家を危機に陥れるものだ。反逆罪にも相当する処分が、追って下ることになるだろう」

旅団長は即座に理解した。不始末の経緯を知っている以上、口を封じるため処刑されるか、運よく助かったとしても、シベリアの収容所へ送られるのが関の山だ。といって、このままドイツ軍に捕まっても、過酷な運命しか待っていないだろう。先日、アバダーンの日本軍から亡命の誘いがあった時には、冗談にもならないと笑い飛ばしたが、今や、生き延びる唯一の道になったかもしれない。


アバダーンに上陸したロンメル元帥率いるドイツ・イタリア装甲軍は、イランに駐留するロシア狙撃兵四個師団を瞬く間に撃破し、ペルシア回廊を南下中の、ロシア第三四狙撃兵旅団と第一六四狙撃兵旅団に襲いかかった。バクーに上陸したドイツ第十四装甲師団が、回廊の北の出口を押さえ逃げ道を塞ぐ。ロシア軍の二個狙撃兵旅団は、進むも退くもままならず、ペルシア回廊で立ち往生した。

さらに、トルコが突如として参戦を表明、連合国に宣戦を布告した。国境に集結していたトルコ軍二十六個師団がロシア軍のザカフカス方面軍の背後を襲い、ティビリシの方面軍司令部を蹂躙する。トルコが枢軸国側に立ち参戦に踏み切ったのは、かつてロシアとの戦争に敗れて失ったクリミア半島を、ドイツが返還するとの密約を受けたためだった。

予期せぬトルコ軍の襲来で、大混乱に陥ったザカフカス方面軍を尻目に、ドイツA軍集団は反転して北上、ドン川上流に達すると、ロシア軍の補給線を断つべく、東方へ突進を開始した。慌てた「スタフカ」は、ロシア第二親衛軍にA軍集団の迎撃を命じる。第二親衛軍の北上に気が付いたドン軍集団が、その後を追った。


包囲されていた第六軍の救出に向かったのは、ペルシア回廊のロシア狙撃兵旅団を武装解除し、バクーに入った、ドイツ・アフリカ軍団だ。カスピ海西岸には、ロシア第一六五狙撃兵旅団が縦深陣地を構築していたが、対戦車砲や重火器を抽出された上、旅団司令部がそっくりアバダーンに亡命したとあって、脱走者が続出し自壊する。残兵を掃討しながら進んだ、ドイツ・アフリカ軍団の先遣隊が第六軍の塹壕に達した時、最初に目に入ってきたのは、土壁に飾られた粗末なクリスマスツリーだった。その傍らには、傷つき、飢えと寒さに憔悴しきった兵士が、壁にもたれてうずくまっている。

ドイツ・アフリカ軍団の兵士が、声をかけた。

「メリークリスマス」

第六軍の兵士が応じた。

「サンタがアフリカから来るとは思わなかったよ」


Ａ軍集団が東進を続け、ドン軍集団とドイツ・イタリア装甲軍が北上することで、ドイツ軍がロシア軍を逆に包囲する形勢となり、戦いの主導権は枢軸国側に移った。イランでは親ドイツ派の前皇帝レザー・シャーが復位し、サウジアラビア王国も枢軸国支持に転じる。補給を絶たれ、孤立無援となったイラクのイギリス軍と、シリアの自由フランス軍が降伏した。

ロシア軍最高司令官代理のジューコフがうめいた。

「何ということだ。あともう一息で、とどめを刺せるところだったのに。こんな途方もない謀略を仕組んだのは誰だ」

ヴァシレフスキー参謀総長が答えた。

「シライシとかいう日本の参謀のようです。謀報・謀略の世界では以前から知られた男です」

「今度はシライシか。ノモンハンでは、それまで完勝の勢いだった戦いが、最後にミヤザキが現れたばかりに、画竜点睛を欠く結果に終わってしまった。日本人は、いつも肝心なところで邪魔をする」

「ミヤザキは今、自由友愛同盟軍を率いて、インドでイギリスを窮地に追い込んでいるようです。ノモンハンの頃の彼が、一介の連隊長で助かりました。もし全軍を率いていたら、予断を許さない戦いになっていたかもしれません」

「そんな無駄話をしている暇があったら、目の前のドイツ軍に集中しろ。奴らを倒さなければこちらが倒されるぞ」


他方、大西洋も戦局の転換点を迎えていた。Uボートの群狼戦術で独航船の被害が続出し、継戦能力が二か月を切るところまで追い詰められたイギリスは、第一次世界大戦で成果を上げた、護送船団で局面の打開を図る。それを察知したドイツは、日本海軍に協力を求めた。

連合艦隊司令長官小沢治三郎中将は、第三艦隊に戦艦「大和」、「武蔵」を加えた特務艦隊を編成し、大西洋へ進出して護送船団を駆逐するよう命じた。巨大戦艦「大和」と「武蔵」の遠洋航海は、膨大な燃料を必要とする。大西洋への遠征は、アバダーンを制圧したからこそ、可能になった作戦だった。

大西洋で空母四隻を瞬時に海の藻屑にした第三艦隊に加えて、艦砲射撃で機甲師団を壊滅させた世界最大の戦艦が大西洋に向かっているという噂は、連合国の輸送船の乗組員たちを震え上がらせた。機甲師団を壊滅させたとはいっても、実態はほとんどイギリス軍の自滅だったのだが、英当局がその詳細を公表しなかったため、「大和の主砲は、四〇キロメートルの彼方から、戦車を狙い撃ちにすることができる」という、工作員が後方攪乱のために流したデマが、まことしやかな都市伝説として広まり、海の男たちを怯えさせたのだ。

連合国の正規空母は、この十二月に待望の新鋭空母、「エセックス」が就役したことで、歴戦の「レンジャー」と合わせて二隻になっていた。この二隻の空母の護衛のもと、アメリカとイギリスの戦艦を糾合し、特務艦隊に決戦を挑むという案が、検討の俎上に載る。

だが、開戦劈頭、日本の航空戦力によって戦艦「プリンス・オブ・ウェールズ」、「レパルス」を沈められて以来、空母「インドミタブル」、「フォーミダブル」、「イラストリアス」、「ビクトリアス」と、主力艦を次々に失い、煮え湯を飲まされ続けてきたイギリスは、空母二隻では力不足として、王立空軍の制空権のもと、ブリテン諸島近海で決戦することに固執する。

他方、アメリカ側にも、おいそれとイギリスの要望に応じられない事情があった。資源豊富なアメリカの唯一のアキレス腱、クロム鉱だ。その自給率はわずか五%、主要な輸入先であるニューカレドニアが、ガダルカナルの日本軍基地からの攻撃に晒され、いつ上陸、占領されるか予断を許さないため、急遽開発を進めたキューバの鉱山とその輸送ルートは、なんとしても守る必要があった。

また、再三流れるパナマ運河空襲の噂も看過できない。艦上攻撃機による雷撃と、艦上爆撃機の急降下爆撃で、パナマ運河の水門という水門を破壊し、長期にわたって使用不能にするというものだったからだ。そうなれば、大西洋艦隊と太平洋艦隊が分断されるのみならず、米国の物流が深刻な打撃を受け、市民生活に重大な影響を及ぼしかねない。

追い打ちをかけるように、「日本軍のアメリカ大陸上陸＝アメリカ本土決戦計画」が、米国の新聞にリークされた。まず南米に上陸した日本軍が、諸国を宣撫して米国から離反させ、次いで空母機動部隊が北米西海岸を空襲、カリフォルニアに敵前上陸して飛行場を制圧し、そこから長距離爆撃機が全米の都市や軍事施設に空爆を敢行するというものだ。一見、荒唐無稽な作戦計画だが、その内容は専門家から見ても驚くほど具体的だった。

それもそのはず、連合艦隊司令部が第二段作戦の構想を傘下の将官に募った際、第一航空艦隊第二航空戦隊司令官だった山口多聞少将が作成させた、「二航戦参謀鈴木中佐小官の趣旨を体して提案せるものの件」に他ならなかったからだ。その記事のキャプションには、ご丁寧にも、大西洋を制する特務艦隊を率いる山口少将が、アイビーリーグの名門、プリンストン大学の大学院で優秀な成績を修めたこと、そして「アメリカ海軍が最も警戒する日本海軍軍人の一人」であることが付言されていた。

もっとも、アメリカの国土は桁違いに広い。「カリフォルニアから全米の都市を空爆する」と口で言うのはたやすいが、世界の爆撃機の中でも傑出した作戦行動半径を誇る米国のB‐29でさえ、西海岸から首都ワシントン、ニューヨーク、ボストンなど、東部の主要都市を爆撃するには航続距離が足りない。帝国海軍は、航続距離一万キロ以上と、B‐29を上回る長距離爆撃機「実用機試製計画番号N‐四〇」の開発を中島飛行機に内示していたが、すぐに実戦へ投入可能な爆撃機となると、航続距離がはるかに短いものばかりだ。「カリフォルニアから全米の都市を空爆する」という作戦構想は、実際には無理があった。しかし、米国の一般市民の多くは、日本の技術力や生産力の水準を知る由もない。この程度のリークでも、漠とした不安を広げるには十分で、アメリカもまた、世論対策上、主力艦をアメリカ近海から動かすことが難しくなった。それぞれの思惑が交錯し、米英両国の戦艦部隊による艦隊決戦は見送られた。

モスクワから東へ一七〇〇キロ、チュメニにある農業アカデミーの建物は、帝政時代のもので、サンクトペテルブルク近郊のロシア皇帝の夏の離宮、エカテリーナ宮殿を彷彿とさせる瀟洒な造りだ。もっとも本家の宮殿の方は、独軍との攻防戦で破壊され、廃墟と化していたが。

建物の二階にいたボリス・ズバルスキーは、正面玄関の呼び鈴が鳴る音を聞いた。一階に降りて扉を開けると、そこには見慣れない将校が立っている。彼はカザフスタン軍の中尉を名乗り、「これまで警備を担当してきた内務人民委員部の部隊が、ボルゴグラード戦線の督戦に投入されることになり、交代を命じられた。引き継ぎに当たって、保管物を確認したい」と告げ、書類を示した。ボリスが中尉の後ろに目をやると、完全武装の兵士の一団が控えている。引き継ぎなら前任者は来ないのだろうかとも思ったが、余計なことは聞かないことにした。この国では、知らなくてもいいことを知ったばかりに、追放されたり、命を失ったりする例が数知れない。それに何より、居心地のいい生活を失いたくなかった。ロシアのいたるところが戦場になり、多くの民衆が飢えと寒さに苦しんでいるこの時に、暖房も電気もすべて完備した建物に住むことを許され、食料はもちろん、紅茶やケーキ、コニャックさえも、ふんだんに用意されているのだから。

ボリスは、言われるままに二階へ案内した。中尉は目的の部屋に入ると、中央に据えられた水槽に直行し、カリウムアセテート、グリセリン、塩化キニーネの水溶液に沈む、インドゴムの包帯に包まれた保管物を念入りに点検した。確認がすみ、中尉は振り向いて言った。

「我々は、日本軍の特殊部隊だ。これより、この保管物と建物およびその敷地を接収する」

「保管物」とは、戦禍を逃れ、モスクワのレーニン廟から疎開して来た、ウラジーミル・イリイチ・レーニンの遺体だった。


クレムリンの会議室で、ロシア外務人民委員のモロトフは怒気を露わにした。

「日本は、ロシアの領土に侵入し、こともあろうに同志レーニンの遺体を略奪した。これは、明白な中立条約違反であり、宣戦布告だ」

日本政府から全権を与えられた、参謀本部次長高山中将が口を開いた。

「一部の過激分子の仕業だ。お恥ずかしい話で恐縮だが、我々が青年将校の暴走に手を焼いているのは先刻ご承知の通り。お怒りはごもっともながら、ロシア軍が突入すれば、遺体もろとも自爆すると言っているのだから、ここは冷静になってほしい」

脇に控えた、次長付の白石大佐が付け加えた。

「もし日本軍にロシア領内の通過を許していただけるなら、もちろん我々が責任を持って鎮圧いたします。ですが、殺戮の繰り返しに終止符を打ち、地に平和をよみがえらせたいという、若者の至情も理解できなくはありません。この辺りでドイツと停戦することは、考えられませんか？」

モロトフは、怒りのボルテージを上げた。

「盗人猛々しいにも程がある。無法をはたらきながら、仲介役面をしようというのか！」

高山中将が静かに指摘した。

「カフカスの会戦で、主力部隊が包囲されているのではないか？　万一この部隊が壊滅したら、モスクワは風前の灯と聞いたが？」

「大祖国戦争は、勝利するまで終わらない」

高山中将が口調を一変させた。

「日本海軍が、大西洋の制海権を握っていることをお忘れかな？　アメリカからの軍需物資輸送が滞っていると聞いた。インド洋経由の物資輸送は既に絶たれている。あとは、ウラジオストクからシベリア鉄道を経由するルートが残るだけだ。どうしても戦争を続けるというのであれば、日本としては日露中立条約を破棄、シベリア鉄道を寸断し、ウラジオストクを陸と海から封鎖することになる」

ロシア外務人民委員のモロトフの形相が変わった。

「いよいよ本性を現したな。そもそも、日露中立条約締結の三か月も前に、山下奉文中将がドイツ首脳からロシア侵攻計画を聞かされていたというではないか。それにもかかわらず、素知らぬ顔で中立条約に調印し、ドイツの欺瞞(ぎまん)工作に加担するとは。最初から中立条約はまやかしだったのだ」

「山下中将はからかわれただけだと、我々は信じ込まされていた。古来、敵を騙すには先ず味方からという。貴国とても、国境に集結する独軍に気がつきながら、英国を油断させる陽動策だという、ドイツ外務省の嘘を真に受けていたではないか。騙されたという点では、五十歩百歩だ」

「よくもまあ、そんな戯言を」

「それはさておき、ドイツ軍の次期作戦は、バレンツ海のムルマンスク、白海のアルハンゲリスクに上陸して南下、北上するカフカス戦線の軍と合流し、ロシアを東西に分断するというものらしい。そうなると、モスクワはウラルからも切り離され、完全に孤立することになる」

「不可能だ。そんな馬鹿げた妄想で、恫喝できるとでも思っているのか」

「もちろん、そんなつもりはない。だが、ドイツ軍がロシアの領土から撤退するとしたらどうだ？　バルト三国やベラルーシ、ウクライナは、一時的にドイツの経済圏に入るかもしれないが、フランスと同じように独立を維持するなら、後日、手の打ちようもあるだろう。親独派を葬り去り、親露派に政権を奪わせる策などいくらでもある。そうやって、また取り返せばいいではないか。私は、貴国が世界平和の実現を主導してはどうかと提案しているのだ」

その頃ドイツ軍は、カフカス方面に続いてモスクワ方面でも攻勢に転じていた。ロシアの首都まで三〇〇キロに迫る、スモレンスクの中央軍集団司令部を視察に訪れたドイツ首脳は、連戦連勝の報告にいつになく上機嫌となり、大勢の取り巻きと見送りを引き連れて、飛行場で翼を休めるＦｗ２００コンドル首脳専用機へ向かった。その列の中には、中央軍集団司令部作戦主任参謀ヘニング・フォン・トレスコウ大佐の姿もある。大佐が談笑している相手は、ベルリンから出張してきた陸軍総司令部参謀本部作戦課主任参謀のハインツ・ブラント中佐だ。

トレスコウ大佐が言った。

「昼食中に話した通り、参謀本部組織部長のヘルムート・シュティーフ大佐との賭けに負けて、彼が前から欲しがっていたワインを譲ることになった。しかし、このところ多忙で、当分ベルリンには行けそうもない。代わりに持っていってもらえるかな？」

ブラント中佐は、いかにも人の好い笑顔を向けた。

「かまいませんよ。シュティーフ大佐のオフィスならよく知っていますから」

トレスコウ大佐が副官のファビアン・フォン・シュラーブレンドルフ中尉にうなずくと、中尉は小奇麗に包装された木箱をブラント中佐に手渡した。その際、中尉は小さな金属片を素早く木箱に差し込んだが、上の空の中佐はそのことにまったく気づかず、それどころか、受け取る手を滑らせて危うく箱を取り落としそうになる。顔面蒼白となり硬直したトレスコウ大佐の姿を見て、ブラント中佐が思わず笑みを浮かべた。

「よほど高価なワインなんですね」

「そうなんだ。大事に扱ってくれよ。そこで、もう一つ頼みたいことがある。いくら首脳専用機でも、貨物室に暖房はあるまい。上空の極寒の冷気にさらされて、せっかくの逸品が凍結し、風味が損なわれてはぶち壊しだ。暖房のきいた客室に持ち込んで、乗務員に預けてもらいたいんだが」

「お安い御用です。任せてください」

「よろしく頼む」

トレスコウ大佐は心の中でつぶやいた。

「君に恨みはないが、こうするしかないんだ。悪く思わないでくれ」

箱の中身は、ワインではなかった。イギリスの特殊工作員から押収した時限爆弾だ。八〇〇グラムの高性能プラスチック爆弾二個と、時限起爆装置が入っていた。起爆装置は、鉛筆のように細長い形状のプラスチック製で、先端に雷管がはめ込まれ、中央部に針金で留めた撃針とバネ、後部には針金を腐食させる酸が封入されている。間仕切りを破り、流れ込んだ酸で針金が少しずつ溶け、しばらくして破断すると、解き放たれた撃針がバネで雷管に叩きつけられ、発火する仕組みだ。ドイツ製の時限装置は、導火線や時計を使うものばかりだから、匂いや音ですぐに見破られてしまうが、この装置ならその心配はない。イギリスの工作員は志半ばで力尽きたものの、彼の持ち込んだ爆弾がドイツ首脳専用機を粉々にするのなら本望だろう。シュラーブレンドルフ中尉が先ほど木箱に差し込んだ金属片は、起爆装置の間仕切りを突き破り、時限爆弾を起動する特殊な鍵だ。もう後戻りはできない。

スモレンスクの飛行場を飛び立った首脳専用機は、順調に飛行を続けていたものの、キエフ上空で突然爆発し墜落した。その直後、ベルリンの国内予備軍司令部が戒厳令を発する。武装親衛隊を含め、ドイツ国内のすべての武装組織に移動を停止し、現在地に留まることを命じた。それと同時に、国防軍が政府、交通機関、通信局、放送局などの主要拠点を制圧する。長引く戦争で経済が疲弊し、生産力が下降に転じたにもかかわらず、戦況が好転するや否や野放図に戦線を拡大しようとするドイツ首脳に、国防軍が反旗を翻してクーデターを決行したのだ。やがて、航空機事故によるドイツ首脳の死去が発表され、元陸軍参謀総長のルードヴィヒ・ベック退役上級大将が大統領に、元ライプツィヒ市長のカール・ゲルデラーが首相に就任、臨時政府が樹立された。ドイツ臨時政府は、紆余曲折こそあったものの、ロシアとの休戦に合意した。

情勢の急変を受けて、イギリスの戦意は急速に衰えた。日本の特務艦隊とドイツのUボートによる通商破壊戦で、大西洋の補給線を寸断され、深刻な物資不足に陥っていたからだ。継戦能力は既に一か月を切り、もし戦争を続けてドイツ軍にイギリス本土上陸を許したら、戦車を槍と棍棒で迎え撃つ羽目に追い込まれかねない。

加えて、チャンドラ・ボース率いる自由インド政府の出現が、独立運動を激化させ、植民地兵士の動揺を招いていた。このままでは大英帝国の存続すら風前の灯火だ。一旦休戦して、態勢を立て直すこともやむなしとする動きが、イギリス国内に拡がった。

スイスのジュネーブでは、ローマ教皇庁のルイジ・マリオーネ枢機卿が、アメリカのコーデル・ハル国務長官、サムナー・ウェルズ国務次官と密かに顔を合わせていた。

まず枢機卿が口火を切った。

「ローマ教皇ピウス十二世のお言葉を、ルーズベルト大統領にお伝えいただきたい。『戦争によって得られるものは何もない。平和こそが人類を救うただ一つの道だ』と」

ハル国務長官が応じた。

「ドイツとロシアの休戦を受けて、イギリスが講和に傾いているようですね」

ウェルズ国務次官が口をはさんだ。

「ラテラノ条約で、『バチカンは常に中立を保ち、一方の国に偏する活動はとらない』と宣言しているのではありませんか？　イギリスから何を言われたにせよ、教皇庁が他国の外交に口を出すのはいかがなものでしょうか」

枢機卿は穏やかに微笑んだ。

「交戦国から積極的な招請を受けた場合は、その限りではありません。平和を訴えること、それこそがバチカンの使命ですから」

国務次官は言いつのった。

「イギリスにも困ったものです。目の前の苦境に、うろたえているのでしょう。あと一年もすれば、最新鋭の空母や戦艦が続々と竣工し、圧倒的な戦力で枢軸国を打ち破ることができるのです。それまでは、歯を食いしばってでも耐えてもらわなければなりません」

「イギリスは、インドの独立運動が大英帝国全体に波及して、苦境に立っているのです。それに加え、貴国の軍事援助も滞りがちと聞いています。とてもあと一年は持たないでしょう」

ウェルズ国務次官はいきり立った。

「たとえイギリスが講和し、アメリカが最後の一国となったとしても、米国国民は断固として戦いを続けます」


枢機卿は静かに諭した。

「その戦いの大義はどこにあるのですか？　日本は、休戦が成立するならば、すべての占領地から撤退する用意があると言ってきています」

ハル国務長官が驚いたように目を見張った。

「日本も教皇に講和の仲介を要請したのですか？」

ウェルズ国務次官は抗議の言葉を口にした。

「バチカンが、侵略者の代弁をするとは心外です。イタリアにもドイツにも手を貸さなかったのに、なぜ日本だけ特別扱いするのですか」

「日本は、バチカンと正式な外交関係を結び、公使を置いている数少ない国の一つです。二年前、松岡外相が教皇ピウス十二世に拝謁し、日米開戦回避への協力を要請した際、私も同席していましたし、その折には、中国との休戦を切望しているとも聞きました。残念ながらその時には力になれませんでしたが、今は状況が違います。事ここに至って、これ以上の犠牲を重ねることに、どんな意味があるのですか。教皇はそれよりも、ドイツ占領地域のユダヤの人々の窮状に心を痛めておられます。恐るべき惨劇が起きているという報告も届いています。そちらへの対処を優先すべきではありませんか？」

アメリカは、渋りに渋ったものの、最終的にローマ教皇庁とイギリスの説得に応じ、講和条件を受け入れた。

ところが、いざ休戦協定成立という段階になって、日本の足もとで問題が勃発する。これまで連戦連勝の報道しか聞かされず、国力の実情を知らされていなかった国民にとって、政府が突然発表した占領地からの全面撤退は寝耳に水だった。新聞は「数知れぬ若者の血で贖（あがな）われた天佑神助を、弱腰の政府が台無しにしようとしている」と書き立て、国民は「戦場で命を散らせた父や子、夫の死を無駄にするのか」と怒り、激昂した。民衆の暴動が燎原の火のように全国へ広がり、青年将校はクーデターに立ち上がる。だが、天皇の断固たる決意のもと、内務大臣を兼務する東條英機首相が警察を、梅津美治郎参謀総長が陸軍を、米内光政軍令部総長が海軍を陣頭指揮して鎮圧した。

そして、地には平和が甦った。

エピローグ　1943年2月23日

まだ二月だというのに、房総半島の館山は春を思わせるうららかな陽気だった。季節を間違えたのか、冬の蝶がゆらゆらと浦賀水道を渡っていく。一人の男が、釣り糸を垂れていた。元参謀本部次長で、予備役陸軍大将の大原旬だ。第二次世界大戦終結の知らせを聞いて、万感の思いに浸っていた。

以前、陸軍士官学校同期の侍従武官長と、こんな茶飲み話をしたことがある。

「国家は、それぞれ自立した軍事力を持つべきだ。私は、満洲国軍をそういう軍隊に育てたかったが、実際には匪賊(ひぞく)相手の治安部隊のレベルまでもっていくのがやっとだった。しかし、東アジアの諸民族の独立を目指し、植民地解放の武力闘争に立ち上がる独立革命軍となると、最初から宗主国の正規軍と戦わなければならない。そんな軍隊をゼロから育て上げるとなると、マニュアル通りの考えが骨の髄まで染みついた、並みの軍人には難しいだろう。それができるとすれば、ノモンハンでロシア軍戦車部隊を撃破した、宮崎繁三郎少将くらいじゃないか。歩兵戦中心の従来のマニュアルにとらわれることなく、独自にロシア軍戦車の情報を収集し、どの距離からどの角度で撃てば装甲を貫通できるか実弾を使い検証して、連隊に対戦車戦の訓練を積ませたというから、たいしたものだ。彼は今、上海で特務機関長をしているらしいが、南方の特務機関にもっていったらどうだ」

そんなたわいもない雑談から、インド国民軍やミャンマー国防軍など、大東亜共栄圏の多国籍軍、フリーダム・フレンドシップ・ファイターズ（自由友愛同盟軍）が生まれたのだから、感無量だ。


第二次上海事変のことも、忘れられない。中国蔣介石政権軍は、「東洋のパリ」と讃えられる上海の治安を守る日本の海軍陸戦隊四千を、三万の兵力で襲い血祭りにあげ、救出しようと駆け付ける陸軍三十五万を、ドイツの元参謀総長ゼークトが構築した要塞線「ゼークトライン」に誘い込み、七十五万の大軍で包囲殲滅するという壮大な作戦を構想した。

成功すれば、蔣介石政権軍の完勝という形で事変は終結し、動員可能戦力の大半を失った日本軍は中国からの全面撤退を余儀なくされ、第一次世界大戦のタンネンベルクの会戦に匹敵する、包囲殲滅戦の金字塔として世界戦史にその名を刻むことになっただろう。

だが、上陸した日本軍は、甚大な損害を出しながらも、第一次世界大戦でドイツ軍が編み出した浸透戦術を駆使、要塞線の脆弱部を突破して、「ゼークトライン」の準備が整う前にその後背を襲った。「ゼークトライン」を難攻不落の要塞と信じ、それを作戦の要としていた蔣介石政権軍は、背後を突かれて動揺し、総崩れになる。

蔣介石政権軍を指導していたドイツの軍事顧問団も、自らが創始した戦術とはいえ、最新の築城ノウハウを注ぎ込んだ要塞線が、歩兵の浸透戦術で破られる日が来るとは想像もしていなかった。その衝撃が、フランスの誇るマジノ線も、延長部を浸透戦術で突破し、その空隙から侵入して後背を突けば、瓦解させることができるという着想につながったのではないか？

他方、日本軍は、敗走する蔣介石政権軍の退路を断ち、揚子江に包囲することには失敗した。重火器を駄馬に轢かせ、ぬかるんだ道を徒歩で進む歩兵部隊では、武器を捨てて一目散に逃げる蔣介石政権軍を捕捉することができなかったのだ。主力の脱出を許したことは、事変の泥沼化を招いた。首都南京に逃げ込んだ敗残兵は、軍服を脱ぎ捨てて市民に紛れ込み、テロリストとなって略奪、暴行、殺人を繰り返した。日本軍は、当初、市民の安全に配慮して、穏健な第二線部隊に治安維持を任せたが、テロリストの横行に歯止めがかからず、「取り締まりが手緩い」との声が上がると、業を煮やして殺気立った第一線部隊を市街地に入れてしまう。

それが失敗だった。血みどろの戦場を生き抜いてきた第一線の兵士たちは、手負いの肉食獣のようなものだ。殺さなければ殺されるという一種異様な精神状態にあり、テロリストも市民も見境がない。その結果、多くの一般市民を市街戦に巻き込んでしまった。さらには、「テロリストを一人残らず殲滅せよ」との指令が、「疑わしきは処刑」という暴挙を招き、根拠の定かでない流言飛語や虚偽の密告により、無辜の市民が誤ってテロリストとして逮捕、処刑される例が続出する。

南京市内に残っていた市民二十万人の実に六％、一万二千人もの犠牲者を出したことは、痛恨の極みだ。南京市内で難民の救済に当たっていたドイツ人宣教師から、その凄惨な様子を知らされたドイツ軍は、フランスの整備された舗装道路なら、機械化された装甲部隊を突進させ、敗走するフランス軍の退路を断つことができると考えたのではないか？　そうすれば、敗残兵をパリに入れることなく、フランスを降伏に追い込めると。

一九三七年の上海が、一九四〇年のアルデンヌ突破、ダンケルク包囲戦の反面教師になったとすれば、以て瞑すべしだ。

さて、これからの世界はどうなるのだろうか。占領地から全ての日本軍が撤退を終えるのは、二十五年後の一九六八年だ。それまで平和は保たれているだろうか？　一九三八年に返上したオリンピック、一九四〇年に中止した万国博覧会は、開催されているだろうか？　それとも、アメリカがマンハッタン計画に成功して原子爆弾を完成させ、世界の軍事バランスを根底から変えてしまうのだろうか？

久しぶりに石原莞爾（かんじ）を呼び出して、酒でも飲みながら、そんな話に時を忘れるのも一興か。

遥かに富士を望んでいると、陶淵明の「飲酒」の一節が浮かんだ。

採菊東籬下
悠然見南山

「菊」といえば、先日食した「海菊」という貝は、なかなかの美味だった。富士の古称に「ひがしやま」もある。ふと戯れ歌を思いついた。

採海菊籬下
悠然見東山

おっと、あいつは酒を飲まないんだった。甘い菓子も用意しておかなければ。
安房の海に陽は綺羅を撒き、富士の嶺は生絹（すずし）を纏っていた。

完

主要参考文献

秋本実（二〇〇九）『落下傘部隊』潮書房光人新社
碇義朗（一九九四）『飛龍天に在り』光人社
石津朋之（二〇二〇）『総力戦としての第二次世界大戦』中央公論新社
泉谷達郎（一九六七）『ビルマ独立秘史』徳間書店
泉谷達郎（一九九七）『ビルマに咲いた友情と信頼の花』日本・ミャンマー歴史文化交流協会
稲垣武（一九八六）『革命家　チャンドラ・ボース』新潮社
岩井秀一郎（二〇二一）『最後の参謀総長　梅津美治郎』祥伝社
岩畔豪雄（二〇一五）『昭和陸軍謀略秘史』日本経済新聞出版社
上原光晴（二〇一五）『艦爆隊長江草隆繁』潮書房光人社
宇垣纏（一九六八）『戦藻録』原書房
ウッド、ジェームズ・B（二〇〇九）『「太平洋戦争」は無謀な戦争だったのか』ワック
梅本弘（二〇〇七）『陸軍戦闘隊撃墜戦記2』大日本絵画
江草聖子（一九八三）『二つの時代　夫は〝艦爆の神様〟と言われて』光人社
生出寿（二〇〇五）『凡将　山本五十六　烈将　山口多聞』徳間書店
大内建二（二〇一三）『護衛空母入門』潮書房光人社

大木毅（二〇一九）『「砂漠の狐」ロンメル』KADOKAWA
大田嘉弘（二〇〇九）『インパール作戦』ジャパンミリタリーレビュー
笠井亮平（二〇二一）『インパールの戦い　ほんとうに「愚戦」だったのか』文藝春秋
亀井宏（二〇一四）『ミッドウェー戦記』講談社
グランツ、デビッド・M／ジョナサン・M・ハウス（二〇〇五）『詳解　独ソ戦全史』学研プラス
グレンフェル、ラッセル（二〇〇八）『主力艦隊シンガポールへ』錦正社
コロミーエツ、マクシム（二〇〇四）『モスクワ防衛戦』大日本絵画
コロミーエツ、マクシム（二〇〇五）『ノモンハン戦車戦』大日本絵画
コロミーエツ、マクシム／ユーリー・スパシブーホフ（二〇〇四）『カフカスの防衛』大日本絵画
坂口太助（二〇一一）『太平洋戦争期の海上交通保護問題の研究』芙蓉書房出版
澤地久枝（一九八六）『記録 ミッドウェー海戦』文藝春秋
参謀本部（一九六七）『杉山メモ』原書房
柴田武彦、原勝洋（二〇〇三）『日米全調査　ドーリットル空襲秘録』アリアドネ企画
豊田穣（一九八六）『名将宮崎繁三郎』光人社
豊田穣（二〇一五）『空母「瑞鶴」の生涯』潮書房光人社
土門周平（二〇〇五）『インパール作戦』ＰＨＰ研究所
トール、イアン（二〇一三〜二〇二二）『太平洋の試練』文藝春秋
ニミッツ、チェスター・Ｗ／エルマー・Ｂ・ポッター（一九九二）『ニミッツの太平洋海戦史』恒文社

パヴリチェンコ、リュドミラ（二〇一八）『最強の女性狙撃手』原書房
林千勝（二〇一五）『日米開戦　陸軍の勝算』祥伝社
福地周夫（一九六二）『空母翔鶴海戦記』出版協同社
藤井非三四（二〇一三）『「レアメタル」の太平洋戦争』学研プラス
藤原岩市（二〇一二）『F機関』バジリコ
フリーザー、カール＝ハインツ（二〇〇三）『電撃戦という幻』中央公論新社
防衛庁防衛研修所戦史室（一九六六～）『戦史叢書』朝雲新聞社
堀川惠子（二〇二一）『暁の宇品』講談社
牧野邦昭（二〇一八）『経済学者たちの日米開戦』新潮社
萬代久男（一九九七）『空母「飛龍」の機関室』別冊歴史読本戦記シリーズ三七　新人物往来社
ムーアヘッド、アラン（一九七七）『砂漠の戦争』早川書房
森山優（二〇一六）『日米開戦と情報戦』講談社
森史朗（二〇一二）『ミッドウェー海戦』新潮社
森史朗（二〇一四）『空母瑞鶴の南太平洋海戦』潮書房光人社
山口多聞（一九四二）「二航戦参謀鈴木中佐小官の趣旨を体して提案せるものの件」『S十五～S十九戦時編成立案意見等綴』防衛省防衛研究所WEBサイト（史料室＞海軍一般史料＞中央＞編成）
https://www.nids.mod.go.jp/military_history_search/Viewer?id=1000053438&bid=0000005114
山本悌一朗（一九八四）『海軍魂　若き雷撃王村田重治の生涯』光人社

H. J. Krug, Y. Hirama, B. J. Sander-Nagashima, A. Niestle, 2001, “Reluctant Allies”, Naval Institute Press

Jim Rearden, 1995, “Koga’s Zero The Fighter That Changed World War II”, Pictorial Histries Publishing Company